JN190743

名著復刻

お菓子放浪記

戦争期を生きたシゲル少年

西村 滋 著

社会評論社

目次

プロロォグ

わたしの　こどもたちへ

食後のお茶を飲んでいて、フト甘味《かんみ》がほしくなり、菓子鉢《かしばち》のフタをあけてみると、なんにもない。あわててクッキーの缶《かん》をあけてみたら、これもカラッポ。茶だんすをひっかきまわす。冷蔵庫をのぞく。やっぱりなんにもない。

「なんにもないのかい？」

われながら、なさけない声です。

「菓子を切らさないようにと、あれほどいっているじゃないか」

「たまには、こんなこともありますよ。明日、買っておきます」

おかあさんは平然たるものです。またはじまった、という調子です。

さア、そうなるともうダメです。すっかり落ちつかなくなって、ひろくもない家の中をウロウロしたあげく、やがて、散歩へゆくふりをして近くの店へ出かけてゆきます。

町はずれの小さな菓子屋さんだから、大したものは置いていません。それでもかまわない。キャラメル、かりん糖《とう》、あんパン……なんでもいいのです。とにかく甘いものを買いこんできて、菓子鉢や缶の空白を埋めなくてはいられないのです。

家の中に菓子がない……おおげさな言い方をすると、これは、わたしにとって大事件なのです。

わが家に菓子がないということは、たとえば、真冬《まふゆ》の夜にストーブがなかったり、停電で、いままで鳴っていたテレビやラジオの音楽がピタリと消えてしまったり、日照りつづきで、花壇《かだん》の花という花が枯れてしまうというようなことと同じなのです。菓子鉢がカラッポだということは、菓子鉢だけがカラッポなのではなくて、そのカラッポのムードが家じゅうにひろがってゆき、そして、わたしの頭の中までがカラッポになってしまったような気がするのです。

そんなわたしを、キミたちは「おかしなおとうさん」だと思っているらしい。そう思われても仕方がありません。

いまのこどもたちは、キミたちにしてもそうですが、お菓子というものに対して、なんとなく超然《ちょうぜん》としている感じです。味覚《みかく》が発達しているからでしょう。よほどでないと目の色をかえて飛びつくこともなく、なまじっかなシロモノに対しては、じつに冷淡《れいたん》です。

　いわば現代的な胃袋《いぶくろ》をもっているわけですが、それにくらべたら、いい年をして、このおとうさんのだらしなさは、どうでしょう。

　いつかもわたしは、そのことでおかあさんに叱《しか》られ、キミたちに笑われました。

　あの日、わたしは、おかあさんに買物をたのまれました。用がすんだらデパートへよって、トイレ用の殺虫剤《さっちゅうざい》、浴室のマット、それに七階の家具売場で下駄箱《げたばこ》をひとつ注文するように……と、メモを渡されました。

　どこのデパートでも食品売場は地下になっているけれど、あれは困る。というのは、地下鉄を降りるとそのまま直通できる仕組みになっていて、便利すぎるからです。そして、わたしのもっとも愛するのが、その食品売場だからです。いや、食品売場の中の菓子売場だからです。一歩、そこへ踏《ふ》みこむと同時に、胸がさわぎます。

　和菓子、洋菓子、高級菓子から駄菓子《だがし》と、ありとあらゆる菓子の色彩《しきさい》の中を縫《ぬ》っていると、いくら歩きまわっても飽《あ》きることがありません。そうしていることが、じつに幸福で、ゆたかで、あたたかくて、ついつい、地上へ上がるのを忘れてしまいます。

　ふだんでさえそうなのに、おまけにその日は《全国名菓まつり》というのが催《もよお》され

ていたから、たまりません。各地から出張して、それぞれの郷土《きょうど》の味を競《きそ》い合ってい るのですが、

——北海道の「古代文字」青森の「あじゃら餅《もち》」福島の「笹《ささ》りんどう」群馬の「鉢《はち》の木」神奈川の「コケコッコー」長野の「初霜《はつじも》」新潟の「ささめ雪」福井の「源六餅《げんろくもち》」……

ちょっと眺《なが》めただけで、これだけのものが揃《そろ》っています。なんともゼイタクな景色《けしき》です。食べたことのあるのもあり、初対面《しょたいめん》のもある。食べたことのあるのは、その時の味覚をなつかしくよみがえらせてくれるし、はじめて見るのは、いかにも魅力《みりょく》的ないいいいたたずまいで誘《さそ》いかけてきます。

——浜松の「チャボ」名古屋の「ういろう」岡崎の「五万石《ごく》」熊野の「まるたんぼ」京都の「きぬた」宮島の「もみじ饅頭《まんじゅう》」松山の「タルト」長崎の「寒菊《かんぎく》」鹿児島の「ザビエール」……

あるわあるわ！　これがコーフンせずにいられれますか。わたしは、殺虫剤や足ふきマットなどという、あまりロマンチックでない買物のことなんか忘れてしまいました。

そして、わが家に帰ってきたときには、菓子の包みをシコタマかかえこんでいると

いうことになりました。

「ただ眺めるだけのつもりだったんだよ。ところが店員がジロジロ顔を見て、なにをさしあげましょうなんて言うものだから、ひっこみがつかなくて……」

必死の弁解《べんかい》です。

「すると、貴金属品売場の店員に声をかけられたら、ダイヤの指輪でも買っちゃうんですか？　そんなのなら、わたしはありがたいんですがね」

おかあさんは大憤慨《ふんがい》で、

「ごまかしてもダメですよ。これが、ひっこみがつかなくて仕方なく買ってしまったと言えますか？　量といい品数《しなかず》といい、積極的な意志によるものだということは、疑うべくもありませんよ」

「しかし、これでもホンの一部分だよ」

「アタリマエです。日本全国の名菓《めいか》を買いこんでこられてたまるものですか」

一度や二度のことではないのだから、おかあさんの憤慨はもっともです。

すこし前にも《ケーキのオリンピック》という催《もよお》しがあり、アメリカ風、フランス風、ドイツ風……といった洋菓子の味くらべで、そのときも有頂天《うちょうてん》になってゴッソリ買いこんできたのですが、なにしろ生《なま》クリームを使用したものばかり、おまけに夏の盛りだったので、あわてでとなり近所へくばって歩いたことがありました。

——こんなにお菓子にヨワイおとうさんを、キミたちがおかしがるのは当然で、わたしもこのことについては、父親の権威《けんい》を失墜《しっつい》していることを、みとめないわけにはゆきません。まったくわたしにはどこか「発育不良」の部分があるようなのです。それだけわかっていながら、しかしわたしは、この「ヘンな癖《くせ》」を改めようとは思っていない。それどころか、自分ではこの発育不良の部分を大切にしているのだから始末《しまつ》が悪いのだけれど、このことについては、ゼヒともキミたちにわかってもらわなくてはなりません。

この頃ではキミたちも、そろそろおとうさんの履歴《りれき》に興味を抱きはじめてきているように思うからです。そして、わたしのこんな話も、きっとなにかのとき、キミたちのなぐさめになるだろうと信じたいからです。

お菓子とわたし——。

わたしは、特別にくいしんぼうではありません。お菓子を買いこんではきても、わたし自身がそれほど食べるのでないことは、キミたちも知っているでしょう。だからこそますます「ヘンなおとうさん」ということになるわけですが、わたしは、じつは心で食べているのです。

わたしにとって、お菓子は食べるだけのものではないのです。それはお菓子以上のなにかなのです。

では、きいてください。これはおとうさんの物語です。

第1章

二つの菓子パン

昭和十五年の大晦日《おおみそか》です。

その日、東京の郊外《こうがい》の孤児院《こじいん》を逃げ出したわたしは、線路づたいに歩いて東京の盛《さか》り場《ば》へたどりつきました。

昭和十五年といえば、太平洋戦争のはじまる前の年です。ぜいたく品禁止令が発令され、米や砂糖やマッチが配給制《はいきゆうせい》になり、国民服というものが制定された年です。

歌のほうでは、トントントンカラリンと隣組《となりぐみ》の歌や、ああ、あの顔であの声で……の「暁《あかつき》に祈る」が流行し、高峰三枝子《たかみねみえこ》さんの「湖畔《こはん》の宿」が、反軍国的《はんぐんこくてき》という理由で、政府から発売停止を命じられた時代です。

それでも歳末《さいまつ》の町はそれらしいにぎわいを見せていました。そのにぎわいの底には、不安な世相《せそう》の息づかいが隠《かく》されていたのでしょうが、十三歳のわたしは、ただもう、大勢の人波にもまれているのが愉《たの》しかったのです。

まだその頃は商店もひらいていて、ネオンをつけていました。小料理屋の三階からは景気《けいき》のいい軍歌の手拍子《てびょうし》がきこえてくるし、高島田《たかしまだ》に結《ゆ》った娘さんも歩いていました。

真冬というのに、半ズボンにちびた下駄《げた》ばきというイデタチのわたしは、なるべくネオンの多い道を選んで歩きました。それだけでも皮膚《ひふ》があたたまるように思えたからです。

だれかが落としていったのでしょう、商店の景品らしい紙細工《かみざいく》の三角帽子《ぼうし》が雑踏《ざっとう》に踏みつけられているのを見ると、わたしはそれを拾ってかぶりました。まるであつらえたようにピッタリなのがうれしくて、口笛を吹きながら歩きました。愉しい目的でもあるみたいに元気な歩調なのだけれど、どこへゆくアテもなかったのです。そのくせ、その三角帽子をかぶっていると、なにかいいことにぶつかりそうな気がするのです。

わたしは、そんな楽天的なこどもでした。

＊

……指にささ、さ、さくれの多い者は肉親の縁がうすいというけれども、わたしのはささくれだらけでした。

七つの年におかあさんが胸の病気で死んで、新しいおかあさんがきて、そのひとのこどもがふたり生まれて、十歳の時、おとうさんが死んで、そしてある日、新しいおかあさんとその子どもたちの姿がどこかへ消えてしまって……わたしはミナシゴというものになりました。

それからのわたしは、いくつもの孤児院を転々としました。なぜ転々としたかというと、どこへいっても厄介者《やっかい》だったからです。なぜ厄介者かというと、「トンズラ坊や」と呼ばれるほど逃げ出してばかりいたからです。

施設《しせつ》の人たちは、わたしを反逆的《はんぎゃく》なこどもだと考えていたようですが、ほんとうは陽気な性格がそうさせていたのでした。

「この子はどうしてこんなに朗《ほが》らかなんだろう」

わたしが、なにかおどけたマネをして仲間を笑わせると、保母《ほぼ》さんがシゲシゲと眺《なが》めたものです。まるで、ミナシゴが陽気であってはいけないような口ぶりなのですが、わたしにはまだ自分の宿命を吟味《ぎんみ》する能力はそなわっていませんでした。考えることよりも、動きの世界に生きている年齢だったのです。

そして、孤児院というところは、じつに退屈な場所だったのです。

当時は児童福祉法《じどうふくしほう》というものもなくて、娯楽設備《ごらくせつび》もないし、といって、ちゃんとした勉強をさせてくれるわけでもありません。掃除《そうじ》をしたり、草をむしったり、農家へ売るための草鞋《わらじ》を編んだりという、単調な毎日なのです。

ある施設は仏教関係で、わたしたちは朝夕に経文《きようもん》を唱《とな》えさせられました。ナームーフーカーシンギーコーとはじまって、以下延々とつづくのですが、大合唱だからにぎやかなようでいて、そのくせへんにうらがなしく、眼をつむっていると、まるで奈落《ならく》の底へ沈んでゆくような気分なのです。

わたしは、ラジオできいたことのある春日井梅鶯《かすがいばいおう》というひとの「南部坂《なんぶざか》雪の別れ」を、経文のかわりに唸《うな》ってみたりしました。まわりはお経の合唱だから、自分の声がきこえる心配はありません。

それにまた、「お納戸羅紗《なんどらしや》の長合羽《ながガッパ》ァ」という浪曲《ろうきよく》の出だしと、ナームーフーカーシンギーコーのメロディがピッタリ合うのです。

いい気持で口演《こうえん》していると、やがて浪曲のマとお経のマがずれをおこしてしまい、わたしの声だけが空間に尾を引くことになって、たちまち大眼玉をくらわされることもありました。

キリスト教関係の施設にいた時は、ハリツケにされたエスさまの絵が、たまらなくきらいでした。骨と皮にやせてしまって、おなかがペシャンコにへこんでいて、施設の乏しい食事でいつも空腹に悩んでいたわたしは、やがて自分もあんなふうに衰弱《すいじゃく》してしまうのではないかという恐怖を感じたものです。

神父さまの説教はいつも「おお可哀相《かわいそう》なおまえたちよ、さまよえる小羊よ」といった調子ですし、讃美歌も妙に陰気なのです。わたしは、エスさまの絵にイタズラして栄養満点に太らせてみたり、讃美歌を歌謡曲のこぶしで唄ったりして、神父さまをなげかせました。

わたしは外の世界にあこがれていたのです。

施設はたいてい郊外にありますから、周辺は緑地帯で、春や秋は行楽《こうらく》の人びとでにぎわうのです。色とりどりの服装が、花を散らしたようで、その中に自分と同じ年頃の少年を発見すると、うらやましくてならないのです。運命を比較するといった深刻なものではなく、ただ、あんなふうに軽快な服装でハネまわってみたいと思うのでした。

空は果てもなくひろがっているのです。窓の外と内側では空気の色までがちがうようでした。

わたしの脱走は、いわば猫が日なたを選ぶのと同じほど自然なことだったのです。

＊

……その日、わたしははじめて脱走に成功したのです。「トンズラ坊や」と呼ばれるほど逃げ出した回数は多くとも、いつも施設の付近で捕えられてしまい、満足に外の空気を味わうことができなかったのです。

だから、三角帽子をかぶったわたしは、ほんとうに倖《しあわ》せだったのですが、大衆食堂の前を通りかかった時、その倖せはあぶなくなりだしました。

映画の看板を見たり本屋で立ち読みをしたり、その愉しさでまぎれていた空腹が、ついにごまかせなくなってしまったのです。昼食前に施設を逃げ出してきたのだから当然です。

レコード屋の店頭で流している「暁に祈る」の唄声がジンとハラワタにしみるのです。大衆食堂の飾窓にはロウ細工のサンプルが並んでいます。米が配給制度になったとはいえ、まだそれほど不自由ではなくて、オムレツ、ハンバーグ、カレーうどんといったものが、ロウ細工特有の光を放《はな》っています。イミテーションの食物は、イミテーションであるため、なおのことホンモノへの連想がふくらんで、ノドもとへ胃袋がもちあがってくるような感じでした。

のれんを頭で割って出てきた職人風の男が、わたしにぶつかりそうになって「あぶねえ、気をつけろイ！」と、威勢《いせい》のいい声をあげました。男は熱いうどんかなにかすすったあとらしく、爪楊枝《つまようじ》をくわえています。わたしは五分でも三分でもいいから、その男の「うどん入りの胃袋」を借りたいと思いました。

そろそろ後悔《こうかい》したくなっていました。もともと、しっかりした信念で飛び出してきたわけではないから、腹がへれば他愛《たわい》もないのです。施設ではもうとっくに夕食のおわった頃だと思うと、アルミニウムの食器が急になつかしくなりました。

ナニクソと、唄いながら歩いてみるのですが、やたらにバイブレーションが大きくなるばかりで、われながら不甲斐《ふがい》ないのです。

路面にムシロを敷いて注連飾《しめかざ》りを売っているおじいさんが「おい坊や、帽子が落ちたぜ帽子が！」と声をかけてくれたけれど、落ちた三角帽子を拾う気力もなく、わたしはつんのめるような形で歩いていました。

＊＊＊

わたしはふるえていました。腰かけている椅子《いす》がカタカタと音をたてていました。どこかで男の悲鳴《ひめい》がきこえるのです。ひどい折檻《せっかん》をうけているようでした。

板敷きの殺風景《さっぷうけい》な部屋です。鉄格子《てつごうし》のついた窓の外を、救世軍《きゅうせいぐん》の楽隊《がくたい》が通ってゆきます。

「どうだ、警察《けいさつ》は怖《こわ》いところだろう？」

机を中にしてむかいあっている刑事さんがニヤリと笑いました。前歯が欠けているせいか、ひどく老《ふ》けたひとに見えます。鼻の横にビイ玉ぐらいの大きなイボがありました。

菓子屋の店先から袋菓子をひとつ、ポケットへしのびこませようとしてポンと肩をたたかれたとき、わたしはそれが刑事さんだとは思えませんでした。刑事さんというものは、たくましい体と鷹《たか》のような鋭い眼光をもっているものだと考えていたからです。

そのひとは、小柄でやせっぽちで、洋服はまるで借物みたいに袖《そで》がつまっているし、眉《まゆ》は人のよさそうな下り眉だし、どう見ても平凡なおじさんといったイメージなのです。

刑事さんはポケットからくしゃくしゃになったタバコを出してくわえると、おもむろにお説教をはじめるのです。

このお説教がまた迫力《はくりょく》のないもので、「二宮金次郎は逆境《ぎゃっきょう》の中ででも勉学に励んだ」とか「悪い人間は死んでからも地獄《じごく》へいって罰《ばつ》をうけねばならない」とか、そんなことをポツリポツリとしゃべるのです。おまけに風邪《かぜ》気味らしく鼻水をすすりながらの話なので、まるで田舎《いなか》のじいさまが囲炉裏《いろり》ばたで昔話をしているような、ひなびた感じなのでした。

これがわたしの人生で、忘れられない人のひとりとなった遠山《とおやま》刑事さんです。

「まァ仕方がない。今夜はここの世話になるんだな、施設のほうには連絡してあるから、明日は引き取りにきてくれるだろう。今度は逃げたりしちゃいかんぞ」

「ハイ」

「腹がへっとるんだろう？」

わたしの眼は、机に置かれた盗品《とうひん》の袋菓子を眺めていたようです。刑事さんは「フム、よわったな」とつぶやいて、

「これは盗品《とうひん》だから、食わせてはやれん。ま、明日の朝までガマンしろ。明日は元日《がんじつ》だから、警察でもお雑煮《ぞうに》が出るはずだ」

部屋のすみの煉炭火鉢《れんたんひばち》にかかっていたやかんを取って、刑事さんは二つの茶碗《ちゃわん》に湯をそそぎ、ひとつをわたしに握らせてくれました。ふちの欠けた粗末《そまつ》な茶碗だけれども、しっかりと握りしめていると、そのぬくみが、てのひらから腕へ、腕から肩へ、そして体じゅうにしみこんでゆくようでした。

刑事さんは、フト笑って、

「いかんなこりゃ、お湯なんぞ飲むと、やっぱり甘味《かんみ》がほしくなる、こいつはどうも眼ざわりだな」

袋菓子を机の引き出しへ放りこむと、その袋菓子にむかって「さらば」というように手をふってみせました。

わたしは、その警察の留置場《りゆうちじよう》で除夜《じよや》の鐘《かね》をきき、昭和十六年の元旦《がんたん》を迎えました。酔っぱらいや、スリや、やくざ者など、えたいの知れない人間に混って一夜を明かしたわたしは、いわゆる「ブタバコ」というものの怖《こわ》さが身にしみて、一刻も早く孤児院から引き取りにきてくれることを願いました。

その留置場は地下にあって、天井にちかい明り取りの小窓のあたりから、舗道《ほどう》を往来《おうらい》する人びとの足音がきこえました。頭上の靴音や下駄の音をきいていると、なんとなく自分の脳味噌《のうみそ》を踏みにじられているような気もするのです。何人ものひとが入り乱れて歩いてゆく騒々《そうぞう》しい足音は、タコが靴や下駄をはいて歩いている姿を思わせました。

二日もすると、わたしの体はシラミをうつされていました。シラミというものはあんな姿をしていて走ることができるらしく、背中へ手をまわすと、逃げてゆく足どり（?）がわかるのです。太りすぎて動けなくなり、袖口《そでぐち》からコロコロこぼれ落ちてくる奴もありました。

　ところで、三日四日五日と待ちに待っても、孤児院からは引き取りにきてくれないのです。

　遠山刑事さんに連れ出されたのは一週間後のことでした。一週間、暗い留置場でくらしていたわたしは、警察の玄関《げんかん》を出たトタン、朝の光によろめいてしまいました。まるでシャワーを浴びたような気分なのです。

「いろいろ交渉《こうしょう》してみたがダメだった」

　刑事さんはゆっくり歩き出しながら、

「どうしても双葉園《ふたばえん》ではおまえを引き取らないというんだ。うちはただの孤児院で犯罪少年とは関係ないんだから、逃げた上に盗みをするような者を引き取ったのでは、ほかのこどもたちにシメシがつかん。警察のほうで処分《しょぶん》してほしいという話なんだよ」

「…………」

　わたしは立ちどまってうなだれました。二度と戻《もど》ってゆけないのだと思うと、改めてなつかしさがこみあげてきました。

「仕方がない、おまえが悪いんだから」

「…………」

「そこでおまえはこれから、少年審判所《しんぱんじょ》へゆくことになった。少年審判所を知ってるか？　知らないだろうな？　おまえはただの孤児だったのだからな。……そこはね、悪いことをしたこどもの、それぞれの事情や性質を調べた上で、さて、どの施設へ送るかを決めるところなんだ」

「…………」

「つまりこども裁判所《さいばんしょ》みたいなもんだな、だから、審判官や保護司《ほごし》になるべく眼をかけてもらうようにせんと……きつい施設へ廻されたら大変だからな」

裏道へ入って陸橋を渡ると、そこがバスの停留所でした。片側は小学校の板塀《いたべい》がつづいていて、裸木《はだかぎ》がニョキニョキ首を出しています。

バス停の前に、たった一軒、文房具《ぶんぼうぐ》や駄菓子《だがし》を置いた古ぼけた店がありました。お菓子屋にしても、売るべき品物が制限されていて、一軒いくらの割当で仕入れているのですから、カラのケースが多いのです。あかんぼをネンネコで背負った女のひとが、そのケースにはたきをかけていました。

「すまんが水を一杯、くれないかね？」

女のひとがめんどうくさそうに水を運んでくると、遠山刑事さんは、

「すまん。胃が悪くてね、今朝《けさ》、薬を飲み忘れたら、てきめんに痛《いた》みだしてねえ」

弁解《べんかい》がましく言いながら、ポケットから薬の瓶《びん》を取り出しました。

校舎のむこうで、たかだかと泳いでいた奴凧《やっこだこ》が、風のかげんか、突然逆さまになって落ちてゆくのが見えます。

わたしは心細い思いでした。一週間のブタバコ生活で、さすが楽天的なわたしも意気消沈《きしょうちん》でした。逆落《さか》しに落ちていった奴凧に、フッと不吉《ふきつ》なものを感じたのです。これから自分はどうなるのだろうか？　とんでもない生活が待っているような気がして、少年審判所、少年審判所……と、そのいかめしい呼名を口の中でつぶやいていると、腹の底が冷たくなってくるのです。

「おい……」

呼ばれてハッとわれにかえると、いつのまにか薬を飲みおえた刑事さんが、片手にもった紙袋をわたしに突きつけています。

「バスがくるまでに食べてしまいなさい」

「……？」

「当分は甘いものも食べられなくなるだろうからな。この店にはこれしかないんだそうだ」

袋の中には菓子パンが二つ入っていました。わたしはポカンとしてしまいました。あんまり思いがけないことだったからです。

「さ、早くお食べ」

うながされて、その、上皮にうっすらとクリームをなでつけた菓子パンを頬《ほお》ばりました。なんともいえない味がしました。ひとりで二つもの菓子パンを手にした経験がないので、これはまったく豪勢《ごうせい》なことだったのです。

孤児院でもたまには菓子が出たけれども、ひとつというのはいいほうで、二分の一だったり四分の一だったり、とにかく完全な形のものにありついたことがなかったのです。

わたしは夢中《むちゅう》で頬ばりながら、袋に入っているもうひとつのパンをしっかり握りしめていましたが、フト気がついて恥ずかしくなり、ソッと刑事さんの顔を盗み見しました。もうひとつは、この人が食べるつもりだったのかもしれない……。

「あの、これ……」

おそるおそるさしだしてみると、刑事さんは妙《みょう》な顔をしましたが「ああ」と笑って、

「バカ、余《よ》計《けい》な心配をするんじゃない。みんな食べてもいいんだよ」

笑うと下がり眉はいっそう下がり、山羊《やぎ》のような眼は、あるかなきかに細くなってしまう。……不意にわたしの眼から涙があふれました。

わたしは、いつもコミであつかわれてきました。施設の少年だからやむをえないのですが、どこへいってもわたしは何十人の中の一人なのです。わたしに恵《めぐ》まれるのは何十分の一の愛情であり、何十分の一の愛情というのは、結局、なんにも恵まれないのと同じことでした。ひとりの自分がひとりの相手から親切をもらうというような、ゼイタクな思いを味わったことはないのです。

「こら、男のくせに泣く奴があるか」

「…………」

「ほれ、パンの上に涙が落ちているぞ。この頃の菓子パンは砂糖《さとう》の節約であんまり甘くないんだ。それじゃしょっぱくなっちまうじゃないか。……心細がることはない。おまえさえ素直《すなお》にしていれば、どこへいっても可愛《かわい》がってもらえる。しっかりやるんだね」

しゃくりあげながら、わたしはなおも菓子パンを頬ばっていました。

＊

……少年審判所で、わたしは十日間を過ごしました。審判所の独房《どくぼう》は庭にめんして、ハモニカの口のようにいくつもの窓を並べています。部屋は三畳の板の間で、畳がわりにゴザが敷いてあります。むろん座蒲団《ざぶとん》などというものはありません。保護司に呼び出されて取調べをうける以外は、そのゴザの上に正座《せいざ》していなくてはならない。壁によりかかったりするのは、もってのほかの違反行為なのです。看守《かんしゅ》が三十分間隔で扉《とびら》の小窓のフタをあけてのぞきこみます。膝《ひざ》をくずしていようものなら、廊下《ろうか》へひっぱり出されて制裁《せいさい》をくわえられるのです。

壁には、先輩《せんぱい》の住人たちが、退屈《たいくつ》のあまり箸《はし》の先で刻《きざ》みつけていったらしい落書が残されていました。

○月○日

朝　みそ汁、タクアン三切れ

昼　うどん

夜　ヒジキの煮つけ

そんな記録の下に「みそ汁、塩気《しおけ》ばかり」「うどん、グチャグチャ」「ヒジキ、なま煮え」などと、批評がしるされています。

「明日はとうとう感化院《かんかいん》ゆき、ゆるしてくださいおっかさん」といったセンチなのもあれば、「おぼえていやがれ審判官、おまえの家に火をつけて、一家八人みな殺し、きっと怨《うら》みははらすとも」の復讐型《ふくしゅうがた》。

「シャバへ出ましたアカツキは、ウンと稼《かせ》いで寄付します。だから釈放《しゃくほう》しておくれ」という立身出世型もあれば、「赤いネオンのあのかげで、いとしあの娘《こ》がまっている」と、流行歌の文句をそのまま拝借《はいしゃく》しているのもあります。

わたしはそれらの落書の余白に、遠山刑事さんの似顔《にがお》を描いてみるのでした。鼻の横に大きなイボをつけるのも忘れませんでした。

審判所の応接室の係官にわたしを引き渡し、なんにも言わず肩を叩《たた》いて去っていった、その猫背《ねこぜ》のうしろ姿がなつかしいのです。

緊張《きんちょう》のあまり、ロクな別れの挨拶《あいさつ》もできなかった自分が残念でなりませんでした。ひとの親切になれていないわたしは、礼を言うことにもなれていなかったのかもしれません。

おかしな話ですが、わたしはトイレへ入るたびに悲しい気がしました。あの二つの菓子パンを、ウンコにして排泄《はいせつ》してしまうのがモッタイないような気がしてならないのです。あの菓子パンだけは、いつまでも胃袋に置いておきたかったのです。

遠山刑事さんはわたしに、菓子の甘味《あまみ》とともに、親切の甘味を教えてくれた大切な人なのでした。

……雪のふる日、報徳《ほうとく》学院という施設へ廻されることになりました。判決は下《くだ》ったというわけです。

審判官から簡単《かんたん》な宣告《せんこく》をうけ、係官に連行されて外へ出ると、窓のない、箱のような車が待っていました。「早くしろ」とドヤされて乗りこむと、先客が二人、うずくまっていました。報徳学院へやられるのはわたしだけではなかったのです。

「おい千吉《せんきち》、秋彦《あきひこ》、こいつも一緒だ、おまえら年上なんだから親切にしてやれ」

係官の言葉に、千吉と呼ばれる少年は顔をあげました。鋭い眼でした。「なんだ、ガキか……」フンと唇をゆがめてソッポをむくと、耳の下にえぐったような傷跡《きずあと》があって、なんだかすごい感じなのです。

秋彦と呼ばれたほうは、アベコベに色白のおとなしそうな少年で、膝の上に小型のボストンバッグをかかえ、ジッとうなだれていました。

……デコボコ道がつづいているらしく、車は激しくゆれました。窓がないので、どんな風景の中を走っているのか、見当もつかないのです。

ながい間、だれも口をきく者もありませんでした。……わたしは次第《しだい》に泣きたくなってきました。窓のない自動車に乗っていると、自分の体が荷物かなんぞに化けてしまったような気がするのです。そこでまた、遠山刑事さんのひょうひょうとした風貌《ふうぼう》を思い出してみるのです。救いを求めるように、あの人が残していってくれた親切の後味《あとあじ》を噛《か》みしめてみるのでしたが、この先、自分を待っている世界は、そんな甘やかな思い出をゆるしてくれるような場所とも思えないのです。

報徳学院、ホートクというような語感もひどくいかめしい感じで、「希望の家」とか「愛光寮《あいこうりよう》」とか「双葉園」など、いままでに世話になってきた孤児院とはちがって、なんだかおそろしいようなイメージがわきあがってくるのです。

「そんなに逃げ出してばかりいると、感化院へやってしまうぞ」

よくそう言っておどされたものでしたが、いよいよその感化院へ送られてゆくのかと思うと、この自動車が崖《がけ》から落っこちてしまえばいいと思いました。でも、そうなれば自分も死んでしまうのです。わたしは自分の考え方が悲しくて、いよいよ泣きたくなってきました。

……すすり泣きの声がおこりました。しかし、泣いたのはわたしではありません。わたしが泣く前に、秋彦と呼ばれる少年が、ボストンバッグに顔をおしつけるようにして、しゃくりあげているのです。自分より二つも三つも年上らしい彼が、いかにも絶望的《ぜつぼうてき》に泣き沈んでいるのを見ると、それだけ感化院という世界のおそろしさを予言されたようで、泣くよりももっときびしいものを感じました。

「うるせえなァ」

千吉が、あくびのついでのような調子で言いました。

「泣いたってしょうがねえだろ？　なさけねえ奴だなァ、メソメソすることはねえよ。オレたちゃお客さんなんだぜ。オレたちがいるからこそ、感化院のセンコウ（先生）どもも月給もらって食ってられるんじゃねえか。大威張《おおいば》りで乗りこんでゆくんだよ」

「おい、千吉、余計なことを言うな」

それまで、腕ぐみをして眼をつむっていた係官が、口をひらきました。

「泣いているうちこそ見込みがあるんだ。おまえのようになっちまっちゃ、おしまいだよ」

眉のうすい、意地悪そうな男です。

「いいかげんに性根《しょうね》を入れ替えないと、やがては刑務所ゆきだぞ……と言われてビクビクするようなおまえじゃなかったっけ。おい、どうせ今度の施設もズラかるつもりなんだろうな？」

まるで憎《にく》んでいるような口調《くちょう》でした。そんな言い方をされるだけ、千吉のほうも、かなりひとを手こずらせてきたのでしょう。いかにも、したたか者といったタイプなのです。

ズラかるつもりだろうと言われて、「はい、アタリマエですよ」と、へんに丁寧《ていねい》な言葉でうそぶいてみせるのですが、これは、よほどのキャリアがなくてはできないはずの芸当《げいとう》です。

「ところがおあいにくだな、今度の報徳学院は、そうはいかん。おまえなんぞになめられるような甘い先生はおらん」

「ホワイト・サタンってのがいるんですってね？　色のなまっちろい二枚目だけど、そいつがすごいスパルタなんですってね？　だから白い悪魔《あくま》、ホワイト・サタンってわけでしょう？　面白いな。ケンカするにしてもそういう野郎のほうが張り合いがあります」

「そんなふうだから、どこへいってもきらわれるんだぞ」

「余計《よけい》な心配してくれるなら、それよりタバコ一本ください。タバコくれたら、退屈しのぎのヘタなお説教もきいてあげます。タダじゃごめんですよ」

「千吉、貴様《きさま》！」係官は本気で腹を立てたようでした。胸《むな》ぐらをつかもうとするのへ、

「いいですよ。殴《なぐ》られつづけてきたから体じゅうタコができてます。あんたのゲンコ

ツのほうが痛《いた》むかもしれないけど、それでよろしかったらどうぞ」

　まるでアベコベで、大の男が昂奮《こうふん》すればするほど、千吉のほうは落ち着きはらってゆくのです。

　わたしと、秋彦少年とは顔を見合わせました。彼は肝《きも》をぬかれたようにポカンとしています。わたしは自分もきっと、それと同じ顔をしているのだと思いました。報徳学院にはこの千吉のような「札つき」がいっぱいいるのかもしれない……それなら、それをあつかう指導員のあらっぽさも、並たいていのことではないだろう。わたしは千吉が言ったホワイト・サタンの名を、心の中で反復してみるのです。だれがつけたのか、たとえあだなにしても気味の悪い名前でした。

　車がひときわ大きく揺れて、にらみあっていた係官と千吉は、飛び上がったはずみにゴツンとおでこをぶっつけましたが、だれも笑う者はいませんでした。

　とても太刀打《たちう》できぬと思ったらしい係官が黙りこんでしまうと、千吉はなにごともなかったように大あくびをして、それから、まるで浪曲師《ろうきょくし》のようなサビのある声で唄いはじめました。

　はじめてきく歌でしたが、一度きいたら忘れられなくなるような、妙《みょう》にかなしくて、ジメジメして、そのくせヤケクソみたいに明るくてユーモラスなものがミックスされた、なんとも不思議《ふしぎ》な印象なのです。
それは、こういう文句の歌でした。

おいらの脳味噌、見せちゃろか
明けてもくれても　鉄格子
黒い縞目《しまめ》がしみついて
いつになったら消えるじゃろ
いつになったら消えるじゃろ

……………………………………

第2章
お菓子の好きなパリ娘

東京と千葉の境目《さかいめ》として流れる江戸川の、その千葉県側の川堤《かわづつみ》のかげに、報徳学院《ほうとくがくいん》の建物がありました。対岸は葛飾《かつしか》の工場地帯で、林立《りんりつ》する煙突《えんとつ》が、黒い、ねばっこいような煙を噴《ふ》き上げているのですが、こっちは一面の田畑に古い農家の屋根が点々としているだけのさみしい土地でした。

明治三十七年頃まで、この川には橋がなく、金町《かなまち》と松戸《まつど》を結ぶ渡し舟だけが、唯一《ゆいいつ》の交通機関だったそうです。入鉄砲《いりでつぽう》とか出女《でおんな》とかいわれ、幕府《ばくふ》が江戸防衛政策《ぼうえいせいさく》のため、他県から飛び道具を持ちこむ者や、また、江戸から他県へ出てゆく女たちの詮議《せんぎ》を苛酷《かこく》にしたため、いろいろ悲しい話も残されているのです。

川むこうから嫁《よめ》をとると、里《さと》がえりには「里通し証文《しょうもん》」という手形がないと舟に乗れません。秘密《ひみつ》に川を渡ったりすれば関所《せきしょ》破りの罪でハリツケにされてしまう。

千葉から江戸へ奉公《ほうこう》した娘たちも、奉公の期限がきれるまでは、生家《せいか》でなにがおころうとかえしてはもらえず、手形のないため、里の恋人の突然の死にも、その枕辺《まくらべ》へ駆けつけられなかった娘が、絶望のあまり身を投げたという哀話《あいわ》も記録されています。

そんな非人間的な伝説の残されている土地に報徳学院が存在したのは、偶然《ぐうぜん》ではなかったのかもしれません。

伝説だけではなく、つい何年か前にもこの川にまつわる悲劇があり、学院を脱走した少年が橋を渡って東京へ入ろうとして、橋の袂《たもと》の検問所《けんもんじょ》で見とがめられ、追いつめられた末に川へ飛びこんで死んだことがあるのだそうです。

たとえ脱走直後に失敗《しっぱい》したにしろ、どうしてその少年が学院の外へ出られたのか、わたしは不思議《ふしぎ》な気がしました。どう考えても逃げ出せそうもない仕組みになっているからです。

院内、どこもかしこも鉄格子《てつごうし》だらけなのです。猫一匹、ぬけられそうもない小さなトイレの腰窓《こしまど》にさえ、ガッチリとはめこまれているのです。それでもたりないのか、廊下《ろうか》には二つの厚いドアがあり、夜は寝室と洗面所だけをはさんで両方から閉《と》ざされてしまいます。

新入りは三ヵ月ほど、屋内作業室でボール箱作りをします。これがおわると、やっと屋外作業の畑仕事で太陽を浴びることができるのですが、万一に備えてコン棒と手《て》錠《じょう》をもった指導員が四方を固めていて、まったく奇蹟《きせき》でもおこらぬかぎり、脱走など、思いもよらないのです。

五十名近い少年たちは、十五歳から十七歳ぐらいまでが大半で、十四歳のわたしは最年少者でした。窃盗《せっとう》とかスリとか、怖《こわ》いところでは傷害《しょうがい》とか放火とか恐喝《きょうかつ》とか……いろいろな罪名《ざいめい》の集りなのです。みんな、それぞれの不幸な道すじを経て、そんなところへゆきついてしまっているのですけれども、学院ではそうなるに至った事情などは問題とせず、ただもうモーレツなスパルタ教育なのです。

院長は病弱のために、もう何年も別棟《べつむね》の自宅で静養中《せいようちゅう》なのだそうで、あまりカンロクのない五十ぐらいの指導主任《しどうしゅにん》を助けて指導員が四人、保母《ほぼ》さんがひとりと、炊事《すいじ》のおばさん、これが学院のメンバーでしたが、その中の日比野《ひびの》指導員が、問題のホワイト・サタンでした。

報徳学院で育ったというこのひとは院長を親がわりにし、院長が病床《びょうしょう》に臥《ふ》してからは事実上、学院の生活をリードしていて、指導主任も頭があがらないのです。

年も若く、俳優《はいゆう》のような美貌《びぼう》なのですが、眉間《みけん》のシワが短気な性格をあらわしていました。

「今日の反省」と名付けた訓話《くんわ》が毎晩繰《く》り返されるのですが、この優男《やさおとこ》のどこにこんな底力が隠《かく》されているのかと不思議《ふしぎ》なほど、バカでかい声で弁じられるのは、「米英との国際状勢」であり、「この国家の非常時に、貴様《きさま》らはなんだ」であり、「だから、一日も早く更生《こうせい》し、社会に対して罪の償《つぐな》いをすべし」なのです。

そして、あくびを噛《か》み殺したり、ちょっとでもわき見をする者があれば、共同責任として総ビンタというオマケまでつくのです。

このビンタがまたホワイト・サタン一流のもので、ゲンコツを固め、相手の顔をはさむようにして左右から殴《なぐ》りつける、というよりも、グリグリとこねまわすのです。ふつうのビンタなら一発目と二発目の間に体勢をととのえることもできますが、左右からの攻撃《こうげき》では息もつけないのです。

そんな時のホワイト・サタンは、制裁《せいさい》というより、殴ることでますます自分の昂奮《こうふん》を煽《あお》りたてているような、異常な感じなのです。

「あの野郎……」

夜、ふとんの中で千吉がつぶやきました。その日、つまらない理由でサタンの制裁をくらった彼の顔は、赤くはれあがっていました。とにかく千吉ときたら、毎日のように殴られているのです。

「あの野郎、少年あがりのくせにオレたちを虐待《ぎやくたい》しやがって……」

「キミはいけないよ」

秋彦が声をひそめてたしなめました。わたしたち三人は、同じ日に入所したよしみで枕を並べていました。消灯後が唯一《ゆいいつ》の憩《いこ》いの時間なのですが、鉄格子を通してくる月影がふとんの上に縞目《しまめ》を落として、やっぱり檻《おり》の中にいることを忘れさせてはくれません。

「キミはわざと殴られるようなことばかりするんだもの。仕事をサボったり訓話の時にソッポをむいたり……あれじゃダメだよ」

「おめえみたいなヘナチョコにはわからねえよ。……ま、いいさ、そのうちひと泡《あわ》吹かせてやるさ。秋彦もシゲルも、たのしみにしてるがいいよ」

「逃げるの？　無理だ。逃げられっこないよ」

「わからねえな、だからこそズラかってやるのさ。男の意地《いじ》だ。おい、おめえもどうだ？」

千吉はわたしの耳へ口をよせて、「一緒に連れてってやろうか？」というのです。

「シャバへ出たら菓子ぐらい腹いっぱい食わせてやるぜ」

い、い、どきんとしました。

「食べたくないよ、菓子なんか」

するとと彼は、

「ヘン、無理するなよ、オレにはちゃんとわかってるんだから……」

のぞきこむようにして、意味ありげに笑うのです。わたしは「ああ」と思いあたり、トタンに顔が赤くなるのを感じました。

……つらくない日などというものはないけれど、その中でも特別にイヤな日がありました。それは月に一度の面会日です。

当時、完全（？）な孤児《こじ》というのはそれほど数多くなく、おおかたは片親なり、またなんらかの縁者《えんじゃ》をもっていて、報徳学院でも文字通り天涯孤独《てんがいこどく》というのは、千吉とわたしぐらいのものでした。だから面会日というものは用がなかったのです。

当日、その時刻が迫《せま》ると、仲間たちは、猿《さる》のように鉄格子にむらがって堤《つつみ》を見上げます。面会時間は十時から十二時までに限定されているので、面会者たちはいっときにドッと押寄せてきます。その行列が堤の道を動いてくるのが見えると、やれオヤジだおふくろだと大騒ぎになるのでした。

千吉はさすがに「大もの」だけあって超然《ちょうぜん》としていますが、わたしはどうしてもジッとしていられません。誘われて自分も窓へ駆け寄ってしまいます。それぞれに差入《さしい》れの包みをかかえた一団が、次第に顔形をハッキリさせて近づいてくると、自分に面会者があるはずのないのを承知しながら、もしや？　……と、つい眼をこらしてしまうのです。これはまったく無駄なことでした。

やがて面会室は、ひとしきり活気を呈します。

見てはならないと戒めながら、わたしは怖いもの見たさに似た心理で廊下の窓から盗み見するのです。みんな、いろいろにくめんしてくるのでしょう。新しい肌着や、重箱入りのスシやおはぎ、そのほかにもさまざまな菓子類がテーブルをにぎわわせているのを見ると、わたしは思わずめまいを感じるのです。

そうでなくともドンブリ六分目の盛りつけ飯は、深い井戸に小石を放りこんだぐらいにしか、腹にこたえません。まして甘いものときたら、遠山刑事さんにふるまわれたあの菓子パン以来、おめにかかったことがないのです。

胃袋の問題だけではありませんでした。

心ない父兄たちは、わたしには厄介な置土産を残してゆきました。

べきれなかったものを、ソット少年のポケットへしのばせるのです。これは違反行為なのでしたが、係りの指導員にしても、父兄からは「寸志」や「粗品」の数々を受け取っているので、まァ、多少のことは……というわけでした。面会時間中に食

　面会のあと、少年たちはその闇物資《やみぶっし》のやりとりをするのがキマリになっていました。煎餅《せんべい》とキャラメル、甘納豆《あまなっとう》とビスケットといったぐあいに交換するのですが、それが仲間同士の社交なのです。そして、そんなことが、おたがいの勢力にもかかわってくるのです。たとえば、面会者が多く、したがって闇物資の豊富な少年は自然ボス的な地位を占め、なんとなくおうような風格を備えているのです。

「おい、おまえも食べないか？」

　汚れた畳に、食べかけの煎餅《せんべい》を投げ出されたりすると、わたしはブルルとふるえました。

　十四歳にしろ、男の誇《ほこ》りはあるのです。ものもらいじゃない、お返しのできない恵《めぐ》みはうけられないと、キゼンとして辞退《じたい》するのですが、残念なことに内心は大混乱です。煎餅はほしい、その煎餅を投げあたえることのできる相手がうらやましい、それを隠《かく》してキゼンとしようというのですから、二重のつらさなのです。

　……千吉はそのことを感づいていたのでしょうか。「オレにはわかっているんだ」と言われ、わたしは自分の楽屋《がくや》裏を見ぬかれたような恥ずかしさを感じました。そんなに簡単に見ぬかれるほど、うらやましそうな顔をしていたのだろうか？　卑《いや》しい顔をさらしていたんだろうか？　……

「怒ったのか？」

千吉はクスッと笑うのです。

「怒ることはねえさ。おめえはまだガキなんだ。ガキが菓子を食いたがるのに不思議《ふしぎ》はねえだろ？」

「ガキなもんか、だれが菓子なんか！」

「おお怖《こわ》い怖い」

ますます面白そうに笑って、

「そうかい、ほんとにうらやましくねえのかい」と、彼もずいぶんしつっこいのです。

「フーン、そうかい。負け惜しみにしても感心だ。えらいぞ。あんまり感心だから、オレ、シャバへ出たらうんと菓子を送ってやらァ。いけねえ。郵便で送ったら没収《ぼっしゅう》されちまうな。よし、よし、夜中に窓の下まで持ってきてやるよ」

「本気で逃げるつもりなのかい？」

秋彦がおそろしそうな声を出しました。

「ああ、本気さ。絶対の本気だ」

千吉の口調《くちょう》にはゾッとするような執念《しゅうねん》めいたひびきがこもっていましたが、この学院じゅうのきらわれ者が、そんなやさしいことを言うのも、わたしと同じ思いをさんざん味わってきたからでしょうか？

彼の大きなおでこを眺《なが》めているうち、次第に悲しさともうれしさともつかぬ気持がこみあげてきて、わたしはスッポリとふとんをかぶってしまいました。

たくさんの菓子。ほんとうに、わたしはどれほどそれを夢見たかしれないのです。

山ほどの菓子を仲間たちの頭上にふりまいて、大威張《おおいば》りに威張っている空想に、わた
わたしは何度胸をおどらせたことだったか……わたしはふとんの襟《えり》をしっかりとつかんで、涙ぐんでいるのを千吉や秋彦に悟《さと》られたくなかったものですから、わざと大きくイビキをかいてみせました。
＊＊＊

富永《とみなが》先生は若い保母さんで、いつもシワひとつない紺《こん》のスーツを着て、胸もとに白いハンカチをのぞかせていました。

いかにも健康そうな小麦色で眼がとびぬけて大きい美人なのです。

亡くなった院長夫人の遠縁《とおえん》で、二年前広島から出てきたのだそうでしたが、こんな所で働こうというだけあって、もの柔らかな中にも、どこかリンとしたものが感じられました。

毎日の献立《こんだて》や衣服の繕《つくろ》いもの、そして院長の世話もひきうけている忙しい身なのに、わたしたちはこのひとの不機嫌《ふきげん》な顔を見たことはなく、廊下《ろうか》ですれちがったりすると「どう？　ごきげんいかが？」とかならず声をかけてくれます。殺風景《さっぷうけい》な院舎の中に、スーツの紺《こん》とハンカチの白が眼にしみるようで、わたしはそうしたすれちがいの一瞬《しゅん》が気に入っていました。そのフワッとするような一瞬を何度でも味わいたくて、用もないのにわざわざすれちがってみたりするのでした。

けわしい日々の中で、わたしにすばらしい夢をあたえてくれたのも、このひとです。

というのは――

夜、ホワイト・サタンの訓話《くんわ》がすむと、就寝《しゅうしん》までに一時間ほどの自由時間があり、わたしたちは先を争って娯楽室《ごらくしつ》へなだれこみました。娯楽室といっても、ツギだらけの板の間に、古びたピンポン台と、精神修養の書物だけが並べてある本棚と、塗《ぬ》りの剝《は》げたオルガンといっただけのわびしい眺《なが》めなのですが、そのオルガンの演奏者《えんそうしゃ》が富永先生なのです。

押すと、そのままあがってこないキイがあるのを、富永先生はなれたもので器用にそれをあつかいながら、「からたちの花」「この道」「ペチカ」といった曲を、弾《ひ》き唄いできかせてくれるのでした。

みんな歌が好きなのです。ふだんはあらっぽい奴も、歌となるとしんみりしてしまうのです。しぐさや言葉が女性的なので「花魁《おいらん》」と呼ばれている少年などは、三浦半島の出身ということもあって、「城《じょう》が島《しま》の雨」がはじまると、きまって、

「ああ、たまんない、ああ、もうギリギリだわ」

と言って涙をこぼすのです。なにかというと「もうギリギリ」というのが彼の口癖《くちぐせ》でした。着物なら袖《そで》をくわえたいところを、仕方なくゴワゴワの作業衣の袖を噛《か》みしめるのです。オイランだから顔形がやさしいかというとそうでなく、体もたくましいし、色が黒くて団子《だんご》鼻ときています。それがコッケイだといって仲間たちは笑うのでした。

お菓子の好きなパリ娘
ふたりそろえば　いそいそと
角《かど》の菓子屋へボンジュール
よるまもおそし　エクレール
腰もかけずにムシャムシャと

食べて口ふく　パリ娘

富永先生のレパートリイの中で、わたしはこの歌をもっとも愛しました。細いけれどよくひびくソプラノで、「ふたりそろえばいそいそと」のところでは、いかにも楽しげな表情をつくってみせ、「角の菓子屋へボンジュール」で片手をフワリとあげて挨拶《あいさつ》のポーズをとり、そして「肩でツバメの宙がえり」と、余韻《よいん》たっぷりに唄いおさめます。

オルガンのペダルが、ギイコギイコときしむのは耳ざわりでしたが、わたしは富永先生のうた声を心に吸いこむような思いで聞きほれました。

エクレールとはどんな菓子なんだろう？

わたしは外国の町を、そしてそこにある美しいお菓子の店を空想するのです。地球の裏側は外国だというから、学院の庭に穴を掘ってゆけば、むこうへ出られるかもしれない。ある日、ある町の路上にポカリと穴があいて、スコップをもった自分が顔を出す。そこは明るい町なのです。町じゅうに花が咲き乱れ、音楽が流れ、すれちがう人はみんなやさしくほほえんでいます。その中に遠山刑事さんの顔も見えるのです。

仲間たちは「上海《しゃんはい》ブルース」とか「名月赤城山《めいげつあかぎやま》」といったものをリクエストするのですけれども、わたしは「お菓子と娘」のアンコールをせがみました。何度でもききたいのです。

ある時、富永先生が言いました。

「先生はね、お菓子と娘の歌をきいている時のキミの顔が好きよ。可愛《かわい》らしくって……とても倖《しあわ》せそうで……でもね、キミの気持がそれほど簡単なものじゃないってこと、わかっているつもりよ」

一対一で向かい合うのははじめてなので、わたしはすっかり固くなっていました。風呂当番の日で、タイルを流しているところへヒョッコリ先生が顔を出し、その話がはじまったのです。

「昨夜、訓話《くんわ》のあとで日比野《ひびの》先生が、将来なんになりたいかと質問なさったでしょう？　みんな立派な兵隊になりたいと答えました。そうでない答えをしたのは千吉クンとキミの二人だけ。キミはこう答えたわね、ハイぼくはお菓子屋になりたいです……日比野先生はお怒りになって、キミはずいぶんゲンコツをいただいたわね」

その通りなのです。

でも、仲間たちにしてもみんながみんな兵隊になりたがっていたのではなく、それぞれの夢があったのです。コック、画家、音楽家、競馬《けいば》の騎手《きしゅ》、マドロス、工芸家、作家、変わったところでは、旅館の番頭になりたいというのもあり、「オイラン」などは歌舞伎《かぶき》の女形《おやま》にあこがれていました。

それでも「兵隊になります」というのはそう答えなければいけないことを知っていたからです。

千吉だけは例外で「オレは総理大臣になりたい」と答え、言わなければいいものを、大臣になっていままで自分を虐待《ぎゃくたい》した奴らをひとり残らずクビにするのだと、真正面からホワイト・サタンを見据《みす》えて言い放ったのです。

それにつづいてわたしが「お菓子屋になりたい」と答えたものだから、ホワイト・サタンをいっそう怒らせることになったのでした。

富永先生は言うのです。

「わたしはちょっと不安な気がしたのよ、叱《しか》られるのがわかっているのに、あんなことを答えるなんて、千吉クンのあまのじゃくが伝染《でんせん》したのかしらと思って……でも、やっぱりそうじゃなかったのね？　キミは夢中《むちゅう》でそう答えてしまったのね？　叱られるかもしれないなんてことは、忘れていた……そうでしょ？」

これも、その通りでした。「お菓子屋」と口に出してから、あ、まずいと思った時はもう手おくれだったのです。

「お菓子と娘の歌をきいている時のキミを思うと、それがよくわかるのよ。キミはきっと、いつもお菓子屋さんになりたいと思っているのね？　だからついそう答えてしまったんだわ。反抗したんじゃないのだと考えて、先生は安心しました。でもどうしてそんなに？」

と、いたわるような眼差《まなざ》しを浴《あ》びて、訳《わけ》はいっぱい胸の中でひしめいているのに、それをうまく説明することはできないのです。ただ、この人にだけは食いしんぼうだなどと思われたくない、と思いました。

ところで、わたしは大変なことを教えられました。

「キミは知ってるかしら？　ここでもお菓子の出ることがあるのよ」

富永先生は急にニコニコして、そんなことを言うのです。

一瞬《いっしゅん》、わたしはポカンとしてしまいました。言われた意味が理解できなかったのです。

「ほんとなのよ。お正月と、六月一日の創立記念日の年二回だけど、お菓子が出るんです。お正月はもうすんだから、今度は創立記念日というわけね、いまは二月の末だから、あと三ヵ月……」

初耳でした。わたしをなぐさめるための嘘《うそ》ではないかと思いました。でも、この人がそんなひどい嘘をつくはずはないのだから、やはり信じてもいい話です。

あまり安っぽく喜んではならぬと思いながら、だらしなく顔がほころんでしまうのをどうすることもできませんでした。これはまったく、ふってわいたような福音《ふくいん》なのです。

「だから、それを楽しみにがんばるのよ」

三ヵ月、おおよそ九十日間……おそろしく長いようでもあり、短いようでもあります。とにかく三ヵ月経てばお菓子に対面できるというのです。そんならなにも、面会日のたびに仲間をうらやましがることもない。千吉が脱走して、夜中に窓の下へ菓子を運んでくれる必要もない……。

「ありがとう」わたしは思わずピョコンとひとつ、お辞儀《じぎ》をしてしまいました。富永先生は驚いたように眼をまるくしましたが、

「あら、わたしにお礼を言われても困るわ。わたしがあげるわけじゃないんだから」

と、笑うのです。

しかし、先生にはわかっているはずでした。わたしがその時、先生から与えられたのはお菓子についての情報《じょうほう》だけではなく、もっと深い、ゆたかなものだったのです。

⁂

花見時になると、橋を渡る人の数がふえました。農家の人たちが川向こうの帝釈《たいしゃく》さまへ参詣《さんけい》にゆくのです。そして柴又《しばまた》の草団子《くさだんご》や、葛飾土産《かつしかみやげ》の竹細工《たけざいく》をぶらさげて帰ってきます。

同じ橋を、軍事教練《ぐんじきょうれん》の兵隊の列が通ってゆく日もあります。オイチニの号令と規則正しい軍靴《ぐんか》のひびきが、川のしじまを割ってゆきました。またある日には、出征兵士《しゅっせいへいし》を送る日の丸の旗と、戦死者の遺骨《いこつ》を迎える喪服《もふく》の列が、橋の真ん中ですれちがうこともありました。

昭和十六年は、「戦陣訓《せんじんくん》」が誕生《たんじょう》し、小学校が国民学校と改名され、「月月火水木金金」という休日返上の歌がうたわれ出した年です。

報徳学院にはもともと土曜も日曜もありませんでしたが、この年からは勤労時間が一時間延長されることになりました。ゴハンにしても、米七分に麦三分だったのが五分五分になり、それもこれも「戦地の兵隊を思え」ということなのでした。

ホワイト・サタンは毎食前に、こうして三度の食事ができるのも、第一線で戦っている兵士のおかげだということを力説するのです。それがやがて米英への非難《ひなん》になってゆくのですが、サタンの口調《くちょう》は日ましに狂熱的《きょうねつてき》になり、テーブルを叩《たた》いたり、悲憤《ひふん》の涙を流すといったぐあいなのです。

汁は冷《さ》めてしまう。サタンがテーブルを叩《たた》くと、小皿の上で肩寄せ合っていたうすいタクアンはバッタリ倒れ、副食皿のこんにゃくがブルブルふるえます。わたしは腹の虫がなるのをおさえながら、とにかくホワイト・サタンがこんなに怒るのだから、アメリカというのは悪い国なんだろうと思うのでした。

……四月の夜のことです。

その夜、いつものようにわたしたちは、富永先生のオルガンを楽しんでいました。しかし、みんな少しばかり調子が狂っていました。昼間、二人の仲間が退院していったのですが、そんな日は、残された者はどうしてもヘンにならざるをえません。そうでなくとも、春という季節はわたしたちをもの狂おしくさせます。外は星空、さわやかな風は砂のようにサラサラと吹きこんでくるのだけれど、鉄格子を通ってくる風にはサビの匂《にお》いが混《まじ》っているようなのです。退院した少年は、いまごろはわが家の窓で、外の空気を吸っている……だれもが同じことを考えてムラムラしているにちがいないのでした。

わたしたちは、そのムラムラを発散《はっさん》するように、大きな声で唄いました。例の「お

第2章　お菓子の好きなパリ娘

菓子と娘」にしても、あんまりガムシャラな声で唄うので「お菓子の好きなパリ娘」のところは、はまるであらくれ男みたいになり、「ふたりそろえばいそいそと……」のところは、ふたりどころか、何十人もが歯をむき出して突進しているようなイメージになってしまうのでした。

そんなところへ、ホワイト・サタンが顔を出したのです。

「なんだ、このザマは！」

怒鳴りつけられて、一同はつきものが落ちたようにシンと静まりかえりました。

「富永さん。　敵性国の歌はやめてもらいましょう！」

サタンは両手を腰にあてて、まっすぐに富永先生を見据えました。

「これは外国の曲ではありません」

先生は静かにオルガンのふたをおろして、答えました。

「日本の歌なんです。　作詞は西条八十さん、作曲は……」

みなまで言わせず、

「それにしても、そんな軟弱な歌は困る。　当院では軍歌、または愛国歌謡以外のものは唄わせないでほしいのです」

「いつからそういうことになりましたの」

富永先生も負けてはいません。

「院長の御指令なのでしょうか？」

「自分が決めました。が、院長の御意志《ごいし》と解釈《かいしゃく》していただいて結構《けっこう》です。院長の静養中は、不肖《ふしょう》、自分が院の生活方針については一任されているのだから」

「それはわかっております。でも、軍歌も愛国歌謡もうたわせています。多少、それ以外のものが混ってもかまわないんじゃないでしょうか？　他に娯楽《ごらく》らしい娯楽はないのですから」

「娯楽？」サタンの形のいい眉《まゆ》が、ピリリとつりあがりました。

「そんなものが何故《なぜ》必要ですか？　そんな時代ですか？　まして国家の厄介者《やっかいもの》たる不良少年が、そんなものを必要とする身分でしょうかね？　あなたが甘いことを言っているから、こいつらの性根《しょうね》がぴんとしないんだ」

わたしはドキドキして二人のやりとりを眺《なが》めていました。もしかすると「お菓子と娘」は二度ときけなくなるかもしれないのです。これはなんとしても富永先生に勝ってもらわなくては困るのです。

ところが……じつはそれどころではなかったのでした。というのは、いきなりホワイト・サタンの鋭い視線がわたしのほうへむけられたからです。サタンは片手に一冊のノートを持っていました。日記帳として、少年たちに一冊ずつあてがわれているものでした。何故、ホワイト・サタンがそんなものを持っているのか、まだわたしにはわかっていませんでした。まさかそれが自分のものだとは考えてもみなかったのです。

「生徒の前で口論はやめましょう。あなたとはあとでゆっくり話し合うことにして……おい、シゲル！」

「へ？」

わたしはビックリして、スットンキョウな声を出しました。

「これを読んでみろ」

アッと息をのみました。まぎれもなく自分のノートなのです。

「二十八ページのところを、大きく声に出して読むんだ！」

仕方なくノートを手に取ってひろげました。

「……四月二十五日、今日のおかずはジャガ芋《いも》とタマネギの煮つけ……」

「そんなところはどうでもいい！　その先だ！」

「今日、酒井クンが退院した。酒井クンは入所してまだ三週間だ。どうしてそんなに早く出られるのかと不思議《ふしぎ》に思っていたら、地獄《じごく》のサタもなんとかだと、ともだちが話してくれた。酒井クンのオヤジは町の新聞に写真が出るほどの金持で、だから」

「もっと大きな声で！」

「ハイ」泣きたくなってきました。

「だから学院に寄付したんだそうだ。ほんとか嘘《うそ》か知らないけど、そういえばいつかもヘンなことがあった。えらい軍人の息子《むすこ》だという子が入ってきたけれど、その子も車で迎えがきて、帰っていった。それから……」

「貴様《きさま》は本気でそう考えているのか？」

わたしは答えられませんでした。サタンはわたしを反逆者《はんぎやくしや》のように思っているらしいのですが、それほどひねくれた気持で書いたわけではないのです。

感化院というものを、ただもう規則ずくめの固い世界だと思いこんでいたわたしにとって、裏口退院の一件は、まるで奇術師《きじゆつし》がシルクハットから鳩を出すのを見て「ヘエ」と膝《ひざ》を乗り出すような、いわば幼稚《ようち》な童話的なショックでした。奇術のタネをあばいてせせら笑うほどの骨っぽいものではなかったのです。

第一、日記にはなんでも思ったことを正直に、という話だったのです。不意打ちに検査するという予告はなかったのでした。

「シゲルくん、お詫《わ》びをなさい」

わたしがヘドモドしているのを見かねて、富永先生がとりなしてくれました。サタンは「いいや」とさえぎって、

「詫びさせることはない。こいつはそう思ったからこそ書いたのです。そうだなシゲル？」

「いいえ」否定するよりありません、認めたら最後、どんなことになるか……。

「いいえ？　では何故これを書いた？」

「ボクはそう思ってはいません」

「フム、すると、ともだちのだれかがそう言ったのだな？　では、貴様にそんなことを教えたのは、だれなんだ？」

「…………」

「どうした？　日記に書いてあるともだちとは、だれなんだ？　名前を言え」

ますます答えられませんでした。わたしにその話をしたのは千吉だったからです。

いくらわたしが弱虫でも、千吉を裏切ることはできませんでした。窓の下へ菓子を持ってきてやると言ったのは、彼なのです。わたしが年上の少年にいじめられているのを、助けてくれたのも彼なのです。ここで千吉の名を出したらどうなるか？　そうでなくともホワイト・サタンに憎《にく》まれている彼が、どんな罰《ばつ》をあたえられるか、おそ

ろしいような結果になるのはわかりきったことでした。

「よし、答えなくてもいい。日記のことは貴様の考えだと思っていいんだな？」

わたしは眼をつむりました。

反省室のことが心をかすめました。庭の一隅《いちぐう》に倉庫があり、ふだんは農具や廃品《はいひん》が放《ほう》りこまれているのですが、同時に、事件をおこした少年を放りこんでおくための場所でもあるのです。

この「反省房」にまつわる伝説を、わたしはいくつもきかされていました。学院に火をつけようとした少年は、その倉庫で半殺しの体刑《たいけい》をうけたといいますし、職員室の灰皿からタバコの吸いガラを盗んだ少年は、三日間の絶食《ぜつしょく》の刑をあたえられたといいます。また、脱走未遂《だっそうみすい》の少年は、真冬に裸のまま放《ほう》りこまれて、寒さに耐《た》えかねて泣き叫ぶ声が、夜通しみんなを眠らせなかったのだそうです。

トイレの窓からその反省室が見えます。夜中に用をたしながら眼をやると、月明りの下に、倉庫はボンヤリと青ざめて浮き出ています。耳をすますと、シーンとした夜の静寂《せいじゃく》の中から、大勢の悲鳴やうめき声がきこえるような気がし、ゾッとして用もそこそこにトイレを飛び出してくることもありました。

だが、いよいよ今度は自分の番か……わたしは覚悟《かくご》しなければなりませんでした。

おかしいほど体がふるえるのですが、やはり千吉の名前は口にできないのです。

つまり、それほど千吉の親切が身にしみていたのでした。わたしのような少年にとって、親友ほど大切なものはなかったのです。

「シゲルくん……」富永先生の声がいやに遠く感じられました。仲間たちはシンとしてわたしを眺《なが》めています。

とうとつに、わたしは富永先生からきいた創立記念日のことを思い出しました。六月一日にお菓子が出ると知らされたのは二月の末、そしていまは四月下旬なのです。あと一ヵ月余りの辛抱《しんぼう》です。わたしはそのことだけを考えようとしました。それだけをアタマに詰めこんでいたら、これからの刑罰《けいばつ》にも耐えられるような気がしたのです。

　大丈夫ですというように、富永先生の顔を見上げました。そして、精いっぱいの笑顔をつくろうとしました。

　と、その時、「バカヤロ！」と大声でどなった者があります。千吉でした。彼は人垣のうしろから割りこんできて、わたしの前に立ちました。

「勝手にいい気持になろうったって、そうはいかねえぞ。この千吉が、おめえみたいなガキに恩をきせられてたまるかよ、生意気なマネをするんじゃねえよ！」

叱りつけられて、わたしは「千吉ィ……」とひと声、あとはワッと泣き出してしまいました。やはり、おそろしかったのです。

「そんなことだろうと思った」

ホワイト・サタンはニヤリと笑いました。

「千吉、それなら貴様《きさま》に答えてもらおう。なんの証拠《しょうこ》があって、シゲルにそんな話をしたのか？」

千吉はまっすぐに見返して、

「証拠だと？　笑わせるなよ。入ったばかりで出ていった奴らが、なによりの証拠じゃねえか」

「シタリ顔をするな、あれは少年審判所《しんぱんじょ》のほうに調査の手ちがいがあったから釈放《しゃくほう》されたんだ」

「フン、シゲルのようなガキはごまかせても、このオレはそうはいかねえよ。自慢じゃないが、六つの少年院を渡り歩いてきたんだ。おまえたちが楽屋《がくや》でなにをしてるか、イヤというほど知ってらァ」

「黙れ千吉！」

「そうともさ。あんまり言われちゃ困るだろうからな」

「貴様という奴は」

「ヘン、そんななまっちろい顔でいくら威張《いば》ったって、こたえやしねえよゥ」

「………」ホワイト・サタンは急に冷静な態度になって、

「なるほど、なかなか立派なものだ。いや、まったくおそれいりました」

からかうように言いました。そんな調子になったときのサタンが、もっともおそろしいのです。顔は笑っていながら、コメカミのあたりに青すじが浮き出ています。

なにを考えたのかサタンは、ポケットから鍵《かぎ》の束《たば》を取り出して床へ放り出しました。

「ところで貴様は、どんなことをしてもズラかるつもりなんだってな？　それでこのオレにひと泡吹《あわ》かせてやるんだそうだな？」

「それがどうしたい？」

千吉は一歩も引きません。

「よし、それならいまから実行するがいい。見ていてやるから男らしく堂々と出てゆくがいい。ホラ、鍵はそこにある」

サタンはそんな方法で千吉をへこまそうとしたのです。いくら千吉でも、まさか指導員の見る前で逃げ出せはしないし、また、逃げ出して成功できるはずもないのです。

でも、サタンのアイデアは失敗でした。千吉は鍵《かぎ》の束《たば》を拾い上げたのです。そして、

「そうかい。じゃ遠慮《えんりょ》なく」

ちょっと鍵を拝《おが》むような形をしてから、ゆっくりと廊下《ろうか》へ出てゆくのです。ムチャクチャです。ホワイト・サタンの顔がゆがみました。みんなの前で敗北したわけです。固く握りしめたゲンコツがふるえていました。

千吉の口笛がきこえます。口笛は次第《しだい》に廊下を遠ざかってゆくようです。

わたしは不安のあまり眼がくらみそうでした。とんでもないことがおこりそうだ、もうやめてくれ千吉、そんなことをしてなんになるんだ……しかし声にはならないのです。

「千吉クン……」

富永先生がわれにかえったように叫んで追いかけようとしました。同時にホワイト・サタンの体が、はじかれたような勢いで飛び出してゆきました。

——その夜ふけです。

「おい、はじまるぞ」

少年たちは寝床をぬけ出して窓へ集まりました。庭の闇を、懐中電気の光がヒョコヒョコと踊りながら通ってゆき、それは「反省房」へ吸いこまれました。

わたしは、秋彦と手を握り合って息をひそめていました。

「オレ、見たぜ」だれかが低くつぶやきました。

「風呂場のバケツに皮バンドが浸《ひた》してあったぜ。それもやけに細いのが三本もよ。あれは細ければ細いほど、ビッシリくいこんでくるんだ」

やがて、ホワイト・サタンの怒号《どごう》に混って、鈍《にぶ》いものおとがきこえました。そのくせ、千吉の声は少しもきこえないのです。声のきこえないということが、かえってたまらない感じでした。

死んでもネはあげないという意地なのか、ネをあげるスキもないほどの苦痛の連続なのか、たっぷりと水をふくんだ皮バンドが、うなりをあげて肉に噛みついてゆく……わたしは眼を閉じるのですが、するとかえってそのおそろしい場面がハッキリ頭へ浮かんでくるのでした。

「千吉のバカ、泣けばいいのに、泣けば少しは楽なのに……」

秋彦は自分が泣き出しそうになりながら、シッカリ鉄格子《てつごうし》をつかんでいます。

……お菓子の好きなパリ娘、ふたりそろえばいそいそと、角《かど》の菓子屋へボンジュール……わたしはその歌の文句を、念仏のように心で唱えていました。町ゆくパリ娘を、角の菓子屋を、そしてエクレールというしゃれた名の菓子を……けんめいに心に描くのです。美しいものの助けが必要でした。この残酷《ざんこく》な夜を、自分の夜だとは思いたくなかったのです。自分の現実はここにはなく、歌の中にあるのだと思いたかったのです。

千吉はとうとう最後まで悲鳴をあげませんでした。

彼がわたしたちの面前《めんぜん》にボロっきれのように投げ出されたのは、真夜中です。サタンは、医療箱《いりょうばこ》を持って駆けつけた富永先生に「たのみます」と言い残したまま姿を消しました。

富永先生は二、三の少年に手つだわせて千吉の衣類をぬがせました。暴力沙汰《ぼうりょくざた》にはなれているはずの少年たちも、いっせいに息をのんで顔を見合わせました。まるで轍《わだち》のように筋《すじ》を重複《ちょうふく》させた鞭《むち》の跡《あと》。それればかりではありません。ホワイト・サタンは棍《こん》棒《ぼう》のようなものも使用したらしく、ちょうど紫色のスタンプでも捺《お》したように、皮膚のあちこちが変色しているのです。

富永先生は手ばやく薬を塗り、それから熱いミルクを飲ませようとしましたが、千吉は首をふってうけつけようとしません。

「日比野クンも若気にまかせて、やりすぎるんだ、困ったものだ」

いつのまにか、主任の渡辺先生が入ってきていました。

「わたしなんぞが口を出したって、まるきり年寄り扱いなんだからねえ、二言目《ふたことめ》にはなまぬるい教育は時局に反すると言って、非国民のような言い方をされるんだから」

持病の神経痛で書類いじり以外能《のう》のないこの人は、主任とは名ばかりでサタンの実力には頭があがらないのです。

「そんなことより、お医者を呼ぶ手筈《てはず》をしていただきたいんです」

富永先生は、いつになくきびしく言いました。

「日比野先生にはあとで許可を取ります」

「しかし、この真夜中に……」

「時間を考えてはいられません。内出血をおこしているかもしれないんです。早くお願いします」

少年たちはいっせいに主任を見上げました。どの眼もキラキラ光っていました。

「うん、そうだね、そうしよう」

圧倒されたように主任はうなずいて、わざとらしい咳《せき》ばらいを残して出てゆきました。

千吉が低くうめきました。

「もうすんだのよ、安心なさい」

富永先生の声に、千吉は眼をひらいて、一同を見まわすようにすると、ニコッと笑いました。わたしはただもうオロオロして、

「ごめんよ、ごめんね」――それだけしか言えないのです。

日記に余計なことを書かなければ、こんなことにはならなかったのです。

千吉は、わたしの詫《わ》びごとは相手にせず、

「そんなことより、おめえも気をつけろ」と言うのです。

「完全な孤児《こじ》なんて、つまらねえものだぞ。ホワイト野郎だって、オレの腕の一本や二本叩き折ったってどこからも文句はこねえと承知してるから、こんなことしやがるんだ。おめえも気をつけるんだ。おめえだって身寄りはひとりもいねえんだからよ。可愛がられるようにしたほうが得だぜ。オレみてえになっちゃおしまいだからな……」

あえぎながらそれだけ言うと、ジッとわたしの顔を見つめました。いままで見せたこともない、やさしい眼でした。

「それだけ自分のことがわかっているのに、どうして千吉クンは可愛がられるように

しないの？　どうして噛みついてばかりいるんでしょうね」

富永先生が悲しそうに言いました。言われて、千吉は先生のほうへ視線を移しましたが、「女にゃわからねえさ」ポツンと言って、暗い天井を見上げました。

しばらくして、……おいらの脳味噌《のうみそ》見せちゃろか、明けてもくれても鉄格子《てつごうし》、黒い縞目《しまめ》がしみついて、いつになったら消えるじゃろ……わたしはギクリとしました。千吉がうたっているのです。とぎれとぎれの苦しそうな歌で、ふしにはなっていないのです。まるで呪文《じゅもん》のような調子なのです。

千吉は身の上話をしたことはありません。そういうことをセンチな行為《こうい》だと思っていたようです。だから、くわしい生い立ちはわからなかったのですが、その暗いうた声には彼の通ってきた道が見えるようなのです。

うたっている千吉の眼に、チューブの口からしぼり出されるように涙が盛り上がって耳へ流れました。

「チク生《しょう》！」たまりかねたように叫んだ少年がありました。彼は最年長者で親分格なので、子分的要素のゼロの千吉をふだんは憎んでいたはずですが、この時ばかりは眼に涙を浮かべていました。

「みんな、サタンをあやまらせるんだ！」

ヒトラーのように片手を突き出して絶叫すると、「そうだ、やっつけろ！」と、何人かが立ち上がりました。

「サタンを追放しろ！」「院長に談判《だんぱん》しよう！」

「そうよ。もうガマンできない。ギリギリだわ！」

オイランも金切り声をあげました。

富永先生は、あわてて入口に立ちふさがりました。

「落ち着いてちょうだい。気持はわからないことはないのよ。日比野先生は日比野先生なりに、みんなに素直な人間になってもらいたくて一所懸命なんです。熱心のあまり度が過ぎるのよ。いいことではないわ。だからといって、ここで騒ぎをおこしたりしたら、どうなるの？　結局、みんなのためにならないのよ」

「どうなったってかまうもんか！」

「富永先生は好きだけど、邪魔《じやま》するとカンベンしないぜ！」

昂奮《こうふん》しきった彼らは、突き倒してでも出てゆこうとする気配《けはい》を示しました。

「そう……」富永先生はふかくうなずき、「それでは留めないわ。でも十分、十分だけ待ってちょうだい。そのあとは好きなようにしてもかまいません。約束します」

リンとした態度に、みんな圧倒されて黙りました。「ありがとう……」先生は静かに一同を見まわしてから、出てゆきました。

……やがて、富永先生が先に立ち、院長、渡辺主任、そして最後にホワイト・サタンが姿をあらわしました。

ふだん、自宅にひきこもっている院長は、めったに学院へ顔を出すことはないのでしたが、まだ六十前なのに髪はまっ白で、激しく咳《せ》きこみながら、富永先生の手を借りて坐りました。その枯木のような姿は、少年たちの気勢をそぐのに役立ったようです。ちょっと拍子ぬけみたいな空気が流れました。

――今夜のことは遺憾《いかん》に思う。日比野指導員にも過激な点は十分に注意した。しかし結局は、熱情的な性格がさせたことで、みんなが憎いわけではないのだから、そこのところを理解しなくてはいけない、そして、みんなのほうも自重《じちょう》して、先生方を怒らせるような言動はつつしまなくてはいけない……。

というようなことをのべました。話の内容もその語りくちもボソボソとたよりなくて、とてもホワイト・サタンのような人物を育て上げた人とも思えませんでした。

そのホワイト・サタンは、院長の言葉が切れると、やや青ざめた顔をあげて一同を見まわしました。

「いま院長先生が申されたように、制裁《せいさい》の過激であった点は反省している。もしおまえたちが、わたしを袋叩きにしたいと言うなら、それも甘んじてうけよう。だがその前に、わたしの話をよくきいてもらいたい」と、前置きがあって、「いつも言うように、いまの日本は大変な時期に直面している。天皇陛下《へいか》に召された将兵たちは、滅私《めっし》奉公《ほうこう》の精神に徹して、一身をささげて戦っている。銃後にある者は、とりわけておまえたちは、よくよく考えなくてはならない。ただ、罪の償《つぐな》いをして社会へ出てゆくというだけではダメなのだ。おまえたちは日本の少年だ。明日の日本を背負って立つ責任がある。……やがてはおまえたちも陛下のお召しで軍隊へゆくだろう。軍隊では屁《へ》理屈《りくつ》は通用しない。上官に対しては絶対服従だ。わたしはその時になっておまえたちが困ることのないよう、いまから鍛《きた》えておきたいのだ。心身ともに一人前の軍人として国家のお役に立てるように……そう思うから、つい力が入りすぎるのだ」

さて、これからの日本男児というものはと、はじめは謝罪調《しゃざいちょう》だったのが次第に熱をおびてゆき、結局、いつもと同じ演説調《えんぜっちょう》になってゆくのでした。みんなが期待していた状況とは、別のものにすりかえられているのです。うまうまとごまかされているようなぐあいなのですが、そのくせ、陛下、国家、軍隊といった言葉のひとつひとつには不思議《ふしぎ》な重圧感がこもっていて、どうしても神妙《しんみょう》な気分になってしまうのでした。

サタンは千吉のそばへゆき、この人にしては珍《めずら》しいやさしい表情で、

「おまえもわかってくれるだろうな？」

と、声をかけました。そして、精いっぱいのサービスのつもりだったのでしょう。ミルクの瓶《びん》を取って、「飲むか？」と問いかけました。千吉はうなずいて、口をひらきました。それはだれの眼にも和解《わかい》の景色《けしき》と見えました。

ところが、ひと口ミルクを飲んだ、と見えた千吉が、いきなり頬っぺたをふくらませたかと思うと、プーッと一発、まるで霧を吹くようにサタンの顔へ吹きつけたのです。

みんなが息をのみました。凍りついたような瞬間でした。

――ホワイト・サタンは、ハンカチで濡《ぬ》れた顔をぬぐい、院長に一礼すると静かに立ってゆきました。

夜明け、千吉は病院へ運ばれました。そしてそのまま、わたしたちの前にはあらわれませんでした。千吉に付き添っていったサタンも一週間ほど、帰ってきませんでした。その一週間の間にも、院長が病気の体で出かけてゆき、渡辺主任が出かけてゆき、なにか落ち着かない日がつづきました。

そのうち、千吉は診察《しんさつ》の結果胸をやられていることが判明し、保護少年専門のサナトリウムへ廻されたとの発表がありましたが、少年たちはそれを信じないのです。

「闇から闇さ。いろいろとうまい手があるらしい。オレは知ってるよ。どこの感化院にもそんなことがあるんだ。千吉には引取人もないしな。かたづけるのには好都合《こうつごう》なのさ」

そしてふたたび、以前と同じ生活がはじまりました。

「三人一緒に入所したんだけど、これで二人になってしまったね」

秋彦が言うのです。

「オレたち、仲良くしような」

「うん」

秋彦もまた「物語」をしない少年なので、どんなイキサツで感化院送りになったかは知らなかったけれど、この世界にはまったく場ちがいな存在で、いつまで経っても不良少年らしくならないのです。美少年というだけでなく、言葉づかいや物腰に品があって、とてもスリやカッパライだったとは思えません。

わたしにとって、千吉が兄貴だったとすれば、秋彦は姉のような存在でした。千吉のようなたのもしいところはないけれど、やさしくて、こまやかな友情を示してくれるのです。寝冷えをしてハライタをおこした時、ひと晩じゅう看病《かんびょう》してくれたこともあります。

わたしたちは、いままでよりももっと親密《しんみつ》になりましたが、おたがいに千吉のことには触れないという暗黙《あんもく》の協定を結んでいました。「ほんとうに死んでしまったのだろうか」という話になるのがおそろしかったからでした。闇から闇というような噂《うわさ》は信じたくもないのです。サナトリウムへ移されたという発表のほうを信じたかったのです。

それにしても、千吉はどうしてああまで反抗しなければならなかったのだろう？……やはりわたしにはなっとくがゆかないのです。うわべだけでも従順《じゅうじゅん》にしていればいいものを、わざわざ憎まれ役を演じつづけて、結局あの始末です。いくら反抗したところで勝てるはずがないのにムダなことをして……と、千吉に去られて心細いわたしは、彼を怨《うら》みたい気持でした。

まさか自分が、やがて「二代目千吉」と呼ばれることになろうとは、思ってもみなかったのです。

第3章

創立記念日のお菓子

創立記念日の前の晩、わたしは眠ることができませんでした。待ちに待った六月一日がいよいよ明日に迫っているわけでしたが、あまり待ちかねたせいか、なかなか実感がわいてこないのです。

明日が六月一日であることにまちがいはないのに、不安でならないのです。うかつに安心していると、とんでもないことになりそうな気がするのです。朝、眼をさますと六月一日はどこかへ消えてしまって、七月一日や八月一日になってしまっているような……おかしな不安なのでした。

先輩《せんぱい》の少年に「菓子はどのくらい出るの」ときくと「シ、シ、シコタマサァ」という返事です。シコタマとはどうシコタマなのか、見当もつかないのです。わたしは頭の中に菓子の山を築いてみました。……これじゃ多すぎる、まさかこんなには出ないだろう。このくらいかな？　いや、もっと多いかもしれない……山をくずしてみたり、また積み上げてみたり、そんなことを際限《さいげん》もなく繰《く》り返しているうちに、夜が明けてしまったのです。

当日、記念の儀式《ぎしき》が終わると、地元《じもと》の警察署長《けいさつしょちょう》とか婦人団体といった来賓客《らいひんきゃく》は院長宅へ招かれてゆき、少年たちは食堂へ集合ということになりました。

食堂へ一歩踏みこんだトタンに、わたしはあぶなく声をあげるところでした。菓子です。現実の菓子なのです。

半紙の上に、一人前ずつ盛りわけられた菓子の山が、ズラリとテーブルに並んでいるのです。なんだか、眼のくらむようなすばらしい景色《けしき》なのです。

「これからおまえたちは、この菓子をいただくわけだが、その前にひと言《こと》……」

ホワイト・サタンが中央に立って両手を腰にあてました。得意のポーズです。

「本来なら、菓子などを食べていられる身分ではない。戦線の兵士たちは菓子どころか、三度の食事さえこと欠きながら、銃後の国民を守るために戦っていてくれる。それを思い、よくよく心して味わうのだ。わかったな？　報徳《ほうとく》学院創立記念日を祝し、今日は特別に作業は休みとする、各自に菓子を持って解散！」

少年たちは部屋へかえってくると同時にワッと歓声をあげました。彼らは面会日の闇《やみ》取引で、月に一度は甘いものにめぐりあっています。だからわたしほどの新鮮な感激はないはずでしたが、でも、隠《かく》れて食べるのと公然と食べるのとでは、大したちがいです。どの顔も明るい喜びにあふれていました。

わたしは自分の机の上に菓子を置いて眺《なが》めていました。いくら眺めても眺め飽《あ》きるということがないのです。

ゴマ煎餅《せんべい》がありました。金平糖《こんぺいとう》がありました。豆板、ゲンコツ飴《あめ》、かわり玉、といったものが、少しずつ集まって山を築いています。それらは、菓子というより、なにかもっととんでもない美しいものに見えるのです。わたしは、ひとつひとつを手に取って、色や形や手ざわりを楽しみ、ようやく金平糖《こんぺいとう》の一粒《ひとつぶ》を口へ入れました。「ウム」とうなりたくなるような甘さでした。

一粒の金平糖を、ながいことしゃぶりつづけました。舌の上で次第に痩《や》せてゆくのが惜しくてたまらず、指先でつまみ出して、とみこうみしては、また口へもどすのです。周囲の仲間たちは、にぎやかな舌つづみを競《きそ》っているのですが、わたしにはとてもそんなあわただしい食べ方はできませんでした。

この幸福にめぐりあうまでには、入所して半年間、富永先生からお菓子のことを教えられてから、三ヵ月という待ち時間がかかっているのです。そう簡単に食べてしまえるものではありませんでした。わたしにしてみれば、たった一粒の金平糖が菓子の山から欠けただけでも、じつに惜しくてならなかったのです。

その日は通信日でもありました。月二回だけ、ハガキを書くことが許されているのですが、近況を書き送る家族をもたないわたしは、そのハガキを遠山刑事さんのために使うことにしていました。

刑事さんからは返事のくることもあり、こないこともありました。きたとしても「マジメに生活しなさい」といった、そっけないほど簡単な文面でしたが、いかにもくたびれきったような字画《じかく》を見ていると、あの猫背やゆったりした話しぶりが思い出されました。


……刑事さま、お元気ですか。これから暑くなりますから体に気をつけてください。学院は今日は創立記念日で休日です。お菓子をいただきました。ずいぶんたくさんです。うれしくて仕方がありません。そして、刑事さまに食べさせてもらった菓子パンのことを、なつかしく思い出しています。ぼくは元気でいますから安心してください。一日も早く更生《こうせい》して立派な軍人になり、国家に御奉公《ごほうこう》するよう励《はげ》みます……

「国家に御奉公」は、ホワイト・サタンの検閲《けんえつ》を考えたオマケです。菓子のことばかり書いたのでは、パスしないからです。

ハガキを事務所へ依頼《いらい》しようと廊下《ろうか》へ出たところで、富永先生にぶつかりました。

「どう！　御感想は？」菓子のことを言うのです。

「今日は『お菓子と娘』じゃないわね？　『お菓子とシゲルくん』ね？」
テ、テレてうつむいていると、先生の手が肩へのびてきました。
「ようく味わって召し上がれ、今度は来年のお正月にならないと対面できないのよ」

夜、わたしは枕許《まくらもと》に菓子包みを置いてふとんへ入りました。金平糖《こんぺいとう》一粒と豆板の半分がへっただけで、菓子はまだほとんど残っています。わたしは何度も起きあがっては、包みをひらいてみるのでした。枕許《まくらもと》に菓子があるというのは、なんというにぎやかな、ゆたかなことだろう。いつもとはちがった世界に寝ているような気分なのです。いつもはただ冷たく固いばかりの鉄格子《てつごうし》も、なんとなく柔らかい感じに見えるのです。

その、みちたりた思いの中で、わたしは眠りに沈んでゆきました。前の晩の寝不足もあったのです。

ヘンな夢を見ました。巨大な菓子の山を汗だくになって登ってゆくのです。その頂上に遠山刑事さん、富永先生、そして千吉などがいて「ガンバレ、シゲル」と手招きしているのです。わたしは必死に登ってゆく……霧《きり》がたちこめようとしている、早くしないと三人の姿が隠《かく》れてしまいそうです。

あとひと息というところで、わたしはワーッと悲鳴《ひめい》をあげました。踏みしめていたチョコレートの岩が崩《くず》れだして、それはただの泥《どろ》に変わりながら流れてゆくのです。わたしの体は、その泥の中へ埋もれてしまうのです。

――自分の声で眼ざめました。真夜中でした。みんな眠っています。隣《となり》の秋彦は、それが癖《くせ》の、うつぶせの形で寝ていました。五ワットの裸《はだか》電球がひとつ、化け物の眼の玉のようにぶらさがっています。わたしは冷汗《ひやあせ》をぬぐいながら、なにげなく枕許を眺《なが》めました。

その瞬間《しゅんかん》の気持を、わたしは忘れることができません。

ないのです。菓子の包みが消えているのです。

「ない！」体じゅうが声になりました。立ち上がってウロウロしながら叫びました。

「どうしたんだよ？」

仲間たちは夢を破られて起き上がってきます。

「シゲル、なに寝呆《ねぼ》けてるんだよ？」

「ない、ない……」

フヌケのように繰《く》り返すばかりです。

この騒ぎに宿直の指導員が駆けつけ、事情を知ると、少年たちを整列させておいて、一斉検査《いっせいけんさ》ということになりました、だれの机からも、だれのふとんの中からも、菓子は出てこないのです。一斉検査のため、所持品《しょじひん》の中に女優のプロマイドを隠《かく》していたのがバレて、ひとりの少年が大眼玉を食らうというおまけがついただけでした。

「おまえも悪い。自分のものには責任をもたなくてはいかん。仕方がない。あきらめるんだな」

指導員はあくび混りに言い捨てて去りました。そのあとが大変でした。

「安眠妨害《あんみんぼうがい》だ」「おまえがトンマなんだ」「ケチケチと食べ惜《お》しみするからいけないんだよ」「アホウ」

四面楚歌《しめんそか》です。気の毒そうに眺《なが》めていてくれたのは秋彦ひとりでした。

わたしはふとんをかぶりました。自分のコッケイな姿を、それ以上、仲間の眼にさらしたくはありませんでした。

涙も出ないのです。盗まれたということに実感がわかないのでした。あんまりひどすぎて悪夢のようなのです。もう一度眠って今度眼がさめたら、菓子はもとのまま枕《まくら》許《もと》にあるのではないかしら？　……そんな考え方が、われながら哀《あわ》れでした。

仲間たちはふたたび眠りにつきました。この四十六人の中に犯人がいるのだと思うと、わたしは彼らの腹をかたっぱしからたち割って、四十六個の胃袋を調べたい気持でした。

——あくる日の昼休み、わたしは富永先生と二人きりで、娯楽室《ごらくしつ》にいました。

「きいたわ、とんだ災難《さいなん》だったわね」

先生はわたしをひきたてようというのか、わざと冗談《じょうだん》じみた調子で言いました。

「でも、元気を出してね。今日のキミは朝からぼんやりしていて気がかりよ。男ですもの。このくらいのことでへばっちゃダメ」

わたしはムッツリしていました。昨日の今日です。なにもかも面白くない。男だからどうだというんだ？　このくらいのこととはなんだ？　このひとにはなにもわかっちゃいないんだと、富永先生にさえ突っかかってゆきたい気持でした。

「あんまり御愁傷《ごしゅうしょう》さまだから、お見舞《みまい》にサービスしてあげようと思って……。日比野先生は外出だから大丈夫。いつもの、弾《ひ》いてあげましょうか？」

「………」

「あ、ごめん。今日は別の曲にしましょうね、お菓子の歌は禁物《きんもつ》だから」

「平気です。あれを弾いてください」

わたしは無理に肩をそびやかしました。

「そう、えらいぞ。やっぱり男の子だわ」

ききなれたメロディがはじまり、先生は、お菓子の好きなパリ娘……とうたいだしました。そして、わたしにも唱和《しようわ》しろと眼くばせするのです。

男の意地です。大きく胸を張ってうたいましたが、もともと虚勢《きよせい》なのですから、ながもちはしません。やがて音程《おんてい》はふらつく、バイブレーションは大きくなる、とうとう涙声《なみだごえ》になってしまうのでした。

「ホラ、やっぱりこの歌はやめましょう。勇ましいのがいいわ。箱根の山は天下の嶮《けん》、知ってる？」

もう、箱根山も富士山もありませんでした。昨夜からガマンしてきた涙がいっぺんにこみあげてきて、恥も見栄《みえ》もなく泣いてしまったのです。富永先生はしばらく黙っていましたが、ソッとわたしの肩へ手をかけて、「いいのよ、遠慮なく泣いていいのよ」

だれが遠慮するものかと泣きしきっていると、先生はしみじみした声で「ごめんなさいね」と言うのです。

「正直言うと、わたしもみなと同じようにキミのことをバカだなァと思ったの。枕許《まくらもと》に置いたまま眠ってしまうなんて……どうぞ盗んでくださいと頼んでいるようなものだと思ったからなの。……でも、それはまちがいなのね。キミにしてみれば、みんなが公平に分配《ぶんぱい》していただいたお菓子なのだから、まさか盗まれるとは考えなかったんでしょう？　自分の分を食べて、その上、仲間のを盗むなんて、そんな子がいるとは思ってもみなかったのね？」

「……………」

「そうよ、それがホントなんです。それでも油断《ゆだん》しちゃいけないというのは、こういう世界だけの常識《じょうしき》なの。わたしはそういう悪い常識をきらっていたはずなのに、習慣《しゅうかん》ね。いつのまにか、盗む人より盗まれる人のほうをバカだと思うようになっていたんです。恥ずかしいわ。キミがそんなに悲しんでいるのを見て、恥ずかしいと思ったの。人間同士が一つ屋根の下に住んで、おたがいを警戒《けいかい》しなくちゃならないなんて、ふつうじゃないものね」

「……………」

「キミはそれだけ、こんな生活にすれていないんだわ。キミの油断《ゆだん》を、わたしは尊《とうと》いものに思うの。いま、キミが悲しんでいる気持が、大切なものに思えるのよ。これから先もそれを失わないでね。……いくらでも泣きなさい。先生はここで見ていてあげる」

どうやら、ほめていてくれるらしいのでしたけれど、この時のわたしは、ほめてもらうより、盗まれた菓子を戻《もど》してくれたほうがどれだけありがたいかしれませんでした。

でも、あとになってフトした折に、わたしはその時の先生の言葉を思いかえしたものです。

見物すると言われては、安心して泣いてもいられません。わたしは涙をこすりあげると、ぺろっと舌を出してみせました、が、その笑いは途中《とちゅう》で凍《こお》りついてしまいました。大変なことを思い出したのです。

それは、来年の正月まで、つまり七ヵ月後にならなければ、ふたたび菓子にめぐりあえないという事実でした。入所してからの苦しい日々がよみがえってきました。ながい、ながい半年間でした。そして、これからまた同じ日々がつづいてゆくのです。いくら、それはあんまりだと叫んでみても、やはり待つより仕方がない。それが自分に与えられた生活というものなのです。

わたしの涙はかわいていきました。泣くことよりも、もっときびしいものが芽ばえていました。

待つ……そうするより道がないのなら、耐《た》えるしかない。悲しんでいる暇《ひま》で、自分のほうから歩き出さなければと、わたしはわたしなりのチエでそう考えたのです。

鉄格子《てつごうし》の外の川堤は、夏草におおわれています。空も堤も青くて、その青の中を白い帽子の少年が走ってゆきました。あんな自由な身になれるのはいつのことだろう。それも結局、お菓子と同じように「待つ」ことなのだろうか？……

＊＊

ところで、お菓子の一件はそれで終わったのではありませんでした。まるで泣きっつらにハチのような、もうひとつの災難《さいなん》が待っていたのです。

今度は仲間のひとりが、キャラメルを一箱、だれかに盗まれるという事件がおきたのでした。その日は例の面会日で、被害者《ひがいしゃ》はそのキャラメルを母親から受け取ったのです。闇取引《やみとりひき》なのだから騒ぎたててはヤブヘビなのだけれど、あまり利口《りこう》でない彼は、昂奮《こうふん》のあまりそのことを忘れたらしいのです。

そこでまた一斉検査《いっせいけんさ》ということになりましたが、とんだとばっちりをこうむったのは仲間たちです。わたしの事件の時は安眠妨害《あんみんぼうがい》ぐらいですみましたが、なにしろ面会日だからだれもがなにがしかのものを隠匿《いんとく》しており、指導員にしても眼前《がんぜん》に品物が出てきたのでは黙認《もくにん》というわけにもいかず、たちまち没収《ぼっしゅう》ということになりました。

わたしはその騒ぎを「ざまァみろ」といった気持で眺《なが》めていました。わたしだけは没収されるものはなんにもないのです。面会日のたびに味わわされてきた悲哀《ひあい》が、やっと晴れたような気がしました。

ところが、この事件の最大の被害者はわたしだったのです。

わたしはホワイト・サタンのきびしい取調べを受けました。

「違反した和夫も悪い。だが、闇取引の品物だから盗んでも問題になるまいという考えは、もっと卑劣《ひれつ》なんだぞ」

「ぼくは和夫クンのキャラメルを盗みません」

「規則に反した者は罰《ばっ》する。だからおまえも正直に答えるんだ」

「ぼくは和夫クンのキャラメルを……」

「まだ、シラをきるのか！」サタンは机を叩《たた》いて怒鳴《どな》るのです。

「知っているんだぞ。今度はオレが盗んでやる……おまえはそう言っていたそうじゃないか？　盗まれることがどんなにくやしいか、思い知らせてやるんだと、言いふらしていたそうじゃないか？」

ああ、それで疑われているのかと、わたしはガックリしました。確かにおぼえのあることでした。菓子を盗まれた怒りと悲しさのあまり、そんなことを口走ってしまったのです。

しかし本気ではありませんでした。その時は本気だったとしても、もう二十日も前の話なのです。二十日間、極端《きょくたん》に思いつめたままで通してきたわけではなく、また、通せるものでもありません。とにかくわたしは、復讐《ふくしゅう》ということよりも、来年の正月を待つことに希望をつないだのです。富永先生の前でそう決めたのですから、仲間のものを盗むわけがありません。

ちがうちがうと、心では激しく首をふりながら、しかしうまく言葉では説明できないのです。サタンの、鋭い眼に圧倒されて声も出なくなってしまうのです。

それに、一度は確かに復讐を考えたのです。サタンの詰問《きつもん》を、まんざら見当はずれと言いきってしまえないやましさもありました。

わたしがすっかり閉口《へいこう》しているのを見て、サタンは急に顔を和《やわ》らげると、

「おまえのくやしかった気持もよくわかっている。可哀相《かわいそう》だとも思っている。だが、こんな方法で仕返しをするのは誤りだぞ」

「…………」

「おまえがこの頃、マジメに生活しようと努力しているのは、よくわかっている。入所当時から見ると、落ち着きも出てきた。これなら見込みがあると、先生たちも喜んでいたんだぞ。……それを、こんなことでフイにしてしまってはつまらんとは思わないか？　え？　素直に答えるのなら今度だけはカンベンしてやる。仲間たちにも黙っていてやろう。どうだ？　和夫のキャラメルを盗んだのはおまえなんだろう？」

わたしは、サタンがあまりおだやかになったので、抵抗《ていこう》する力を失ってしまいました。わたしの生活ぶりをほめてくれたことも意外なのです。わたしは迷わずにはいられませんでした。

――ここであくまで無実《むじつ》を主張したらどうなるだろう？　自分の推理《すいり》にはすごい自信をもっているサタンです。なっとくしてくれるとは思えません。それよりも、せっかくやさしく言ってくれているのだから、相手の気に入るようにふるまったほうが得かもしれない……。

「ハッキリ答えさえしたら制裁《せいさい》もしない。大丈夫だ。約束《やくそく》する。渡辺先生や岸指導員が証人だ。ね、先生方……」

事務所にはその二人以外にはいませんでした。わたしは黙って首をたれました。サタンに迎合《げいごう》したのです。自分を守る手段でした。できることならサタンに憎まれたくない。千吉の二の舞いにはなりたくなかったのです。

「よーし」とサタンはうなずきました。

「よく白状《はくじょう》した。正直に非を認め、反省する、それが男子というものだ。出ていってよし！」

平手打ちもゲンコツもありませんでした。わたしは一礼して去ろうとしました。

その時、ドアがあいて富永先生が入ってきたのです。わたしが呼びつけられていたことを知らなかったらしく、一瞬「おや」というような不安な眼を見せました。わたしは動けなくなってしまいました。

……夏に入ってからの富永先生は、いままでの紺《こん》のスーツから、中袖《ちゅうそで》のブラウスに茶のスカートに変わっていました。そして、スカートの腰のあたりにハンカチをピンで留めています。ハンカチはいつものように真っ白です。洗いたての、匂《にお》うような、わたしがふだんから好きだと思っている白さなのです。

わたしはそれを見た時、なんともいえない恥ずかしさに襲《おそ》われたのでした。そのハンカチの白さに、自分の卑屈《ひくつ》な心を咎《とが》められたように感じたのです。ホワイト・サタンが怖《こわ》くて嘘《うそ》を答えた……それだけならまだガマンできます。相手のゴキゲンを取り結ぼうとして、心にもないことを言ってしまった、それはほんとうに恥ずかしいことでした。

わたしは富永先生の前を通りぬけることができなくなりました。このひとに対してだけは男らしくありたいと思ったのです。わたしはツバをのみこみました。それからサタンをふりかえって言いました。

「ぼくは、和夫クンのキャラメルを盗みません」

その結果どうなったかは言うまでもありません。「男らしく」の代償《だいしょう》は高いものについてしまいました。わたしははじめて、例の「反省房」へ放りこまれたのです。富永先生が必死にとりなしてくれましたが、いったん逆上したらだれの言葉も耳に入らないサタンです。

農具やセメントの袋、壊《こわ》れた椅子《いす》や机が乱雑に積み上げられている間を、ネズミが走りまわっていました。二、三時間は、サタンに負けなかったという満足感にささえられてガマンができましたが、五時間六時間となると、その自負《じふ》もあやしくなってくるのです。

夜になってサタンが便器《べんき》を投げこんでいったので、出るものの心配はありませんでしたが、カンジンの入れるものは与えてくれないのです。わたしは吐気《はきけ》をこらえながらうずくまっていました。昼食も夕食も食べていないのだから、このままでは朝を待つより仕方がありません。朝がきても許されるかどうかわからないのですけれど、とにかく待つより法はないのです。

待つのにはなれている。倉庫の中の一晩や二晩、ガマンできぬはずはないと強がってみるのですが、そんなことで「ハイ、さよですか」となっとくしてくれるような腹の虫ではありません。

腹の虫は非協力的で、貴様《きさま》の意地などクソくらえ、こっちはすでにガマンの限度をこえているのだと、暴動でもおこしかねない状態《じようたい》でした。

わたしは自分の体ながら憎らしくて、胃のあたりをゲンコツでなぐりつけました。幼い頃から空腹とはおなじみなのに、どうしていつまで経っても平気になれないのだろう……。

蛙《かえる》の声がきこえました。そして、もっと遠いところから、鉄橋を渡る汽車のひびきが。どこのどんな人びとが、どこへ旅立ってゆくのか。車窓の明るい灯、たのしい語らい、眠っている人もいるだろう、弁当を食べている人もいるかもしれない。わたしは見知らない人びとを、なつかしく思いました。

古いコンクリートの壁には、ところどころに細い亀裂《きれつ》があって、そこから青い光が、うっすらとさしこんでいました。外は月夜なのです。

わたしは、床《ゆか》に一本のコン棒が落ちているのを見つけました。千吉がなぐられたのはこれかもしれないと、手にとってしばらく眺《なが》めているうちに、千吉の、あの反抗のすさまじさが少しずつわかってくるような気がするのです。不可能を承知で性懲《しょうこ》りもなく脱出をこころみようとしていた千吉の気持が、はじめて理解できたように思いました。

この倉庫の壁《かべ》を壊《こわ》してやりたい、両手合わせて十本の指がドリルに化けて、ダダダダッと大穴をあけられたら……と、わたしはそんな奇蹟《きせき》を考えていたのです。

この、「反省房」の一夜は、わたしを少しばかり強い少年にしてくれたようでした。出されたのはあくる日の午後で、わたしはもうフラフラの状態《じょうたい》でしたが、これだけは……と、固く心に決めていたことがありました。それは、絶対に泣いてはならぬということだったのです。せめてそんなことででも自分のプライドを守ろうとしていたのでした。

だから、ホワイト・サタンに「どうだ、少しは肝《きも》に銘《めい》じたか」と言われた時にも泣きませんでした。

「つらかったろ?」と、秋彦に涙声《なみだごえ》でなぐさめられたのにも、ぐっと耐《こら》えました。

「わたしはキミがお菓子を盗んだなんて、思ってはいないわ。あんなにお菓子を大切に思っているキミが、そんなことをするはずがないもの。それはお菓子の夢を汚《よご》すことなんだし、キミ自身が汚れてしまうことなんだから……そうでしょ？　先生はキミを信じています」

富永先生にこう言われた時は、あぶなく涙を落としそうになりました。でも、やはりなんとか耐えました。富永先生は、わたしが泣かないことに不安を感じたようです。わたしの変化に気づいていたのかもしれません。

わたしはなにかをみつめていました。心のどこかに、森閑《しんかん》とした部分が生まれていたのです。かつて経験したことのない感情が、わたしをひっそりとさせるのです。それは、いままで親しんできた単純《たんじゅん》な喜怒《きど》哀楽《あいらく》の感情とは別のものでした。

キャラメルを盗んだとか盗まないとか、そんなことはもう、どうでもいいような気がしていたのです。たった一箱のキャラメルのために、こんなに踏みつけにされなければならない自分の、お粗末《そまつ》な人生というものを考えていたのです。

楽天的だった少年も、ようやく自分の宿命をみつめようとしていたわけでした。

マジメに考えてみると、ほんとうにわたしの未来は心もとないものなのです。

仲間の中には、農繁期《のうはんき》になると付近《ふきん》の農家へ手つだいにやらされる者がいました。

これらは、退院の日が近づいてきた少年に対するテストです。社会人として巣立ってゆくための、最後の仕上げのようなものです。農家からの報酬《ほうしゅう》は服や靴になり、退院生の晴れの日を飾るのです。収容期間は二年とされており、脱走などの不祥事件《ふしょうじけん》をおこさない限り、だれもがやがてはその日を迎えることができるのでした。

ところが、わたしはその日を約束されていなかったのです。二年経《た》とうが三年経とうが、わたしを引取ってくれるひとはいないのです。引取人のない者はどうなるのだろう？

報徳学院の鉄格子《てつごうし》の中でシラガのおじいさんになっている自分の姿を、わたしは本気で想像したりしました。すると、脳味噌《のうみそ》に鉄格子の黒い縞目《しまめ》がしみついて消えなくなったとうたった、千吉の暗いうた声が、改めて思い出されるのです。その陰気《いんき》な歌が自分の心の声のように思えてきて、やりきれないのでした。

真夏に入って、屋外《おくがい》作業のいそがしい時期になりました。炎天下のモッコかつぎや草刈りは、十四歳のわたしには重労働でしたが、窮屈《きゅうくつ》な屋内作業よりは、どれほどましかしれませんでした。なにしろ、鉄格子の外へ出られるのです。むろん、きびしい監視《かんし》つきなのだけれど、それでも土を踏みしめている感じには、自由のカケラみたいなものがありました。

仕事が終わると、わたしたちは指導員の指揮で堤を駆け上がり、泥《どろ》まみれの体を川《かわ》面《も》に叩《たた》きつけます。引きぬいた草をタワシがわりにして体を洗うのですが、その水音が空気に貼《は》りついてしまうかと思うほど、川のたそがれは静かなのです。

山も川も橋も、日没を待ちかねてひっそりと息を殺しているのです。遠い下流の鉄橋を列車が通ってゆきます。列車が森陰《もりかげ》に消えてからも、その青い腰線が一本の棒となって眼の裏を走るようでした。

……近くの橋の上に、ひとりの女のひとがたたずんでいました。白いブラウスが西日を浴《あ》びてだいだい色に染《そ》まっています。高い橋なのでその顔はハッキリわからないのだけれど、なんだか熱心にわたしたちを見下ろしている感じでした。

そう感じると同時に、わたしは自分の丸裸《まるはだか》が恥ずかしくなり、あわてて身を沈めました。そして、うしろにいた秋彦にも注意すべくふりかえったのでしたが……声をかけようとして、わたしはそれを呑《の》みこんでしまいました。秋彦の様子《ようす》がただごとでないのです。

彼はわたしより先に気づいていたらしく、橋の上を見上げていましたが、眼はビックリしたように大きくみひらかれ、唇がふるえているのです。

「秋彦、どうしたんだい？」

「………………」よほどのショックをうけているらしく、口もきかないのです。

「知ってるひとなんだね？」

ちがう、というように首をふりました。そんなはずはありません。確かにその女のひとは、彼にとって重要な人物にちがいないのです。その証拠《しょうこ》に彼はいきなりわたしの手をつかみ、橋桁《はしげた》の陰へひっぱってゆきました。

「見ちゃいけない、指導員に感づかれると困るから……」

「やっぱりそうじゃないか？　だれ？」

「おばさんだよ」

「おばさんなら、かまわないじゃないか。だけど、面会日でもないのにどうしてかな」

「オレがここにいること、知らないはずなのに……」

「ヘエ、おばさんなのに？」

「おばさんといっても……」言いかけて、

「キミにはわからないよ！」と顔をそむけました。

わたしはハッとして、これ以上質問してはいけないような気がしました。いつになく秋彦の強い調子に圧《お》されたのですが、それだけではありません。突然、ピンときたものがあったからです。

秋彦については、少し前からひとつの噂《うわさ》が流れていました。少年の中にはまめな情《じょう》報屋《ほうや》がいて、彼が指導員同士の雑談を盗み聴いたという知識によれば、秋彦は出征中の軍人の若いおくさんと仲良くしたために「不良」のレッテルを貼《は》られたというのです。

真偽《しんぎ》はわからないのですが、この噂《うわさ》のために、秋彦は年長の少年たちから「色男」とか「カンツウボーイ」というような呼名を与えられ、なにかというとイヤな言葉でからかわれていました。秋彦はそんな時、ただ青ざめてうつむいているだけで、なんの抗弁《こうべん》もしないのです。

いくらおとなしいからといって、あんまりだらしがなさすぎるではないかと、わたしはイライラするのでしたが、しかし、ジッとうつむいている彼の姿には、ただおとなしいばかりではなく、なにかを大切に抱きしめて耐《こら》えているシンの強さみたいなものも感じられました。わたしたちは仲良しではあっても、秋彦は自分からペラペラ物語をする少年ではなく、こちらもまだ十四のこどもですから、そんな噂の真偽《しんぎ》を問いつめたりすることもなかったのでしたが……。

橋の上の女のひとを、わたしは、ひょっとしたらその噂のひとではないかと思ったのです。なぜだか、そんな気がしたのです。だとしたら、噂は事実だったことになります。やっぱり彼は「色男」で「カンツウボーイ」なのだろうか？　……と思うと、眼の前にいる裸の秋彦が、なんだかひどく大人っぽく見えてくるのでした。

　集合の笛《ふえ》に、あわてて岸へ戻《もど》りながら、もう一度橋をふりかえってみると、女のひとは同じ場所に同じポーズでたたずんでいました。

　わたしのカンは当ったのです。わたしがその女のひとを間近《まぢか》に眺《なが》めたのは、三日後のことでした。掃除《そうじ》当番だったわたしが、応接室に雑巾《ぞうきん》を置き忘れたのに気づいて取りにゆくと、ホワイト・サタンと女のひとが対座していたのです。麻《あさ》のような着物に紫の帯《おび》で、とても美しいのだけれど、やせ型で、おまけに色が白すぎるので、ちょっと病人のような感じのする人でした。

　雑巾《ぞうきん》を持って廊下《ろうか》に出たものの、わたしの出現《しゅつげん》で中断された会話がふたたびはじめられたのに心をひかれて、ドアに耳を押しつけてみました。会話といっても女の声は消え入るように細く、サタンの怒声《どせい》ばかりがピンピンひびいているのですが、どうやら、秋彦に会わせてほしいというのを、頭ごなしにハネつけているらしいのです。女のひとは泣いているようでした。

「みだら」「恥知らず」「非国民」といったずいぶんひどい言葉が飛び出すのです。女のひとは泣いているようでした。

　あとになって知ったのですが、三浦《みうら》トメというのがその人の名前でした。

三浦トメは、結局面会を許されず帰ってゆきました。土手の道をスゴスゴと遠ざかってゆくのを、わたしは秋彦と二階の窓から見送りました。

それでおしまいかというとそうでなく、何日かすると三浦トメはまた、学院を訪《おとず》れてきました。そしてむろん、追い返されました。ところが二、三日もするとまた現われるのです。見かけによらずゴーインなのです。

このことは仲間の間にセンセーションをまきおこしました。例の情報屋《じょうほうや》が、三浦トメが「問題の女性」であることを、どこからか嗅《か》ぎつけてきたのです。年長の少年たちは、前にもまして秋彦をからかいました。よってたかって「経験談」を要求したりするのです。ただ面白がっているだけではなく、男としてはおとなしすぎる秋彦が、すでに「大人のドラマ」を持っているということに、みんな、ある悔《くや》しさを感じているように見えました。

露骨《ろこつ》な言葉を浴《あ》びせられ、青くなったり赤くなったりしている秋彦に同情しながら、わたしは一方で羨望《せんぼう》を感じていました。仲間の興味を一身に集めているという点で、彼は「時の人」なのです。よかれあしかれ、とにかく中心人物なのでした。これはまったくうらやましいことだったのです。

腕力の強さ、頭の良さ、歌のうまさ、顔の美しさ、犯罪歴のはなばなしさ、それに、親がカネモチであるとか有名人であるとか、そんなことがその少年の特色となって自分を押し出しているのですが、わたしにはなんにも備わっていないのです。何十人もの集団生活の中では、わたしのような者は一粒《ひとつぶ》のゴマみたいなもので、あってもなくてもいいような存在なのでした。

強い者勝ちの世界で、自分の無力に虚《むな》しくなってくると、わたしは「水戸黄門漫遊《みとこうもんまんゆう》記《き》」や「猿飛佐助《さるとびさすけ》」の物語を思い出すのでした。

旅の汚《きた》ない老人に化けた黄門が、イザという時に身分を明かして悪代官《あくだいかん》を平伏《へいふく》させるくだりや、十文字を切って自由自在に出没《しゅつぼつ》する佐助の超人《ちょうじん》ぶりは、なんという小気味の良さだろう。

わたしは自分が「この身を何者と思うぞ。われこそは」と、やんごとない身分を発表して、まわりの人間を「ウヘエ」と平伏させたり、佐助ばりの忍術でけむりのごとく鉄格子《てつごうし》をぬけ出し、デパートの屋上《おくじょう》や公園のベンチへフワリと舞い下りる場面を空想するのです。

自分に絶対の権威《けんい》と能力が備《そな》わって、ホワイト・サタンを追放し、富永先生を学院の院長に昇格《しょうかく》させ、菓子パンの遠山刑事さんにスバラシイ恩返しを……と、空想はふくらむばかりなのです。そしてこんな空想は、現実の上でも結構役に立つのでした。

何故《なぜ》なら、いまの自分を仮《かり》の姿だと思えば、サタンのゲンコツも骨身にまで届いてこないような気がするし、わたしをいじめる年上の少年たちにしても、わたしの正体を知らぬために「無礼《ぶれい》のだんだん」を犯《おか》しているわけだから、まァカンベンしてやろうという気持にもなれるのです。

そんなふうに考えてみれば何事もガマンできないことはないので、麦五割の丼飯《どんぶりめし》も、オワイかつぎやモッコかつぎ、煎餅蒲団《せんべいぶとん》やノミやシラミも、わたしが「身分のある少年」である以上、不当な迫害《はくがい》ということになるわけです。不当な待遇《たいぐう》をうけているという気持は悲壮で劇的で、そしてロマンチックでもありました。映画の中の人物にでもなっているような気分が、現実の痛みをなぐさめてくれるのでした。

＊＊＊

その年も終りに近いある朝、ラジオのニュースは高調子で喚《わめ》きたてました。真珠湾《しんじゆわん》攻撃《こうげき》です。アメリカとの戦争が始まったのです。

わたしたちは裸足《はだし》のまま庭に整列させられ、ホワイト・サタンの説明をきかされました。それは説明というより怒号のようなものでした。

サタンは激情のあまり涙を流すのです。その涙をゲンコツでこすりながら、必勝の信念を説くのです。わたしは度肝《どぎも》をぬかれてその熱狂ぶりを眺《なが》めていました。大体、真珠湾がどこにあるのかもわからないのです。わかるのは、これからますます、サタンがサタンの面目《めんもく》を発揮《はっき》するだろうということでした。

しかし、さしあたってわたしには、もっと重大なことがひかえていました。それは後三週間もすると、新年のお菓子にめぐりあえるということでした。

第4章
十五歳のバラード

昭和十七年、わたしは十五歳です。

「いよいよ世紀の一瞬《いっしゅん》だね？」

朝、洗面所で秋彦がささやきました。秋彦ももう十七歳でした。

「ハートがドキドキだろう！」お菓子のことを言っているのです。

「なに言ってるんだ、ガキじゃないよ」

「ヘエ」クスッと笑って、

「今度はいつまでも眺《なが》めてないで早く食べちゃうんだね」

「うるさいな」

「すましてもダメだ。ゆうべ寝《ね》言《ごと》を言ってたもの、お菓子よお菓子……ってね」

「ほんとか？」

「ウソだよ」

「こら！」

寝言を言うはずがありません。大晦日《おおみそか》の夜も、創立記念日《そうりつきねんび》の前夜と同じように、ほとんど眠れなかったからです。

もう十五歳になるのだから、菓子ぐらいでソワソワするのはよそう。入所一年ともなれば何人かの後輩《こうはい》もいる。あまり安っぽくしてなめられてはいけない。菓子との対面にも、ぐっと落ち着いて「フン、こんなものか」といったおうような態度を示さなくては……おかしいことにわたしは、鏡の前でその「おうような顔」の予行《よこう》練習をしてみたりしたのですが、サテ、あとひと晩ともなると眼がさえて、思うはお菓子のことばかりというのですから他愛《たわい》のないものでした。

川堤を紋付《もんつき》ハカマの農夫が、首にシメナワを飾りつけた牛を引いてゆくのが見えます。もう少しでお菓子が食べられるのだと思うと、風景までが急に美しく見えてくるのは不思議《ふしぎ》でした。考えることもおそろしく素直《すなお》になり、例の反省房の一件以来、しきりに脱走を夢見ていたのだけれど、ああ、やっぱり逃げないでよかったなと思うのでした。逃げたとしてもアテがあるわけでなく、まして、元日に一袋のお菓子にありつくということも不可能にちがいないのだと、わたしはずいぶんケンキョな少年でした。

学院では雑煮《ぞうに》も盛りつけの一杯だけです。副食皿には小芋《こいも》の煮つけとカマボコのうすいのが二切れ、これだけがおせちでした。

雑煮を食べながら、みんな落ち着かないのです。食堂の片すみに菓子の箱が置かれているからです。

「まだ分配してないんだな」

隣の少年がささやきました。

「去年はちゃんと半紙に分けてテーブルに並べてあったんだがな」

「今年は昼食の後で配給《はいきゅう》するんじゃないかな？」

「イヤだな、そりゃ」

イヤだと言ってもはじまりません。とにかく現物が存在するのだから安心してもいいのです。

わたしは富永先生のほうへ眼をむけました。先生は正面テーブルの端《はし》に席を占めて、静かに箸《はし》を使っていました。愛用の紺《こん》スーツに、胸のハンカチがあいかわらずあざやかです。正月というので美容院へいったらしく、髪《かみ》の形が変わっていました。やわらかくカールした前髪が若々しいのです。

フト、視線が合ったので笑いかけてみました。今日のお菓子との再会を、先生も喜んでいてくれるにちがいないと思ったからです。笑いかければ、それで意味は通じるはずでした。

ところが、富永先生は応じてくれないのです。それどころか、眼がふれ合ったトタン、急にふきげんな表情を見せ、顔をそむけてしまうのです。怒ってるのだろうか？……わたしは不安を感じて、せっかくの雑煮《ぞうに》の味がわからなくなりました。

報徳《ほうとく》学院は、わたしにとっては富永学院のようなものなのに、その富永先生にきらわれるようなことがあったら……しかし、何故《なぜ》だろう？　大勢の前で笑いかけたのが、なれなれしすぎたのだろうか？

その疑問は解けました。わたしたちが雑煮を食べ終わるのと同時に。――サタンはおもむろに立ち上がって、

「さァ、これでおまえたちもひとつ年をとったことになる。知ってのようにアメリカとの戦争がはじまった。開戦後、初の正月を迎えて、われわれはさらに新しい自覚《じかく》と決意を固めなくてはならない、そして……」

ああ、またはじまるのかと思いました。創立記念日の時も、サタンはわたしたちの前に菓子を並べておいて、ながながと戦線の兵士の労苦を説いたものです。元日も、やはりそうでした。しかし、これさえ終われば菓子になるのだと思うと、美しい音楽

の序曲《じょきょく》のようにも聞《きこ》えるのです。

「ところで、ここに菓子が用意してある。そこで……これは話というより相談なのだが……」

サタンは咳《せき》ばらいをして、

「どうだろう？　この菓子を慰問袋《いもんぶくろ》にして戦地へ送ってあげたいと思うのだが」

だれかが「ア」と、小さく叫びました。それから声とも吐息《といき》ともつかぬざわめきが、波紋《はもん》のようにひろがってゆきました。

「この菓子はおまえたちに配給《はいきゅう》されたものだし、一人当りの分量もきまっている。権利はおまえたちにあるのだから強制はしない。イヤなら断わってもかまわない。だが、できれば自発的に協力してほしいと思うのだ」

「…………」

「食べてしまえばそれっきりで、アッという間のことじゃないか。それよりも戦線の兵士に送ってあげたら、どんなに喜んでもらえることか、おまえたちの善意が戦う人びとの血や肉となって、ますます国家のためにはたらいてもらえるのじゃないか？　おまえたちはこの非常時にこんな所に厄介《やっかい》になっているのだからな、そのくらいの奉《ほう》仕《し》をしてもいいと思う。よく考えて返事をしてほしい」

わたしは、何故《なぜ》、富永先生が顔をそむけたかを理解しました。先生はホワイト・サタンの計画をあらかじめ知っていたので、わたしのうれしそうな顔を見るのがつらかったのです。

いくら強制はしないといっても、ではお断わりしますと答えられるものではありません。相談ではなく命令なのです。サタンだって、ちゃんとそれを計算しているはずなのです。

なんということだろう。現物を見せておいて、それをあきらめろというのです。サタンはそのことを残酷《ざんこく》だとは思っていないようでした。自分の思いつきに感動しているらしいのでした。

——沈黙《ちんもく》の中から、ひとりが手を上げました。「兵隊さんに送ります！」悲壮な決意に自分で陶酔《とうすい》しているような声でした。

「そうか、いいんだな？」

「ハイ、オレのとうちゃん、戦争にいってるから、だから……」

「よし、それでこそ日本男子だ、銃後の少国民だぞ！」

サタンの調子もへんに芝居《しばい》じみていました。また、手が上がりました。つづいてまたひとり、どうせあきらめなければならないなら、早く同意したほうがサタンの気に入られるというわけなのです。ヤケクソのように勢いよく手を上げる者、いったん上げたのをひっこめて、またぐずぐずと上げる者……。

わたしはズボンの膝《ひざ》を力いっぱいつかんでいました。ワーッと声が出そうなのです。あんまりだ。あんまりひどいじゃないか？

「ごめんよ、オレも手をあげるよ」

隣の秋彦が小声でささやきました。気の弱い彼のことだから仕方がありません。わたしはフト、千吉を思いました。千吉ならこんな場合どうするだろう。

「おい、おまえはどうだ？」

気がついてみると、残っているのはわたしだけなのです。

「みんな賛成してくれた。おまえもわかってくれたろうな？」

「…………」わたしは、菓子の箱へ眼をやりました。

あの中に自分の割り当てが入っている。創立記念日の時と同じく、金平糖《こんぺいとう》や豆板やかわり玉が……自分の夢が入っている。手を上げたら最後その夢は消えてしまう……。

仲間たちの視線がいっせいにわたしにそそがれていました。彼らはいいのです。面会の差入れという埋《う》め合わせがあるのです。

わたしはそれっきりです。これが最後のチャンスかもしれないのです。半年後の創立記念日、そしてさらに半年後の正月、もうそれをアテにすることはできません。きっと慰問袋《いもんぶくろ》に化けてしまうにちがいないのです。わたしは死んだ気になっていいました。

「ぼくはイヤです」

「フム……」サタンの顔色が変わりました。

「そうか、わかった」

強制しないと言った手前、怒るわけにはいかないのです。白い額《ひたい》に青筋を浮かべながらも大きくうなずいて、

「よし、それならおまえには配給《はいきゅう》しよう」

わたしは首をたれました。いっぺんに全身の力がぬけたような気持でした。

――部屋で、わたしは自分の机の上に菓子を置き、創立記念日と同じように眺《なが》めていました。あの時とくらべると菓子の量も種類も減って、砂糖《さとう》を使わないものが多くなっていました。わたしはまだ知らなかったのですが、世間では、菓子を買うのに朝早くから行列しなければならない時代になっていたのです。

「呆《あき》れたね」「いい度胸《どきょう》じゃないか」

仲間たちは口ぐちに言うのです。秋彦などは不安のあまり唇をふるわせながら、

「サタンは忘れないよ。きっとひどい仕返しをするよ」

「覚悟《かくご》の上さ」ホントは怖《こわ》いのです。

「どうせしょっちゅうやられてるんだからヘイチャラだ。みんながだらしがないんだよ。ひとり残らず反対すれば、サタンだってどうしようもなかったのに……」

勇ましく言いきって、わたしは乾燥《かんそう》バナナを頰《ほお》ばろうとしました。だれに遠慮《えんりょ》がいるものか。みんな、面会日のたびにわたしをうらやましがらせてきたのだ。こんな時こそ思いきり見せつけてやるのだと思いながら……けれども、わたしにはそれができなかったのです。

元日だからといって、特別な楽しみがあるわけではなく、仲間たちにしても菓子だけを期待していたのです。どの顔も暗く沈んでいます。年のゆかない者は、畳に転がって涙ぐんでいました。

そんな彼らの様子がわたしを楽しくさせてくれないのです。それどころか、だんだん寂《さび》しくなってくるのです。仲間の失望の深さが痛いほど察しられるのです。

与えられる喜びには縁遠いけれど、与えられない悲しさだけは、わかりすぎるほどわかるのでした。わたしははじめて、仲間とひとつになれたように思いました。

ソッと廊下《ろうか》へ出たところで、富永先生と出会いました。

「どこへゆくの？」

わたしは無言《むごん》で、菓子包みを示しました。

「どうするの、それ？」

「いらなくなったんです、もう」

「じゃ、お返しするの？」

「うん」

「でも、どうして？　たったひとり、折角《せっかく》の勇気を出して頂いたものなのに」

「たったひとりだから、いらないんだ」

それから一所懸命、言葉を選びながら言いました。

「お菓子ってキレイなものでしょう？　もっと楽しく食べるものでしょう？　オレ、こんなふうにお菓子を手に入れたって、ダメなんだ。なんだか、お菓子がお菓子でなくなっちゃうような、ヘンな気がして……」

「そう……」みるみる、富永先生の眼がぬれました。

「ホントはね、日比野先生を怒らせてしまってはキミのためによくないから、もう一度考え直してもらうつもりできたのよ。ホッとしたわ。でも、つらいでしょう？」

「先生、オレ、食いしんぼうじゃないよ。日比野先生の言うことを断わったのも、お菓子が食べたいばかりじゃない」

「わかってます。よくわかってるのよ」

こんなふうにお菓子を手に入れてもダメだと思うのは、キミが成長したからだと、富永先生は言うのです。仲間に対する愛情が生まれてきた証拠《しょうこ》でもあり、また、自分の心というものを大切にしているのだと思います。——富永先生からこんなにほめられて……それだけでも、お菓子に別れる決意をしただけのことはあったと、わたしは少しばかり元気を取り戻しました。

ここまではよかったのです。ここで菓子包みを富永先生に渡してしまえば、それで解決するはずだったのですが、

「お菓子はキミ自身でお返しするといいわ。わたしが取りついだのでは、キミの自発的な気持が通じないということもあるから」

先生はわたしに点をかせがせてくれるつもりでそう言ったのですが、これがかえって悪い結果を生んでしまったのです。

——職員室にはサタンをはじめ、主任も他の指導員連も顔をそろえていました。

「何用か?」と言われて、

「これ、返します」

菓子包みを見せると、サタンはびっくりしたように顔を上げましたが、その顔がへんに赤いのです。

「そうか。考え直したというわけか。では慰問袋《いもんぶくろ》に入れてかまわんのだな？」

「ハイ」

「それが当然だ。ま、あとからでも反省したのなら、それでよし。菓子はそこへ置いてゆきなさい」

机の上に、新聞紙がいっぱいにひろげてありました。机のすみに菓子包みを置こうとすると、なにかのかげんでその新聞紙がずり落ちました。と、机の上には、きんとんやカマボコやダテマキなどを美しく盛った皿があり、コップが五つ並んでいるのです。新聞紙を拾い上げようとして床にしゃがんだ時に、机の足の陰《かげ》に置かれた一升瓶《びん》が眼にうつりました。酒を飲んでいたのです。そして、わたしがノックした時、机の上の料理にあわてて新聞紙をかけたにちがいないのです。

酒……胸を焼かれるような怒りをおぼえたのです。朝っぱらから酒を飲んでいる。正月だからか？　それなら菓子はどうなる？　菓子は慰問袋に入れられても、酒瓶はコワレ物だから送れないというわけか？　――菓子を返しにきた自分の心の努力を思うと、わたしはすっかり逆上《ぎやくじよう》してしまったのです。わたしは持っていた菓子包みを床に叩《たた》きつけました。そして、まるでジダンダを踏《ふ》むように、その菓子を踏みにじりました。

「なにをするか！」

サタンなど、くそくらえと思いました。サタンの怖さを忘れていたほどですから、まったく逆上していたわけです。もはや、正月も元旦もなく、わたしは蹴《け》られ殴《なぐ》られ、鼻血にまみれました。悲鳴《ひめい》をあげてはならない。悲鳴をあげたら負けだと思い、その意地だけは通しました。神妙《しんみよう》に菓子を返しにくる自分より、こうして歯を食いしばって殴られている自分のほうが、自分らしいような気がしました。

「考え直してきたのかと思えば、たちまちそのザマだ。それほど返すのが惜《お》しいのなら何故《なぜ》食べてしまわなかった？　貴様《きさま》という奴はまったく……」

職員室の窓だけは鉄格子《てつごうし》がありません。その敷居《しきい》の上に、わたしは坐らされました。それもサタン流の懲罰《ちようばつ》法なのです。ただの敷居でも痛いものなのに、窓の敷居なのだからたまったものではありません。少しでも身動きすれば重心を失って転落してしまうし、ジッとしていれば二本のレールが骨に食いこんできて、ギシギシするような痛みです。

青い空に、ケバの多い雲が散らばっていました。わたしはその中のヒトキレを選んで視線をくくりつけました。その雲が、自分を見下ろしていてくれるのだと考えました。そうでも考えないと、一刻《いっとき》も耐えられなかったのです。

——いきなりドアがあいて、富永先生が入ってきました。トタンに「ア」と立ちすくんで、「これは一体……？」と言いかけてから、まっすぐにホワイト・サタンを見つめ、

「いいえ、事情はともかく、こんなことはやめて頂きます。シゲルくん、早くそこから下りなさい」

ツカツカと窓へ近よってきて「さ、早く下りるのよ」と、手をさしのべてくれました。はりつめてきたものがプッンと切れて、わたしは声をあげて泣きました。そして、どういうものか、富永先生に対して腹が立ってくるのです。先生のやさしさは反抗の意欲に水をさすのです。わたしを小さなこどもにしてしまう……このひとのやさしさは、これからの自分にジャマになるものとしか思えないのです。

わたしは、富永先生の白い手をはらいのけて、庭のほうへ飛び下りました。「イヤだ、もうイヤだ！」そんなことを叫びながら、国旗掲揚台《けいようだい》のところまで走ってゆき、猿のように棒をよじ登りました。童話に出てくる豆の木のように、この棒が天まで

づいていればいいと思いました。

＊＊＊

元日からしてその騒ぎですから、その年もあまり良いことはありそうにないのでした。そして、事実、良いことはなかったのです。

わたしは「二代目千吉」と呼ばれるようになりました。しばしば脱走を試みたからです。むろん失敗の繰り返しで、そのたびにホワイト・サタンの制裁《せいさい》を受けました。千吉の一件があるので、サタンも多少の手かげんはしていました。つまり「殺さぬ程度に」ということです。

畑仕事をしていて、泥土《どろつち》の上に、昨日脱走を試みた時の、自分の足跡を見いだすことがありました。土をけって走り出した時の必死の力が、その足跡にこもっているのです。

この足跡もやがて消えてしまうのだけれど、逃げたい逃げたいの執念《しゅうねん》は、土の中の球根《きゅうこん》となって大きな花を咲かせるのではないかと思いました。

サタンはわたしにスカートをはかせました。古びたピンク色のスカートをです。まるっきりマンガです。その姿ではまさか逃げる気にもなれまいというわけなのです。

秋彦を除いた仲間たちは、そんなわたしを笑いの夕ネにし、その笑いのむこうに、富永先生のつらそうな眼がありました。それを意識すると、やはり恥ずかしく、苦しくもありましたが、同時に「どうともなれ」といった思いが沸《わ》き上がって、わたしは仲間たちの前でスカートをまくり、フレンチカンカンの真似《まね》をしてみせたりするのでした。

出征《しゅつせい》してゆく人の数はますますふえる一方らしく、ほとんど毎日のように橋は日の丸の旗でいろどられました。「身寄りのない奴は、少年兵でも志願するより、ここからぬけ出る方法はない」千吉はよく、そんなことを言っていたものです。

〽わが大君に召されたる、いのちはえある朝ぼらけ……日の丸の赤と、国防婦人会の白いタスキが眼にしみます。あんなふうに大ぜいの人に見送られてゆくのなら、兵隊になるのも悪くないような気がしました。

赤いタスキをかけて「ではいってまいります」と挙手《きよしゅ》の礼をすれば、不良少年の肩書はふっ飛んでしまう……サタンにしたところで、二言目《ふたことめ》には兵隊兵隊といいながら、自分は兵隊にはならないのです。感化院のような所で働く男は、召集《しょうしゅう》を免除《めんじょ》されるという話をきいたことがあります。兵隊になって、サタンを見下ろしてやれたら、どんなに痛快《つうかい》だろう……。

第一、兵隊になれば、慰問袋《いもんぶくろ》というものがもらえるじゃないか？……

ピンクのスカートは何ヵ月もつづきました。その間に、ドーリットルの東京初空襲という一大事がおこりました。学院の屋根は枯草でおおわれ、外壁は保護色《ほごしょく》に塗りつぶされ、そして防空壕《ぼうくうごう》掘りという新作業が生まれました。さらに三日に一度の防空演習です。

スカートをはいてバケツリレーに参加するわたしの姿は、われながらコッケイで愛想がつきるのです。いっそ自分の頭に水をぶっかけてやりたいくらいでした。

富永先生は、いいかげんにサタンに詫《わ》びを入れて、スカートから解放されたほうがいいと言うのですが、それだけはごめんでした。それをするくらいなら、スカートどころか、ふり袖《そで》を着て、高島田《たかしまだ》のカツラをかぶって、顔じゅう白粉《おしろい》を塗《ぬ》ってみせたってかまわないと、わたしは胸の底に焼火箸《やけひばし》を一本、しのばせたような激しい気持でした。

＊＊＊

——その日は朝からひどい雨で、川堤は灰色にけぶっていました。屋内《おくない》作業室の窓から仰《あお》ぐと、雲は額《ひたい》へおおいかぶさってくるように低く、雨はいつやむとも知れないのです。

珍《めずら》しくホワイト・サタンが外出しているせいで、仲間たちはこの時とばかり、ふだんは禁止されている流行歌を口ずさんだりしていました。

わたしは作業をそっちのけにして、窓に寄っていました。外を眺《なが》めるだけが、わたしの楽しみなのです。晴れた日はむろんのこと、雨は雨なり、風は風なりに、外の景《け》色《しき》は美しくて胸がうずくのです。

ウナギという奴は、いったん首をさしこむと、どんな小さなザルの目でも、身をしごくようにしてスルスルとぬけ出してしまうというけれど、そんなふうにしてこの鉄《てっ》格子《ごうし》をぬけ出られないものかと、あいかわらず思うことはひとつでした。

川堤をだれかが歩いています。コーモリガサはすだれのように雨をしたたらせ、レインコートが油を塗《ぬ》りつけたように光っています。こんな雨の中を、どこへゆくのだろう？

強い風に吹きつけられたらしく、その人はひょいとカサをかつぐ形になりました。わたしは「おや」と眼をこらしました。遠見ながら、見おぼえのある顔なのです。

確かに三浦トメなのです。秋彦に会わせてくれと、執念《しゅうねん》ぶかく通いつめていたあの人も、いつかあきらめてしまったらしく、この半年ほどはプッツリ姿を見せなくなっていたのです。

三浦トメはケンメイに歩いていました。わたしは、ボール紙の裁断《さいだん》をしている秋彦をふりかえりましたが、声をかけるのは思い止まりました。どうせ面会は許されないのだし、それとわかれば秋彦はまた、仲間たちのオモチャにされるだけなのです。知らないですむのならそのほうがいいと思ったのです。

ところが、それから三十分ほど後、秋彦は指導員に呼び出されてゆきました。信じられないような顔をして出てゆく彼を見送りながら、わたしは、ホワイト・サタンも外出中のことだし、この雨の中をズブぬれになってやってきた三浦トメに、さすがの学院側も同情したのではないかと思いました。もしそうなら、秋彦のために喜ばしいことだ……と思いながら、フト、さみしくもあるのです。

彼が「可愛がってくれたおばさん」と久びさに再会する場面を想像すると、どうにもならない嫉妬《しっと》を感じるのです。わたしは、たったひとりの親友の倖《しあわ》せさえ祝福できない人間になっていたようでした。

――しばらくして作業室へもどってきた秋彦は、何事だったのかと質問する仲間へ、

「掃除《そうじ》道具の始末が悪かったので注意されたのだ」

と言い、それからわたしの耳へ「面会だったんだ」と、ささやきました。

「みんなに黙っているように言われたんだ」

「オレは知ってたよ。いつかのおばさんだろ？　土手を歩いてくるのを見たんだ。でも、よく面会させてくれたね？」

「あの人、遠い田舎《いなか》へひっこんじゃうんだって……もう一生会うこともないから、最後にいっぺんだけ顔を見せてくれと頼んだんだそうだ。それで、渡辺主任と岸指導員が、相談して、十分間だけ面会させてやろうということになったのさ」

「フーン、主任もいいとこあるね」

「主任は、別にオレやおばさんのこと、考えてくれたんじゃないと思うよ。いつもサタンに頭をおさえつけられてるから、留守《るす》の時ぐらい自分の思うようにしてみたかったんだよ、きっと」

感情のたかぶっているらしい秋彦は、いつになくおしゃべりでした。彼は周囲を見まわしてから、さらに声をひそめて、

「オレ、これから安息所《あんそくじょ》へゆく。一緒にゆくとへんに思われるから、キミは、ゆっくり五十数《かぞ》えてからきてくれ」

安息所とは、便所のことです。

「いいかい？　右から二番目に入ってるからね。闇物資《やみぶっし》があるんだ。おばさんがこっそりポケットへ入れてくれたんだ。甘い物らしいよ」

甘い物ときいてドキンとしたものの、たちまち眼じりを下げてしまうのは、近頃硬化《こうか》している心が許さないので、

「おばさんは秋彦のために持ってきたんだろ？　ひとりで食べればいいじゃないか。第一、便所で食べるんじゃ直通みたいでイヤだな」

「グズグズ言ってないで……じゃ、先にいってるからね」

秋彦はわたしの気持を見ぬいていたのでしょう、笑いながらポンと肩を叩《たた》いて、出ていってしまいました。

それっきり、わたしは元気な秋彦の姿を見ることができなくなったのです。

わたしは言われた通り、ゆっくりと口の中で数を数《かぞ》えはじめました。学院一の美少年が、便所の中でなにかを食べている姿を思うとおかしくなってくるのです。それにしても、甘い物とは一体なんなのだろう？　わたしはだんだん楽しくなってきました。
二十一、二十二、二十三まで数えた時、まずいことがおこりました。ひとりの少年が立ち上がって、どうも便所へゆくらしい様子なのです。わたしは不安を感じまし

た。なにしろ丁寧《ていねい》にノックしたりするような連中ではないのですから、ヘタをすれば秋彦は不意打ちをくらわされるかもしれないのです。

とにかく、もう少し時間をかせがなくてはと、わたしはまた、はじめから「ひとつ、ふたつ」と数えはじめました。

その少年が出ていって、ホンの二、三分経った時です。廊下《ろうか》のほうが急に騒がしくなりました。あわただしい足音、叫び声、ああ、やっぱり秋彦の闇食《やみぐ》いが発見されたのかと、わたしは彼のためにも自分のためにもガッカリしたのですが、じつはそんなノンキな話ではなかったのでした。

便所へいった少年は中へ入るなり、おそろしいうなり声をきいたのです。そして、その声のもれている右から二番目のドアをあけてみると、秋彦が眼をシロクロさせ、胸をかきむしっていたというのです。

わたしたちが駆けつけた時には、渡辺主任も富永先生もきていて、あばれる秋彦を必死におさえつけようとしていました。「秋彦！」と叫んで近寄ると、彼はわたしの胸にしがみついてくるのです。おそろしい力でした。自分の苦痛を、相手の皮膚へなすりつけようとでもするような、ガムシャラな力なのです。

手がつけられないのです。富永先生は、秋彦の突っぱった足に突き飛ばされて、シリ餅《もち》をつきました。「どうした？　どこが苦しい？」秋彦は答えられないのです。七《しち》転八倒《てんばっとう》でした。人を見る眼つきではありませんでした。眼球が白くひきつって、やがて、海老《えび》のようにそりかえると、そのままの形で静止しました。次第《しだい》に呼吸がゆるやかになり、だらしなくひらいた口から、よだれが流れています。

そして最後に、ひとつかみの空気を捨てるように、握りしめていた手をひらきました。

「やられた、あの女だ……」

主任は、床に散らばっていた小さなき、き、な粉団子《こだんご》を拾い上げて、

「毒だね、毒だったんだね」

泣くようにつぶやきました。

「どうしよう、日比野クンが帰ってきたらなんというだろうね。一生の別れだというから、つい面会させてしまったんだが……」

「どうしよう」の連発《れんぱつ》です。

「それよりも、主任は院長へ報告をなさってください。わたしは病院へ連絡します」

そんな場合、かならずピリッとした強さの出る富永先生は、「あなたたちは作業室へおもどりなさい」と、きびしく言いました。

裁断機《さいだんき》の前には、秋彦が裁断したボール紙のクズが散らばっていました。ゴザにはまだ彼のぬくみが残っているようなのです。

「なんてことかしら、なんてことなのこれは。ひどいわ。もうギリギリだわ」

秋彦の美少年ぶりにあこがれていたオイランが金切り声でわめくのを、「うるさい！」と怒鳴《どな》りつけておいて、わたしはゴザの上にひっくりかえりました。あまりのことに涙も出ないのです。シャツの胸をひろげてみると、血がにじんでいました。秋彦にツメをたてられた時の痛みが、改めてよみがえってきました。

江戸川の下流で三浦トメの溺死体《できしたい》が発見されたのは、そのあくる日のことです。ずいぶんあとになって、つまり、わたしがおとなの世界が多少ともわかるようになって、この事件の真相《しんそう》を富永先生からきかされました。

——三浦トメは、亡くなった秋彦の母のイトコの、そのまたイトコの妹にあたる人で、同じ町のアパートに住んでいたのですが、結婚して三週間目に夫を軍隊に取られて心細がっていたのを、秋彦の父が自分の家に同居させたのです。

秋彦の父は劇作家で、その世界では多少知られた存在でしたが、作品にあらわれた反戦思想のために、警察へひっぱられることも多いのでした。それでも自分の信念をまげないくらいですから、芸術家としては男性的なタイプで、肉体的にもガッチリとたくましい人だったのです。

心身ともに、やさしく生まれついた秋彦は、自分にないものをいっぱい備えているこの父に、あこがれを抱いていました。それはまるで女性が男性に対するような、ちょっとアブノーマルなものだったらしいのです。

家には古くから住みついているばあやもいましたが、父のこまかい身のまわりの世話はいっさい秋彦が引き受けていました。そうするのが楽しいのでした。

三浦トメが家族のひとりに加わって間もなく、その大切な父が、軍の報道班員に徴《ちょう》用《よう》され、南方戦線へひっぱられました。軍はそんな方法で、秋彦の父の反戦思想をブッつぶそうとしたのです。

不安な日々がはじまりました。反時局的な報道班員は、もっとも危険な前線へまわされるという噂《うわさ》もあるのです。新聞に戦死者氏名の発表が出ると、秋彦はよく確かめもしない先に絶望の予感にふるえ、近所で電報配達夫とすれちがったりすれば、今度こそダメだ……と覚悟《かくご》を決めるのです。

同居人の三浦トメがまた、秋彦に劣らぬ神経過敏《しんけいかびん》な女性で、これも戦地の夫の身を案じるあまり、少しばかりへんになっていました。夫からの便りが途絶えたりすると、悪い想像ばかりがひろがるのでしょう。ひどくヒステリックになって、半病人みたいになってしまうのです。不吉な夢にうなされて眼ざめると、秋彦の寝室へ飛びこんできて、明方《あけがた》まで彼の手をシッカリ握りしめたままでいるということもあったのです。

ひとりは夫を、ひとりは父を、それぞれにかけがえのないものを奪われた人間同士が、おたがいに不安やさみしさをなめ合うような生活をつづけているうちに、常識では理解できない愛情が育っていったのです。

——秋彦の葬儀は学院から出すことになりました。秋彦の父は従軍中ですし、ちょっと顔を出した親せき代表という男は、世間の手前、秋彦を引き取るわけにはいかないと言うのだそうでした。大体親せきの連中は、秋彦の父が要注意人物であるところから、自分たちに迷惑《めいわく》がかかるのをおそれて、ほとんど絶縁状態《ぜつえんじょうたい》になっていたのだそうです。

そんなわけで、納棺《のうかん》や通夜《つや》に立ち会ったのは、いつも面会にきていたばあやさんだけでした。秋彦の遺体は、伝染病の患者用に備えられた個室に安置されました。呼ばれていってみると、富永先生と雑役のおばさんが、遺体をふいているところでした。

キミは親友だったのだから、形だけでも手を貸しなさいと言われて、クレゾールをしめしたタオルを、陶器《とうき》のように冷たく青ざめた体におしあててやりました。肩のあたりに大きなホクロがあるのを見ると、風呂で背中を流し合ったことがなまなましく思い出され、わたしははじめて泣きました。

目だたないためなのでしょう。秋彦の出棺《しゅつかん》は夜になって行なわれました。川を渡れば火葬場は近いのです。棺は、指導員にかつがれて橋を通ってゆきました。二つの提灯《ちょうちん》が、橋梁《きょうりょう》を見えかくれしながら遠ざかってゆくのです。

同じ日に少年審判所《しんぱんじょ》から送られてきた三人組も、千吉が死に（？）、秋彦が殺され、とうとう、わたしひとり残されてしまったわけでした。

便所の中で闇物資を食べて、そのために命を落とすなんて……。秋彦の無残な死を思うのですが、考えてみれば自分だって、秋彦と一緒に便所へいっていたら同じことになったはずなのです。ものの五、六分の差で助かったのだと思うと、今度は自分が惨《みじ》めになってくるのです。そういうあぶなっかしい、お粗末な命《いのち》というものに腹が立つのでした。

死ぬのはイヤだと思いました。コンリンザイ死ぬものか。生きて生きて、千吉や秋彦の分まで倖《しあわ》せになってやるのだ……と、わたしは見えないものにむかって、眼をむいていたのです。

＊＊

二月にはシンガポール陥落《かんらく》、三月は蘭印《らんいん》軍の無条件降伏、四月バターン半島占領、五月コレヒドール要塞《ようさい》陥落と、昭和十七年前半は日本軍の勝利がつづきましたが、六月、ミッドウェイの海戦の大敗を境《さかい》にして、だんだん怪しくなってゆきました。もっとも、わたしなどにはなんの実感もともなわないなりゆきで、ただ、ホワイト・サタンの一喜一憂で事の重大さを想像するばかりでしたが、そのサタンの口から「打倒《だとう》米英《べい えい》」「鬼畜《きちく》米英」という言葉が飛び出すようになりました。

鬼……それらしいイメージを描いてみるのですが、アタマに浮かぶのは童話的な鬼でしかないのです。むしろ、憎らしいサタンの言うことなので、フト、「鬼畜《きちく》」のほうに味方してみたい皮肉な気持が動いたりするのです。

ところが、鬼は別のところからやってきました。というのは、付近に高射砲陣地が新設されたのですが、本格的な空襲にはまだ間のある時期で、暇《ひま》な兵士たちが毎日のように学院へあらわれるようになったのです。

ホワイト・サタンがそれを歓迎しないはずはなく、やがて、戦意昂揚《こうよう》のため、兵隊たちは学院の生徒に交替で軍事教練をするということになったのです。

この、院外指導者たちは、わたしたちの生活を軍隊色に塗《ぬ》りつぶそうとするのでした。挨拶《あいさつ》にしてもすべて挙手《きょしゅ》の礼で統一され、「先生」は「指導員ドノ」というわけで、

「ナニナニ指導員ドノ。ナンノナニガシは便所へいってまいります！」

「ナンノナニガシ、便所へいってまいりました！」

たかが便所へゆくぐらいのことで、ハラワタからしぼりだすような声を上げなければならず、あんまりいきみすぎて、その場で粗相《そそう》してしまう者もあるのです。

なによりも、富永先生を「富永保姆《ほぼ》ドノ」と呼ばなくてはならないのは悲しいことでした。この、やさしい人に対するドノはあまりにも似つかわしくなく、まるでマリアさまがズボンをはかされてしまったような、へんな連想が浮かぶのでした。

あとになって大流行した竹槍《たけやり》訓練というものも、学院ではこの頃からはじめられ、わたしは空腹をかかえて竹槍をつかみ、ワーッ、ギャーッとバカ声をはり上げて空気を突きました。

「そんな腰つきじゃ女は抱けんぞ！」

言うことはひどく下品なのです。

「昔、おぐるすの長兵衛という百姓は、竹槍一本で逆賊明智光秀《ぎゃくぞくあけちみつひで》を討《う》ったのだぞ！」

と、わけのわからないことをわめき、気合いの入っていない少年は、当時、御真影《ごしんえい》と呼ばれた天皇の写真の下に何時間も正座させられるのです。竹槍訓練のない日は講義で、日本の空海陸にわたる軍備の優秀を論じ、毛布のたたみ方から銃器の性能や手入れの仕方、その他多くの心得を語ってきかせるのです。徴兵《ちょうへい》検査には間のあるわたしたちでしたが、そんな日々を重ねていると、入隊の日が眼の前に迫っているような気もして、自分の未来はそれひとつしかないと思えてくるのでした。

――わたしはもう、遠山刑事さんにハガキを書く習慣を捨てていました。ここをぬけ出したい、自由になりたいという激しい思いは、たとえ嘘にせよ「落ち着いて修養《しゅうよう》にはげみます」などと書くのをゆるさなくなっていたのです。

こっちが出さなければ、むこうから「どうした？」と便りがくるわけでもなく、そんな淡白なところがいかにもあの人らしいのですが、わたしは不足には思いませんでした。

あの二つの菓子パンを思い出すだけで、遠山刑事さんは大切な人なのです。結局、あの菓子パンが、甘い物と名のつく最後のものになったのだと、わたしは刑事さんとのめぐりあわせを、ずいぶん遠い日のことのようにふりかえるのでした。

古い生徒は、つぎつぎに退院してゆきます。在院生は門前に整列して見送るのですが、川堤をイソイソと遠ざかってゆく仲間を見ていると、ナマリの玉を呑みこんだ思いになるのです。こうした思いはすでに何回となく味わっていながら、なれるということがないのでした。他の仲間たちは、ひとり出てゆけばそれだけ自分の番が近づくわけですから、羨望《せんぼう》の中にもなぐさめがあります。まったく可能性のないわたしは、心いっぱいにヨダレを流さなくてはなりません。そんな日、わたしはきまって一日じゅう口をききませんでした。いろいろのことを思い、その思いの上にねそべってしまった状態で、だれと口をきくのもおっくうなのでした。

ある日、職員室へ呼ばれたオイランがニコニコしてもどってきて、

「退院が決ったのよアタシ！　来週の日曜なんだって！」

と告げた時も、わたしは、ああ、こいつもとうとう……といった気持でプイと席を立って廊下《ろうか》へ出ました。危険だと思ったからです。手ばなしで喜んでいる顔を一発ブンなぐってやりたくなったからです。

洗面所で頭を冷やしていると、追いかけるようにしてあらわれたオイランが、

「ひどいよ、みんなに祝ってもらおうと思ったのに、あんたひとりだけ出ていっちゃうんだもん」

「よかったね。おめでとう」

「なんだか怒ったような調子ね」

「調子なんかどうでもいいだろ」

「でもさ、気になるじゃない？」

こんなおかしな少年でさえ、はれて退院するのだと思うと、腹が煮えるのです。

「あ、そうか！」とオイランが叫びました。

「あんた、引取人がいなかったんだっけ？　退院の見込みがなかったんだわね？　それでシャクにさわってるのね？　ごめん、つい忘れちゃって、ごめん、ごめんねーえ」

ごめんねと、しり上がりのアクセントでなぐさめられ、ワーッとこみ上げる思いで
「うるさいな」夢中でわめきました。

「おや」

「おやもクソもあるもんか。オレにだって家はあるよ。親だっているさ。ただ、オレは警察でも審判所《しんぱんじょ》でも、絶対にそのことはしゃべらなかったんだ。だからミナシゴということになっちゃったのさ」

「だって、だって……」

反論しようとするのをおさえつけて、

「オレはね、ママ母とケンカして家出したんだ。絶対帰りたくないんだ。それに……オヤジは身分のある人だから、もしオレがこんな所に入っているとわかったらキズがつくんだ」

「あんた……」あまり利口でないオイランは眼をまるくしています。

「だれにも言うな。指導員にバレて家へ連絡されると困るから」

「わかった。でもあんた……おとうさんの名誉《めいよ》のために、ガマンしようというの？」

「そうさ」もうやぶれかぶれの勢いで、「オヤジに話せば、こんな学院のひとつやふたつ、いっぺんにつぶれちまうさ。サタンなんて虫ケラみたいなもんだ。でも、それほど身分のある人だから名誉が大切なんだよ。わかるだろ？」

「わかるわかる……おとうさん思いなんだね。いいとこあるねえ。でも、つらいでしょうね？　可哀相に……ああ、わたしもうギリギリだ。泣けてきちゃうよホントに」

わたしは自分の嘘《うそ》に呆《あき》れるのです。どうしてそんなホラを吹いてしまったのか。つまりは、水戸黄門になろうとしていたのでしょう。「この身を何者と思うぞ、われこそは」の痛快な場面を空想するだけでは間に合わなくなって、とうとう実演してしまったというわけです。

いったん口にしてしまうと、この嘘も悪いものではありませんでした。オイランが急に改まった眼で自分を眺《なが》めているのを意識すると、なんだか背が伸びたようなはれがましさを感じるのです。

〈……いくら隠れていても、いつかは父に知れるだろう。そして家に連れもどされることになるだろう。自家用車に乗せられてあの門をくぐったトタン、きっと大変な騒ぎになるにちがいない。セパードのアルマンやロンはボクのことをおぼえていてくれるだろうか？　ばあやの清《きよ》はまだいるのかしら？　きっと、ぼっちゃまといって、泣き出すだろう。書生《しよせい》の山本だって、きっと、ぼっちゃまといって……〉

ワラ半紙を綴《つづ》った手製のノートに、わたしはそんなことを書きとめてみるのです。ノートには、わたしだけのにぎやかな世界がひろがってゆくのです。ノートの中には、わたしとはくらべものにならないもうひとりのゼイタクな「わたし」が生きていて、現実のわたしにむかって「ここにいるのが、ホントのおまえなのだよ」と語りかけてきます。現実のわたしは「うん、そうなんだ、このオレは仮《かり》の姿なんだよ」とうなずきます。……と、その程度で満足しているうちはよかったのですが、やがてノートの中のわたしは、ノートからぬけ出して、大勢の注目を集めたいという野心をおこしました。

そこで、わざとノートをひろげて、机の上に放り出しておくというアイデアが生まれたのです。仲間のだれかが盗み読みをするのをアテにしたのです。

そして、「おい、これ、ホントなのか?」と言われると、「あ、見たのか、困るよ」と大いにあわてふためき、「嘘《うそ》さ、デタラメだ」と、不器用に否定しておいてから、「だれにも秘密《ひみつ》だよ」真剣な顔で約束《やくそく》させるのですが、むろんそんな約束が守られるはずはありません。

やがて「おい、あいつのホントの身の上は」という陰の声がひろがってゆくのを感じて、わたしははじめてライトを浴びた役者のように、五分のおそれと五分の楽しみを味わうのでした。そして日とともに、おそれのほうは四分となり三分となり、演技者のうまみだけが太ってゆくのでした。

〈……ノートを友だちに見られてしまった。噂《うわさ》になるのは困る。バレてしまっては困る。ボクは家に帰りたくない。父の地位にキズがつくのも困るし、義理の母に会うのもイヤだけれど、なによりもボクはここの仲間たちが好きだから、別れたくないのだ。みんな頭は悪いけど、ザックバランで面白い。学習院のキュークツだったことを思うと、この生活のほうがどれほどましか知れない。ボクの家庭はなにもかもお上品で息がつまってしまうのだ。家庭教師もうるさいし、フォークやナイフのお作法、ピアノのレッスン、思ってもゾッとする。乞食王子《こじきおうじ》の話のように、こんなちがった生活の中で、ボロを着ているほうが、ボクには気楽なんだ。ああ、神サマ、どうぞボクの身分がバレませんように……〉

フト、湯ざめのような虚《むな》しさを感じるのですが、でも、湯にひたっているうちだけは体もあたたまろうというものです。

その夜も、わたしは机にかじりついて、ノートにホラを書きこんでいました。廊下《ろうか》のラジオが、米軍のガダルカナル上陸を報じていました。

「シゲル、富永のおねえちゃんがお呼びだぜ」

仲間のひとりが顔を出しました。部屋にいるのはわたしだけでした。夕食後のひとときを、仲間たちは娯楽室《ごらくしつ》へ詰めかけていたのです。このところ、例の富永先生の音楽の時間にも顔を出さなくなっているわたしでした。サタンの圧制で「お菓子と娘」

などの非軍国調は禁じられていたし、たとえそうでなくとも、オルガンの調べにコーコツとなるような初心は失っていたのです。

なるべく富永先生と顔を合わせたくない気持もありました。先生に対してだけは、ひとり芝居《しばい》をしている最近の自分がやましかったからです。

わたしはノートを伏せると、残り惜しい気持で部屋を出ました。例のごとく「もうひとりのわたし」を創作中だったわたしは、現実へ引きもどされたことが気に入らなかったのです。なんの用だろう？　富永先生は、この頃孤立状態《こりつじようたい》になっているわたしを心配して、呼んでくれたのだろうと思いました。

――しかし、娯楽室《ごらくしつ》へ入ったトタン、わたしは異様なものを感じました。先生はオルガンを弾《ひ》いていないし、ピンポンをしている者も、本を読んでいる者もいない、一同、シンとしてわたしの登場を待機《たいき》していたという感じなのです。わたしは仲間たちにグルリと包囲された形になりました。

「さ、シゲルがきたぜ。話ってなんだよ？」

彼らの顔もなんだかあやふやなのです。「話ってなんだよ」とうながされて、富永先生はチラとわたしに眼をむけ、その眼を下に落として、なにか考えるふうです。わけのわからないまま、わたしは緊張《きんちよう》しました。わたしを中心人物としてなにかの話し合いがはじまるらしいのですが、かいもく見当がつかないのです。

「シゲルくん……」しばらくして先生は決心したように顔を上げました。

「みんなの前で、キミに質問したいの。名前は言わないけれど、ある生徒がわたしのところへきて、こんな話をしたのです。……シゲルには立派な家庭がある、立派なオヤジさんもいる、シゲルはオヤジさんの名誉《めいよ》を考えてそのことを隠《かく》しているけれど、あれではあんまり気の毒すぎる、どうして学院の力でなんとかしてやれないんだと、その生徒はわたしを責めるのです。キミに同情するあまりポロポロ涙をこぼしながら……わたしはその涙をキレイなものに思いました。だから、みんなの前で、ハッキリさせたいの。どうなのシゲルくん？　ホントなの？　キミの口から答えてほしいんです」

わたしは赤くなりました。嘘《うそ》かホントかは富永先生が知っているはずなのです。なにも大勢の面前《めんぜん》で困らせなくともいいじゃないかと、わたしはいくぶんかのこびを含めて笑いかけました、が、先生はニコリともしないのです。

「どうしたの、自分の口から答えられないなら、わたしが代理をしてあげようか？」

生徒を見まわして、

「この頃、シゲルくんの身の上のことで噂《うわさ》がひろがっているようだけれど、根も葉もないことです。つまり嘘なんです。シゲルくんには両親はありません。むろん家もありません。なんなら調書を見せてあげてもいいんですよ」

一語一語、ハンコをおすような言い方でした。仲間たちの反応はさまざまで、フンガイする者、ポカンとしている者、「はじめから嘘だと思ってたさ」と笑う者、口笛を吹きならす者……。

「シゲルくんにはこの場で謝罪《しやざい》させます。だからこの話は打ち切りにして、あとで責めたりしないように……わかったわね？　じゃシゲルくん、みんなに詫《わ》びなさい」

わかりませんでした。ひともあろうに富永先生が、何故《なぜ》こんな意地悪をするのか……このひとも、とうとう敵になってしまったのだろうか？

「どうして黙っているの？　早くなさい」

ツケ入るスキもないのです。まるで別人のような冷たさなのです。

「すみません。嘘をついてすみません」

口の中でつぶやくと、わたしは顔をおおってうずくまってしまいました。消えてしまいたいような恥ずかしさ。死んでしまいたいと本気で思いました。ながいながい時間でした。

「それでいいわ。みんなは部屋へもどりなさい。わたしはちょっとシゲルくんと話をしますから……」

二人きりになると、先生はわたしの肩に手をかけて、

「もういいのよ。お立ちなさい」

立てるものではありませんでした。報徳《ほうとく》学院はオレにとっては富永学院だと、ひそかに考えていた自分が悔《くや》しいのです。ある意味では、ホワイト・サタンにいじめられるより悔しいことでした。サタンはもともと敵なのですが、富永先生の仕打ちは不意の裏切りといってもいいのです。

「恥ずかしかった？」

「…………」

「仕方がなかったのよ。キミは確かにミナシゴなの。いくらガン張っても、それを嘘にはできないわ。そうでしょう？　キミは自分が悪い条件の下にいることを、シッカリ自覚しなきゃダメよ、ごまかさないで」

わたしはヌッと立ち上がり「わかってらァ」精一杯やくざな声を出しました。

「先生の言う通りさ。オレは嘘つきだ。それがどうしたんだい？」

「そんな顔して……わたしが憎らしいの」

「憎らしい。大きらいさ！」

富永先生にむかって、そんなぞんざいな口をきいたのは、はじめてでした。わたしはゲンコツを固めていました。あらあらしいものが体の中に渦をまいていました。自分がなにをしでかすか、わからないのです。なにかしなければひっこみがつかない気がしました。

先生は苦しそうに唇をゆがめました。

「憎まれても仕方がないと思うわ。でも、わたしは何故《なぜ》キミがそんな嘘《うそ》をついたのか、わかるような気がしたのよ。でも、わかればわかるほど、放っておけないと思ったの。シゲルくんがその嘘をやましいと感じているうちはまだいい。でも、だんだん嘘とホントの区別がつかなくなってゆくとしたら……それは大変にこわいことなのよ。何故なら、嘘を楽しむクセがついてしまうと、おしまいにはまわりのものが見えなくなって、自分の中でだけしか息ができなくなってしまうのよ。いいえ、それどころか自分さえ確かな眼で眺《なが》められなくなってしまう。そして、ますます孤独《こどく》になってゆくのよ」

「…………」

「わたしはそういう人を知ってるの。惨《みじ》めな人になるのよ。シゲルくんにはそうなってほしくなかった。わたしは、お菓子と娘の歌をきいて、眼をかがやかせていたキミがなつかしいの。どんなにひどい条件の中ででも、あのキレイな眼を失わずにいてほしいの。……だから、いまのうちに大手術をしてしまったほうがいいと思って、それでわざと恥《はじ》をかかせたのよ。あんな嘘をつくことが、どんなに惨めで虚《むな》しいことか、味わってもらいたかったの」

「…………」

「ホントは先生にも自信がない……あんな思いをさせることが正しかったかどうか。でもシゲルくんはわかってくれる、そう思いたいの。憎らしければブンなぐってもいいわ。それで気がすむのならね。ただ、わたしをブンなぐったあとで、わたしの言ったことをよく考えてみてほしいの」

急に声がうるんで、富永先生の大きな眼から涙がこぼれました。

「恥ずかしかったでしょう？　でも、わたしもつらかった……」

先生の言葉の意味よりも、その涙がわたしの心にしみこんでくるのです。ほんとうに、びっくりするほどのたくさんの涙を流していてくれるのです。誘《さそ》われそうになるのを、わたしは唇を噛《か》みしめて耐《こら》えていました。泣きたくはない。オレはもうそんなに甘くはないんだ。これくらいのことでほだされてたまるものかと、けんめいに相手の顔を睨《にら》みつけるのですが、そのくせ視野がぼーっとかすんできて、富永先生の顔がまるで雨ふりのガラス窓のむこうにあるみたいに、ぼやけてしまうのです。

とうとうガマンがならなくなって、わたしは固めたゲンコツで自分の頭をなぐりつけました。「チクショウ、チクショウ」と叫びながら。頭の中の恥《はじ》や後悔《こうかい》をコナゴナにくだいてしまうようなつもりで、力いっぱいなぐりつけていました。

第5章
われにむかいて光る星

二度目の秋がきました。

学院の畑にはハート型の里芋《さといも》の葉が繁《しげ》り、そのむこうに、古血《ふるち》のような葉鶏頭《はげいとう》の色がのぞいています。以前、この畑は花畑で、花づくりをして町の花屋へ売っていたのだそうですが、食糧事情がひっぱくすれば花よりダンゴ、芋《いも》や大根《だいこん》に天下を取られてしまっています。それでも畑のへりには芒《すすき》や紫蘇《しそ》の繁みの間に、ぼんじゃりとにじみ出たようなつつましい感じで、まんじゅしゃげなどが咲いていました。

たのまれもせず、手をかけてもらったわけでもないのに、殺風景《さっぷうけい》な畑にそうして色をそえてくれる花のいのちというものを、わたしは不思議《ふしぎ》なものに思いました。

柿《かき》の木もありました。みんなシブ柿です。やがてそれらはホシ柿となって、慰問袋《いもんぶくろ》へ詰められます。

学院の少年が配給《はいきゅう》の菓子を自発的（？）に戦場の兵士にささげたということが、新聞の地方版に美談として紹介《しょうかい》されてからというもの、ホワイト・サタンはますます大ハリキリで、なにからなにまで慰問袋にしてしまわないと気がすまないようでした。

ただ眺《なが》めるだけの柿にしても、その色はあざやかで、わたしはひそかに「秋のおむすび」と名づけていました。秋の色が、ひとにぎりずつシッカリ固くまるめられ、枝いっぱいにぶらさがっているのです。

嵐の過ぎ去った朝、わたしはガラス窓をふきながら柿の木を眺めて、あの枝から五つ落ちている、てっぺんのあたりが八つも消えていると、食べられもしない柿の実をかぞえるのです。そしてそんなことで、フッと心がなごむのでした。

富永先生の前で、自分の頭をなぐりつけた時から、ウロコが一枚はがされたような感じで、わたしはおとなしくなっていました。あんまりなぐりつけたので、頭の中のイヤなものが、ほんとうに壊れてしまったのでしょうか？

それは、どこにも出口はないのだというアキラメのようなものだったのかもしれません。しかし、そのアキラメのへりに、ちょうど殺風景《さっぷうけい》な芋《いも》畑のへりに咲くまんじゅしゃげのようにほんのりと色をそえてくれるのは、富永先生の視線なのです。

先生にしても、わたしの変化をあの夜の「大手術」の効果だと思っているらしく、まるで自分の作品を眺《なが》めるような、いとおしそうな眼差《まなざ》しをむけるのです。あれ以来、わたしは妙《みょう》に気恥ずかしく、なるべく先生に近寄らないさんだんをしていましたが、フトしたはずみに視線を合わせたりすると、なんだか共通の秘密を抱いているような気がして、ゆたかな思いになるのでした。

仲間たちは、わたしを大嘘《おおうそ》つきだといって相手にしてくれません。ホワイト・サタンは、

「シゲルが急におとなしくなったのは、油断《ゆだん》させておいてズラかろうという新しい計画なんだ」

と、頭から決めてかかっています。

富永先生だけが、わたしのささえなのです。たったひとりの観客を前に熱演《ねつえん》する役者のように、わたしは神妙《しんみょう》にふるまっていました。わたしは、娯楽室《ごらくしつ》の本棚から本をぬいてみたりしました。どれをとっても修養書ばかりです。院長が崇拝《すうはい》しているとかで、徳富蘇峰《とくとみそほう》という人の本が多いのですが、どのページをひらいてみても漢字ばかりで、文章というより文字の標本《ひょうほん》といった眺めなのです。

ものごころついてから見様見真似《みようみまね》で一応の読み書きは心得ているものの、筋道《すじみち》の立った学問とは無縁《むえん》なのです。それでも、みれんがましくページをめくるのでした。自分に欠けたものが、本の中にギッシリ詰まっているように思えるのです。

わたしはつくづく勉強したいと思いました。考えてみれば、社会へ出たい、外へ出たいとそればかりで、さて、そのための用意といえばなんにもしてはいないのです。そんな日があろうとは思えないけれど、もし退院ということになった時、わたしが持ってゆく財産《ざいさん》はなんだろう。せめて字のひとつも余計《よけい》におぼえておかなくては……。

わたしのその考えを知ると、富永先生は大いに喜んで「協力させてもらうわ」と言い、学生時代に使ったという辞典をこっそり貸してくれました。八百ページで、小型ながらもズシリとした手重《ておも》さがあり、まるで上等の脳味噌《のうみそ》を預かったような気がしました。同時に、富永先生の過去の一部を預かってでもいるような、秘密《ひみつ》めいた喜びもあるのです。

周囲の事情はそれどころではありません。ホワイト・サタンは、非常時の少年は体さえ鍛《きた》えておけばいいという考え方ですし、高射砲陣地の兵隊はあいかわらずの軍事教練。日本側に不利な戦況が報道された日には、教練の仕方も異常なほどきびしくて、まるで負けいくさがわたしたちの責任ででもあるかのような、八《や》つ当りのものすごさなのです。

一日、しぼられつづけてクタクタになるのですが、わたしは夜のわずかな自由時間、ひそかに辞典をひらくのでした。

ページをひらけば、トタンに文字の祭典です。「あ」の部からはじめて、亜（アジアの略、アルゼンチンの略）阿（曲り角、へつらい）埃（ホコリ、すなけむり）と、ひとつひとつノートに書きうつしていると、それだけのことでも、自分の脳が重くなってゆくようでした。

そんな時、わたしは廊下《ろうか》を歩くにしても、なるべく静かに歩きました。あまり乱暴に動いては、折角《せっかく》の文字が脳の中でぶつかりあい、壊《こわ》れてしまうような気がしたからです。

わたしはひさしぶりで遠山刑事さんにハガキを書きました。


〈ずいぶんごぶさたしました。お元気ですか。胃のほうの調子、どうですか、バスの停留所でクスリを飲んでいらっしゃったことを思い出しています。ボクはおかげさまで落ち着いていますから安心してください。修養にはげみ、一日もはやく真人間《ま》になります〉


「遠山さんにはずいぶんお便りをしなかったわね？　どうして？」

「だって、便りを出せるようなオレじゃなかったもの。そりゃ、マジメにやってますとかなんとか、いいかげんなことを書こうと思えば書けたけれど……オレ、あの人には嘘《うそ》をつきたくなかったから」

「へえ……キミをそんなに良心的にさせる遠山さんって人は、よほど立派な人なのね」

「立派……かどうかわからないけれど、オレにはとても大切な人だから」

「それは何故《なぜ》？」

「話さない、笑うから」

「笑わないからきかせてちょうだい」

「そのわけはね、フフフ、やっぱり笑う」

「笑ってるのはキミじゃないの」

わたしは例の、二つの菓子パンの思い出を富永先生に語りました。話の途中で先生が眼頭《めがしら》をふくのを見ると、淡々《たんたん》と話していたわたしも改めて話の中の自分にもどってしまい、胸が迫ってきます。それを耐《こら》えて、

「なあんだ、先生はすぐ泣くんだねえ」

「ひどいわね、折角感動してあげているのに」

シュンとひとつ、ハナをかむと、

「でも、キミがお菓子と娘の歌を何故《なぜ》あんなに好きだったのか、いっそうハッキリしたわ。それにしても、どんな親切だって、受け取る心があさければ価値を失ってしまう。菓子パンのことをいまだに忘れないでいるシゲルくんには、きっと、ふつうの人よりも多くものごとを感じる心がそなわっているんだと思うわ」

先生は言うのです。

「勉強のためにと思って辞典を貸してあげたけれど、先生はウッカリしてました。キミもやがて十六になるのだし、そんな、字をおぼえるという型通りのことでなく、創造力を養わなくてはね」

「想像力ならありすぎて困るくらいです」

「その想像じゃないの、ものをつくり出すことよ。たとえば、詩とか作文を書いてみたことある？」

「ない、そんなもの」

「シゲルくんの話をきいていると、シゲルくんでなくては表現できないものがあるはずだと思うの」

「あるのかな、そんなもの」

「実を言うと先生は学生時代、詩や作文が好きで、自分でも書いてみたりして、ひとりで喜んでいる少女だったの。ここで働く気になったのも、そう言っては悪いけれど、特殊な世界に飛びこむことで、自分のコヤシにしたいという思いつきからだったのよ。もっとも飛びこんでみて自分の甘さをやっつけられてしまったけれど……。大した苦労もなく育ってきた自分が恥ずかしくて……でもキミはちがう。キミがなにかをうたうとしたら、それはキミの中から生まれたホンモノの歌です。大切に育ててゆかなきゃア」

「………」

「大きな声では言えないけど、こんな世の中だから、自分の歌が大切なんです」

「先生にもある？　自分の歌」

「それは、あるわ」

「どんな？」

「いまはシゲルくんのことを話題にしているのよ」

「ずるいな、先生は」

そして、わたしの机の中には、辞典のほかに、一冊の古びた大学ノートが同居することになりました。先生が、好きな詩や歌を書きつけておいたのだそうで、広島市音《おと》羽《わ》高女、富永まつ江の署名がありました。これ以後、まつ江という平凡な、どっちかというと田舎《いなか》くさいような名前が、わたしにとって美しい名前になりました。

大学ノートには細いペンで、さまざまな詩歌《しいか》がうつしとってあるのです。野育ちのわたしは、文学的な情緒《じょうちょ》にめぐりあうチャンスもなかったのだけれど、それだけに、いったん心にふれたとなると、その反応は激しいものでした。

白蓮《びゃくれん》という人の「わがために、泣きますひとの世にあらば、死なむと思う、いまのいまいま」というのがあって、わたしはひどく感動しました。

また、「真砂《まさご》なす、数なき星のその中に、われにむかいて光る星あり」こんなのに出会うと、少年の自我はこらえようもなくむせびあげるのです。

今日のみぞ、ただ今日のみぞ……という文句ではじまるシュトルムの詩も好きでしたし、ハイネの、花ひらき百鳥《ももどり》うたう、緑なす森にゆかまし……といった青春詩は、鉄格子《てつごうし》を忘れさせてくれるのです。富永先生が愛唱した詩や歌を、いま自分が追いかけているといった思いで、一行一節読みすすむにつれて、先生に接近してゆくような喜びがあるのです。なかには、わたしの頭では理解できない難《むずか》しいものもあり、すると、その分だけ取り残されたような気がするのでした。

わたしは自分でも詩のようなものをつくってみました。青い空とか白い雲といった他愛のないものでしたが、いくつかができあがるとホゴ紙をとじてノートをこしらえ

「ニシムラ・シゲル作品集」と名づけて得意になるのです。面白いことに、裏表紙には定価まで記入して。

「へえ、いよいよ出版なのね」

富永先生は楽しげに手にとって、

「五円というのは高いなァ」

「そうですか」

「でも、たった一部の限定版だから仕方ないか。おや、宣伝文までついているのね？」

「でも、どの本でもそうだから」

「ゆきとどいてるわ。ナニナニ……江戸川のほとり、天才詩人あらわる……か。おそれいりました。キミはユーモア小説も書けそうだな」

わたしはこんな楽しみの中で、次第《しだい》に険《けわ》しいものをちぎり捨ててゆきました。そして、この頃は「ひねくれもの」のつらがまえも少しはうすれているのではないかと、鏡の前で自分の顔をぎんみしてみるのでした。やはりわたしにとって、この学院は富永学院だったのです。

けれども、わたしのこうした、ささやかなイトナミとはかかわりなく、戦争はだんだん日本の敗色をふかめていったのです。

そして、あとになってみれば、富永先生のおかげでそうした詩的なめざめを与えられたということも、倖《しあわ》せであったのかどうかわからないのでした。

＊＊

六十七というそのばあさんは、応接室の椅子《いす》にちょこなんと坐っていました。それが少しも不安定でないのは、坐った人間が小柄だからです。顔も小さく、眼も鼻も口も、筆の先でチョボチョボとくっつけたような、漫画的な造作《ぞうさく》で、笑うと歯がないのでおはぐろをぬったように見えます。

昭和十八年、底冷《そこび》えのきつい朝で、応接室に立っていると足もとから冷気が吹き上げてくるようでした。わたしは胴ぶるいをけんめいにおさえるのですが、でも、わたしをふるわせるのは寒さだけではありませんでした。

わたしを呼びつけたホワイト・サタンはこんなことを言ったのです。

「この方は野田フサノさんと言われる。御主人と息子《むすこ》さんを亡くされて、いまはひとりでおられるのだが、身よりのない少年を引き取って養子《ようし》にしたいというお話なんだ。当院で、まったく身よりのないというのはおまえだけだ。もし、まとまるものならとお引き合わせすることにしたのだが」

「わたしもさみしい身の上ですからねえ、さみしい人間同士、仲良くやってゆけたらと思いましてねえ」

そのばあさんも言葉をそえ、小さな眼をしばたたきました。老人にしてはキンキラ声なのです。

まァ、大したこともできないが、家も自分のものだし、亡夫の残してくれたものも少しはある。死水《しにみず》さえとってもらえるなら母子《おやこ》としてやってゆきたいと言うのですが、紋付羽織《もんつきはおり》できちんとしていますし、生活も悪くはなさそうでした。

わたしは黙っていました。サタンは「よく考えろ」と言うのですが、考える必要などあろうはずはないのです。わたしは考えていたのではありません。この話が信じられなかったのです。飛びついたトタン消えてしまう絵空事《えそらごと》のように思えたのです。

「ごらんのように健康のほうは大丈夫です。経歴は御説明した通りですが、大した犯罪《はんざい》ではなく、本来説諭《せつゆ》の程度で釈放《しゃくほう》されるところを、引取人がないためにこういう施設《しせつ》へ廻されてきたのでして……それに素質も悪くはありませんから、理解のある方に面倒を見て頂けたら、かならずお役に立てる男になってくれると思います」

なにか、物を売りつけているような感じがしました。第一、さんざん「ひねくれもの」とののしっておきながらいまとなってアベコベの評価をするのはおかしなものでした。

このままでは兵隊検査まで置かねばならないわたしを、ここでやっかいばらいしてしまおうというのか、それとも、またとあるまいこのチャンスを、わたしのために活用してくれようというのか、サタンの本心がわからないのです。

でも、それをせんさくしているような余裕《よゆう》はありませんでした。

「先生がそうおっしゃるなら、見込みのあるこどもさんでござんしょう。なんとかお世話して頂けましたら、ありがたいのでございます、ハイ」

ばあさんはわたしを見上げて、にこやかに言いました。すでに自分の所有物を眺《なが》める眼つきなのです。

「小さなお子をもらって、ワラの上から育てるのがよろしいんでしょうが、なにしろあなた、この年ではねえ」

「お気に入って頂けて、これも幸福な奴だと思いますよ。しかし、これは大事な問題ですから、こまかいことで院長の指示も仰《あお》がねばなりません。決定まではしばらく時間が必要なわけです。その間に、そちらもなお御研究頂きたいのですが……」

そんなやりとりを、うわの空できいていました。自分のこととも思えないのです。

「まだこの方と話がある、おまえは下がってよろしい」

「ハイ……」フヌケみたいにフラフラして廊下《ろうか》へ出ると、そこに富永先生が立っていました。

「シゲルくん！」と、わたしの肩をゆすぶって、

「どうだったの？　お話は決まったの？」目がかがやいていました。

「知ってたの？　先生」

「お茶をお出しした時に、ちょっときいたの、おめでとう！」

「まだわかんない。気がはやいよ先生は」

「なにいっているの。キミさえOKしたら決まるお話なのよ、シッカリなさい！」

「そうかなァ……」先生にいわれて、やっとわたしにも実感がわいてきました。すると急に不安になったのです。

「だけど、あのおばあさん……気が変わるということもあるでしょ？」

「そんなことない。大丈夫よ」

「でも、ホワイト・サタンがいってた。なおよく研究しましょうって……研究して、やっぱりあんなのじゃダメだってことになるかもしれない」

「シゲルくん……」

「きっとダメだよ、オレ、あのおばあさんの前で、むっつりしてたんだ。あんまりびっくりして、かたくなっちゃったのだけど、きっと印象が悪かったと思うよ。もっと愛想《あいそう》よくすればよかったのにさ、オレって、ダメなんですね、先生」

「…………」

「よわったな、まずかったな、どうしてニコニコしなかったんだろう、イヤになっちゃうなァ」

「…………」先生はプッと吹き出しそうになって、しかし、笑う寸前で唇をへの字に曲げると、

「キミはおバカさんだね」と、涙声《なみだごえ》でいって、走っていってしまいました。

わたしはそれを見送ってから、思いついて便所へはいりました。だれにもじゃまされず、ひとりでゆっくり実感を味わおうとしたのです。とうとう雪になるらしく、窓を白いものがかすめていました。庭のほうで「エイ、ヤッ、タハーッ」と、けたたましい声がきこえます。例の竹槍訓練で、ついさっきまではわたしもいっしょに、はだしで凍土《とうど》をふんでいたのです。

わたしは、右から二番目のハコへはいりました。そこは、秋彦が毒入りダンゴを食べさせられた場所です。きんかくしをまたいだかっこうで、わたしは合掌《がっしょう》しました。

秋彦、まもってくれ、と祈ったのです。それから、千吉にも……。おまえたちの分まで、きっと倖《しあわ》せになってみせるから、どうか、あのおばあさんがオレを気に入ってくれるように、力をかしてくれ……たのむ、たのむ。

一所懸命祈っていると、どこかですすり泣く声がしました。あ、千吉や秋彦が泣いていてくれる！　わたしは飛び上がりました。

しかしそうではなく、すすり泣きは隣のハコからきこえていたのです。

つい二週間前に入所したばかりの日出夫《ひでお》という少年でした。七人兄弟の末っ子で、貧困《ひんこん》家庭のために余計者《よけい》あつかいをうけ、街の少年に交わってカッパライをしたというのですが、まだ十一歳の、ひどくかわいらしい顔の子なのです。

「泣いたりして、腹でも痛いのかい？」

「ちがうよ」

「教練の途中《とちゅう》でぬけてきたんだろ？　早くもどらないと、ブンなぐられるぞ」

「うん」と、立ち上がろうとして、日出夫は「ああ」と顔をしかめ、手と手をハエのようにいそがしくこすりました。ひどいシモヤケで、指がまるでタラコのようにふくれあがって、まっかになっているのです。たまらなくなって、便所へかくれて泣いていたのでしょう。わたしにも経験のあることでした。

わたしは、日出夫の手を自分の手で包んで、やわらかくもんでやりました。彼は泣きじゃくりながら、されるままになっています。

——ぱあっと砂煙《すなけむり》を上げて飛び立ってゆく空想に胸をふくらませていたわたしなのですが、日出夫の小さな手は、その手の分だけ、わたしの空想にかげを落としてくるのです。

自分は、うまくゆけば学院から出られるかもしれない。でも、日出夫のくるしい生活はこれからはじまるのだ。そして、いまはメソメソ泣いているこの子も、半年もしたら「フン」と唇を曲げるようになるのかもしれない……そう思うと、わたしの心にはなんともいえないさみしさがひろがっていったのです。

＊

イライラする日が、何日もつづきました。野田フサノと名乗ったおばあさんは、あれっきり姿を見せないのです。学院との話し合いがどう進んでいるかも、知らされませんでした。

おながれになった場合も考えられます。ほかに、わたしなどより優秀な少年が見つかって、そっちのほうを養子にする、というようなことは？　……それとも学院で、やっぱりあいつを退院させるのは早いと考え直したのでは？　……

悪い想像ばかりがふくれあがってゆくのです。いつかのお菓子のように、いったん喜ばせておいて、ダメになってしまうのではないだろうか。まァ、それならそれでいいさと、絶望の準備をととのえてみたり、そしてものの五分もしないうちにまた、希望のシッポをひっぱってみたり……シリメツレツの毎日でした。

待って待って、待ちあぐねて、ようやく退院することになったのは、二月の七日でした。

二月七日というと、ガダルカナル島で、半年間にわたって米軍と戦いつづけていた日本軍が撤退《てったい》した日です。そしてこの負けいくさがかわきりとなって、三月、ビスマルク海戦における日本船団の全滅。四月、連合艦隊司令長官《れんごうかんたいしれいちようかん》山本五十六《いそろく》大将の戦死。五月、アッツ島の玉砕《ぎよくさい》と、日本の破局への足どりはテンポを速めてゆくのです。

わたしが、その凶運《きようううん》の日に世間へ巣立ってゆくことになったのは、後で考えると、暗示的なことだったと思います。しかしその時のわたしは、別のことを考えていました。

月こそちがいますが、七日というのは、わたしの誕生日だったのです。巣立ちの日と誕生日が一致するなんて……誕生日を祝ってもらったことのないわたしにとって、これは最大のプレゼントなのでした。

す。

退院式は娯楽室《ごらくしつ》でおこなわれました。一杯のお茶と一皿のシオ豆。それが御馳走《ごちそう》です。

院長は富永先生に手をひかれ、大儀《たいぎ》そうに出席しました。わたしにとっては偶像《ぐうぞう》にすぎない人です。ほとんど対話をしたこともない人です。なんの権限もないようでいて、しかし、ホワイト・サタンのような存在をゆるしているという点で、やっぱり、報徳学院の最高権力者といえたかもしれません。

フサノばあさんは、窓ぎわの椅子に、いつかのようにちょこなんとすわっていました。やはり紋付の羽織でした。

――学院の調べでは、家は確かに自分の物だけれど、亡夫の遺産《いさん》なんてものはほとんどなく、フサノばあさんは近所の家のもぐりで家政婦みたいなことをして働いていたのだそうでした。

それに、養子をもらうのはこれが初めてではなく、五年前に、多摩川《たまがわ》のほうの少女施設からひとり引き取って育てていたのですが、これがひどい恩知らずで、十八になると、どこかの若い男と二人で姿をくらましてしまったというのです。

学院では経済状態の点でちょっと二の足をふんだのですが、前に引き取ったという娘を、きちんと戸籍《こせき》に入れていることだし、おばあさんの人柄もよさそうだからということで、決断をくだしたのでした。

わたしは満足でした。もとより、ゼイタクな生活なんか、のぞんでいなかったのです。学院から解放される、これ以上のゼイタクはなかったのですから……。

フサノばあさんは福の神、ちょっと年をとりすぎてはいるけれど、わたしの母になってくれる人なのです。貧しいのだったら、働いて手助けをすればいい。

それにしても、施設から引き取ってもらいながら、ばあさんをうらぎった娘は、なんというひどい奴だろう。その娘の分も、親孝行をしなければ……。

院長の祝辞《しゅくじ》と、生徒代表の祝辞があって、わたしが挨拶《あいさつ》をのべる番がきました。台の上にあがっておじぎをし、頭をあげると、さまざまな顔が私を見上げていました。

うらやましそうな顔、心から祝福していてくれる顔、以前のわたしのように「フン」と冷笑している顔、その中に、シモヤケの手をもんでやって以来、わたしを兄のように慕《した》いはじめていた日出夫の、目にいっぱい涙をためた顔も混じっていました。

わたしは、挨拶文の書いてある紙をひろげました。それは前の晩、渡されていたものので、文章の作者はホワイト・サタンです。

「本日は、わたしごとき者のために、かくも盛大《せいだい》な退院の式を催していただきまして、まことにありがとうございます」

わたしはゆっくりと読みあげました。できることなら、報徳学院始まって以来、最高の挨拶にしたいと、息のつぎ方からふしまわしまで、ひそかに研究していたのです。

「わたくしは入所以来、院長先生はじめ指導員殿方に、じつに深い御世話をおかけしました。本日の門出《かどで》にさいし、ふりかえってみますと、改めて申訳なく、恥ずかしく思われてなりません」

と、いろいろに謝辞《しやじ》がつづき、そして「実社会に出ましたアカツキは……」と、おきまりのしめくくりになるはずでした。ところが、途中《とちゆう》、まずいことになってしまったのです。

わたしには、固く心に誓っていたことがありました。それは挨拶の間、決して富永先生の顔を見まいということでした。「不幸中の幸い」という言葉がありますが、富永先生と別れなければならないことは、わたしにとって「幸い中の不幸」だったのです。挨拶の途中、先生と顔があってしまったらどういうことになるか……まったく自信がなかったのでした。それなのに、やっぱりダメだったのです。

視野のはしにチラと白いものが触れて、思わず目をむけると、それが富永先生の白いハンカチでした。ホワイト・サタンの横に、先生はすわっていました。例によって紺のスーツで、胸にハンカチをさしこんでいます。

トタンにわたしは、自分の体の中が、そのハンカチの白さでいっぱいになってしまったような気がしました。富永先生のハンカチ。ある日にはその白のきびしさにあこがれ、ある日にはくるしめられ、ある日には清められ……わたしにとっては大切な白なのです。

わたしは絶句《ぜっく》してしまいました。富永先生の顔をみつめたまま、動けなくなってしまいました。周囲の人間はみな消えてしまって、先生とわたしと、二人きりになったような気がしました。「あの」とわたしは口ごもり、それから必死に言葉をつづけました。

「ぼくがここへきてから、なによりも楽しかったのは、富永先生のオルガンです。なかでも大好きなのは、お菓子と娘という歌でした。あの歌をきいていると、ポパイがホーレン草を食べた時のように、元気がわいてくるんです」

むろん、文章にはない言葉です。みんな、この脱線ぶりにおどろいているはずでした。とりわけて、「お菓子と娘」を敵性国の歌だと思いこんだり、反時局的だとして禁止したホワイト・サタンにとって、これ以上のツラアテはなかったのです。

でもわたしは、サタンのことを考える余裕《よゆう》はありませんでした。ツラアテのつもりもなかったのです。ただ、富永先生ひとりに対して語りかけていたのでした。

「ぼくは小さい時から孤児院《こじいん》に入れられて、それからというもの、なんにもいいことがありませんでした。あんまりいいことがなさすぎるので、神さまなんかいないのだと思っていたんです。いたとしても、神さまはぼくをあまり好きではないのだろうと思っていたんです。でも、あのお菓子と娘の歌……それを教えてくれた富永先生とあいできたことは、神さまも少しは、ぼくを愛してくれていたんだなと、いまは考えているんです。この学院に先生がいなかったら、ぼくはどうなっていたかわかりません。きっと、どうしようもない人間になってしまって、こんな退院式なんかしてもらえる日もこなかったと思います。きょうはとうとうお別れだけれど……」

そこまでいうと、声がふるえ、涙があふれてきて、どうにも先へ進めなくなってしまいました。立ち往生《おうじょう》の形なのです。富永先生がどんな顔をしているのかも、サタンがどんなに怒っているのかも、目がかすんでしまって見えないのです。

そんなわけで、せっかくの挨拶もしりきれトンボでおわってしまったのでしたが、もし最後まで言葉がつづけられたとしたら、わたしはこういいたかったのでした。

——きょうはとうとうお別れだけれど、ぼくはどこへいっても、どんな時にも、あの歌を忘れません。そして、自分のためにだけではなく、つらく、くるしい思いをし

ている人に出会ったら、その人のためにも、あの歌をうたってあげようと思います
……。

第6章

床下からの青草

谷中初音町《やなかはつねちょう》は、関東大震災《だいしんさい》の時にも奇蹟《きせき》的に焼失《しょうしつ》をまぬがれたという一画で、寺と質屋《しちや》と銭湯《せんとう》が多く、東京で二番目に古いといわれる建物などもあって、明治ものの映画のロケに使われたりしていました。

職人や芸人の多いその界わいでは、夫婦ゲンカにしてもあからさまなもので、さア、見物するならおはやくとばかり、わざわざ表へ飛び出して、ダンナは刃物をふりまわし、かみさんは金《かな》きり声で近所の主婦の応援《おうえん》を募《つの》るといった勇ましいものでした。

それが江戸っ子の発声というのか、いくら早口でわめきたてても、粒《つぶ》のたった歯ぎれのよさで、ケンカの原因やいきさつがハッキリわかるのです。

黒光りする格子戸《こうしど》には、ナントカ大明神《だいみょうじん》といったおふだが貼《は》りつけてある家が多く、朝に晩に、拍子木《ひょうしぎ》や太鼓《たいこ》の音がきこえます。せまい裏道なので、夕ぐれ時に歩いていると、両側の家からただよう煮物や焼きものの匂いで、その家の献立《こんだて》がわかりました。羅宇屋《らうや》の笛の音、虚無僧《こむそう》の尺八《しゃくはち》、それがこの土地にはぴったりなのです。たまにオートバイが通ると、とんでもない異物が、泡《あわ》をくらって迷いこんできたような感じでした。

——その裏道の、またひとつ、せまい露地《ろじ》をひっこんだところに、フサノばあさんの家がありました。

突き当りの壊《こわ》れかかった生垣《いけがき》のむこうが、幸田露伴《こうだろはん》の「五重塔」で知られる谷中霊園《やなかれいえん》でした。

フサノばあさんの家は、古家の品評会《ひんぴょうかい》じみた一画の中で、とくにきわだっており、それは、家というよりも、古材木がおたがいによりかかって、偶然に家の形になっている、といったぐあいなのです。

四畳半に三畳なのですが、三畳のほうは板の間で台所になっています。土台のかげんでか床が傾斜していて、畳の上にまるいものを置くと、ひとりで転がるのにはびっくりしました。湯なり水なりをこぼした時は、ふくより先に、流れの方向へ雑巾《ぞうきん》の堤防《ていぼう》を築いたほうがはやいのです。

学院を出て、その家にはじめて着いた時、おばあさんはひと息つく間もなく、着ていた紋付《もんつき》の羽織《はおり》をたたんで風呂敷に包み、ちょっと出かけてくるからねと、あわてて出てゆきました。その紋付は借物だったらしいのです。

どこにすわっても便所の匂《にお》いが追っかけてくるような部屋を、わたしはすみずみまで見まわしました。あまりのひどさにアテがはずれた気もしないではありませんでしたが、十分もするうちなれてしまって、ああ、これが家というものか、これが自分の家になるのかと、わたしは柱をなでてみたり、腹ばいになって畳の匂いを嗅《か》いでみたりしました。

どんなに古く、せまくとも、家というものはいいものでした。ぬりのはげたみずやには、わたしのあこがれのひとつだった茶碗《ちゃわん》がありました。ものごころついた頃から集団生活ばかりで、アルミニウムの食器や丼《どんぶり》の盛りつけゴハンで育ってきたわたしは、一度、小さな茶碗で食べてみたかったのです。

道具といえばそのみずやと、人が動くたびに、引き出しのかんがカタカタと鳴る古タンスぐらいなもので、そのタンスの上に、ミカン箱を代用にした仏壇《ぶつだん》があり、戦死したという夫と息子の写真が飾ってありました。

――やがて、シュッシユッといいながら、フサノばあさんが帰ってきました。おばあさんは歩く時、歩調に合わせて「シユッシユッ」オイチニッといったリズミカルな掛声を発しながら、ちょっと首を前に落とし、まっすぐに目をすえて歩くのです。それが、わき目もふらず目的物に突進してゆく精力的な感じで、近所では「突貫《とっかん》ばあさん」と呼ばれていたのです。

おばあさんは、いきなりききました。

「おまえ、自転車に乗れるんだろうね？」

首を横にふると、

「ええ？　乗れないんだと？」と、大変なおどろきようで、

「困っちゃったねえ、もう話を決めてきちゃったのにさ」

「話って、なんですか？」

「駅むこうに、大和座《やまとざ》という活動（映画）館があってね、若い者を兵隊に取られて困っているというんだ。フイルム運びをしながら映写の技術を見習って、ゆくゆく免許《めんきょ》をもらえたら一人前なんだよ。あしたからという話にしてきたんだがね」

「あしたから？」——働くのは承知でしたが、これはまた急な話でした。

「だけど困ったね。自転車に乗れないんじゃ、フイルム運びはダメだねえ」

しょんぼりしてしまったのを見ると、わたしは罪を犯したように、心ぐるしくなるのです。自転車など、わたしには縁のない生活だったのですが、この大恩人のおばあ

さんを、第一日目にして失望させてしまうのは、とてもたまらないことでした。

わたしはおばあさんにたのんで、自転車店から賃貸しのを借りて、徹夜《てつや》でおぼえることにしました。

霊園《れいえん》をつらぬいているメイン・ストリートは、おあつらえむきの稽古場《けいこば》です。桜並木は花もなく、雪洞《ぼんぼり》型の外灯も戦時灯火管制で灯ははいっていないのですが、五重塔のてっぺん近く、月は青白く冴《さ》えて、その明りの下に、おびただしい墓石のむれは、ビルのミニチュアを思わせました。

生まれて初の自転車、しかも教えてくれる人もないからコツものみこめず、ひじをうったり、ひざをすりむいたり……しかし報徳学院の生活を考えれば、つらいとは感じないのです。しかも、むだな苦労ではなく、求められて働くのです。働いて報酬《ほうしゅう》をもらうための自転車なのです。ホワイト・サタンのいう「ごくつぶし」から「野田フサノの息子」に変身しようという大事なところです。自転車ひとつ征服《せいふく》できないでどうなるものか……わたしは必死でした。

*

大和座は日暮里《にっぽり》駅に近い陸橋を渡って、急な石段をおりたあたりにゴチャゴチャとひしめいている商店街にある、たったひとつの映画館でした。

定員四百の小屋の裏に館主の自宅があり、よく太った主人と、リウマチでいつもふきげんなおくさん、それに、ひとり娘で、これはまた突拍子《とっぴょうし》もなく活発なトミコさんという女学生が住んでいました。

従業員のほうは、映写技師で徳《とく》さんという四十男、てけつ（切符売場）とモギリ（改札）を兼ねている中年女の江島《えじま》さん、掃除夫《そうじふ》の助松《すけまつ》じいさん、それに新入りのわたしというメンバーでした。

上映されるのは古物ばかりです。日本映画の生産もぐんと減ってしまっていて、といって洋画はドイツ映画だけです。みんなフィルムがすりきれていて雨ふりがひどいのですが、それでも、ポーラ・ネグリの「マズルカ」とか、ツァラ・レアンダーの「故郷《こきょう》」といった名画がかかると、遠方からやってくる客で満員になりました。

大和座が上映するフィルムのかけもちは三ヵ所もあって、わたしは自転車の荷台にプリントをくくりつけ、日に何回も走りまわるのです。

わたしは、さまざまな物語を運んでいるのでした。観客をハラハラさせる活劇や、うっとりさせるロマンスを運んでいるのだと思うと、なんだか誇らかな気持なのです。それにプリントの配達がおくれると、ドラマは途中《とちゅう》でちょんぎれて観客をさわがせてしまうので、つまりそれだけ重要な任務というわけなのです。このことも誇らしいのです。

なにもかも新鮮でした。

富永先生にハガキを出し、その返事がくることさえ奇蹟《きせき》のような気がしました。郵便屋さんがハガキを届けてくるのになんのふしぎもないのですが、なんだか世の中のしくみというものに感謝したくなるのです。

野田フサノ様方ニシムラシゲルさま……こんなにひろい世の中の、たったひとりのわたしの存在を、そのハガキの宛書《あてがき》が保証していてくれるように思うのです。

閉館後の客席の掃除《そうじ》も手伝いました。助松じいさんはもう七十近く、仕事がのろいのです。椅子《いす》をひとつひとつはね上げてゆくと、たまにせんべいのカケラが落ちていたりしました。じいさんは、

「へーえ、まだこんなものがあるのかね」

と、もったいなさそうに手にとってみるのです。大和座にも売店がありましたが、置いてあるのはラムネとするめぐらいで、ほとんどのケースはカラッポなのです。

幸福な気持にフッとかげがさすのは、こんな時でした。

世の中はすっかり変わってしまっているのです。外へ出たら、自分の働いた金で山ほどの菓子を買うのだと、あんなにあたためていた夢も、まさしく夢にすぎなかった

わけなのです。

でもそう思いたくはない。フサノばあさんという母ができたのも奇蹟だったのだもの、また新しい奇蹟にめぐりあえないことはない……わたしは東京中を歩きまわりたい気持でした。東京はひろい。どこかのどこかに、お菓子があるかもしれない、わたしを待っていてくれるお菓子が。

徳さんと交替《こうたい》で夜警《やけい》の宿直をするのも仕事のひとつで、ポスターのベタベタ貼《は》りめぐらされた事務所のソファで仮眠《かみん》するのですが、わたしは、退院のお祝いに富永先生からプレゼントされた辞典をひらいたり、チラシ広告のうらに、菓子の絵を描いてみたりして時をすごしました。

夜食を持ってきてくれた館主の娘トミコさんが「お、ぎょっ、とさせる絵だね」と、目をまるくしました。彼女は男のような言葉使いをし、なにごとにもキビキビしています。

顔はまんまるで血色がよく、ふっくらとしています。相当な気まぐれ屋さんで、「婦人従軍歌」という映画がかかると看護婦にあこがれ、「白鳥の死」がくればバレリーナになりたいと、その時その時の映画によって志望が変わるのです。

私が描いていたケーキの絵を見て、

「フム、なかなかデッサンもしっかりしとるぞ」といい、

「夜食は例によって煎《い》り大豆《だいず》、でも、そんな絵の前には出しにくいな」

「いえ、食べる、食べます」

「ハハ、あわててら。やっぱり現物のほうがありがたいもんね」

「そりゃそうですよ」

「われわれ若い者が、大豆なんかありがたがってるようじゃダメだねえ。先週の映画、見た？　戸田家の兄妹。古い映画も困るね、食糧のたっぷりしてた時代の映画だもの。それにあの小津安二郎《おづやすじろう》の作品って、どうしてああ食べるシーンが多いんだろうね」

「…………」

「うちのおやじがいってたよ。いい時代にみんなゼイタクをしすぎたから、いま罰《ばち》があたっているんだって」

「そうかな？」

「そう思わないの、あんたは」

わたしはへんな気がしたのです。この娘は食べられる時代にたらふく食べて育ったから、こんなに太っているのだろう。でも自分の胃ぶくろの歴史には満腹の時はなか

った。食べすぎのゲップをしたこともない。世間の人が不自由なく食べていた頃でも、わたしは貧しい孤児院《こじいん》で、いつも腹をへらしていたのです。報徳学院の生活はいうまでもありません。どうしてゼイタクの罰《ばち》があたるのだろうか？

それにしてもこのトミコさんは陽気で率直《そっちょく》でいいのだけれど、時どき思いやりのない発言をしてドキンとさせるのが、わたしには気にいらないのです。

はじめて紹介された時、上から下までわたしをながめまわして、こういいました。

「あんた、感化院《かんかいん》から出てきたんだって？　そうは見えないね。ふつうの男の子とかわらないじゃないか。ちょっと期待はずれだ」

また、少し経った頃、てけつの売り上げ金が不足していたことがあり、結局それは計算の誤りだったのですが、トミコさんは問わず語りに、こんなことをいうのです。

「かあさんは、あんたのしわざだといってがんばったのよ。いくら戦争で若い者が少なくなったからって、感化院出を使うことはないって、ずいぶんおやじに噛みついてたわ。かあさんはね、わたしがあんたと口をきくのも心配してるのさ。ああいう少年は年よりもませてるから危険なんだって。ホント？」

「ひでえな」

「でもね、お金が不足だときいた時、白状するとわたしも、さては……と思ったのよ。なにさその顔、怒ることないよ。計算ちがいだとわかったんだから、いいじゃないか」

無神経すぎるのです。わたしが、学院時代のキャラメル事件でぬれぎぬをきせられたことを思い出しているのは、トミコさんにはわからないのです。

谷中の家へ帰っておばあさんにいいつけてやると、

「おや、そうかい」と軽いのです。わたしは野田フサノの息子なのです。息子がうけた侮辱《ぶじょく》なのだから、大いにふんがいしてくれるだろうと期待していたのに、

「あの母娘《おやこ》は気が強いからね。あの勝気はふつうじゃない」

ケロッとしてお茶づけをかっこんでいるのです。

わたしはつい吹き出してしまいました。いつか裏の共同水道で隣の若いおかみさんと、バケツをどうしたとかこうしたとかでやりあった時のばあさんの、すごい啖呵《たんか》を思い出したからです。

それは、こういった調子のものでした。

「年よりと思ってバカにしやがるか、ダテやスイキョウでシワをふやしてきたんじゃねえぞ。ドがいしょうもない男に、ハナ声で甘ったれてやがるタマとはな、根っから出来がちがうんだ。くやしかったらかかってきやがれ、このションベンあま！」

■富永先生の手紙

はじめて、ぐちっぽい便りをくれましたね。なんだかホッとしています。というとキミは怒るでしょうか。まあ、後を読んでください。

じつをいうと、キミが幸せいっぱいの便りをくれるたびに、不安な気がしていたのです。これでいいのかな？　なにひとつイヤなことはないのかしら？　……それはイヤなことがないのにこしたことはないのだけど、世の中は決して甘くありません。まして キミは、ふつうの人より不利な条件を負っているのだもの、楽しい日ばかりつづくはずはない。もしイヤなことがおこるのなら早いほうがいい。そんなふうに思っていたのです。

よく考えてください。

キミが人から特別視されるのは、むしろ自然のことなのですよ。なぜなら、キミが施設《しせつ》出身者なのは確かな事実だからです。

ある種の人はそんな場合、経歴によって差別するべきでないとか、社会があたたかく見まもってやらなければとか、そのほかにもいろいろに論じて、大和座のおくさんのような人を非難するでしょう。無知だといって。

ところが、あんがい、そういう人たちこそ内心では警戒意識《けいかいいしき》が強いのかもしれません。そういう人を、わたしは知っています。

考えてみましょう。もし、施設出身者に対して、最初からまったく抵抗を持たない人がいるとしたら、それは少しニセモノくさいとは思いませんか。

わたしはその点で、トミコという娘さんをおもしろいと感じます。トミコさんは一度、キミに興味を抱いたり、疑いを持ったりする自然な感情を通って、そこからだんだんキミという人を理解してゆくのでしょうし、それだから、いつかはほんとうの仲良しになれるのではないでしょうか？　トミコさんは、そういう正直さで、ありきたりの激励《げきれい》ではない激励を、キミにあたえてくれるのではないでしょうか？

疑う人が悪玉《あくだま》で、そうでない人は善玉《ぜんだま》という見方ではいけません。人を信じさせるのには、時間と努力がいるのですし、それでもダメな場合も多いのです。

たとえばこのわたしにしても、キミの将来に百パーセント信頼が置けるかと問いつめられたら、ハイ、信じていますと答えられるかどうか、正直いって自信はありません。

ただ、わたしはキミが好きですから、希望をいだいているわけなのです。

と、ここまで書いてきて、フト思い出したことがあるのだけれど、いつだったか、宗教家の人が学院にきて講話《こうわ》をされたことがあります。「親の恩」というテーマでしたが、その先生は講話の途中で「両親のいる者は手をあげて」とおっしゃった。何人かの手があがりました。「では片親の者は？」また何人かの手が……。

「それでは両親ともいない者は？」なんてイヤなことをさせるのだろう？　わたしはその先生をうらめしく思い、それからキミの顔をおそるおそるうかがって、ハッとしたのです。

手を上げたキミの顔に、なにか得意そうな、晴れがましそうな表情があったからです。ああ、いけないと思いました。自分のかなしさと戦うのをわすれて、それをヘンな楽しみにすりかえているのだなと思いました。

いまさら非難するのではありません。キミにはそういう危険があることをいいたいのです。自分の宿命に酔うというのは、結局、キミ自身が自分を特殊な人間にあつかっていることになるのですから、世間の差別に抗議《こうぎ》する資格はなくなってしまうのです。ここは大事なところですよ。どんなにイヤなことがあっても、それが自分の現実なら、その中で生きなければなりません。お塩は決してお砂糖にはならないのです。

お説教はこれでおしまい。ニュースがあります。日比野先生も、とうとう出征なさることになりました。ほんとうは、こういう施設で働いている者には兵役免除《へいえきめんじょ》があるのですが、日比野先生はそれに甘んじなかったのです。キミにとってはあくまでホワイト・サタンなのかもしれませんが、あの方も軍国教育のせいで人間を作られてしまった気の毒な人です。できれば無事を祈ってあげてください。

■富永先生への手紙

今日は楽しいお便りをします。

まず、例のトミコさんのこと。

きのう、いつものようにプリントを積んで町を飛ばしていたのです。池袋に近い交叉点まできて、びっくりしました。トミコさんが歩いているのです。ただ歩いているだけならびっくりすることもないのですが、それがキンキラキンのふり袖《そで》姿なのです。

町角では、国防婦人会が「ぜいたくはやめましょう」と呼びかけているのです。男は国民服にゲートル、女はモンペと相場がきまっているというのに。

みんなふりかえっているのに本人はヘイチャラで、堂々と胸をはり、ふりかえる人をあべこべににらみかえして歩いているのです。

しかもまずいことには、むこうから数人の兵隊が歩いてくるのです。

ぼくはあわてててトミコさんのそばへ自転車をとめました。

「あら、どうしたの？」と、すましたものです。その姿は、ときくと、

「ああこれ？　お天気だからタンスを整理してたら出てきたの。ちょいと着てみたくなってね」

「じょうだんじゃない。ホラ、兵隊がくる。ただじゃすまないよ」

「これはゼイタクとはちがうよ。三年前につくった着物だもん。それに日光消毒のつもりで着てるんだから」

「そんなこと通用しないよ。そんな盛装《せいそう》してたら、ぜいたくと見られるにきまってら」

「着られるものをタンスのこやしにしとくほうがよっぽどゼイタクだよ」

そんなやりとりをしているうちにも、兵隊たちはドンドン迫ってきます。

もはやこれまでと、ぼくは力ずくでトミコさんを自転車の荷台へ……。そこにはプリントが積んであって、彼女の重みでつぶされやしないかと思ったけど、場合が場合です。猛スピードで走り出しました。

「なにするんだよ、失礼じゃないか。わたしは悪いことしちゃいないんだよ！　コラ、おろせ、おろさないか。使用人のくせに生意気だぞ、クビにしてやるぞ、バカ」

トミコさんは大変なさわぎ。それでもふり落とされちゃかなわないと、ギャーギャーわめきながら、ぼくの腰に抱きついていました。トミコさんのふり袖《そで》が風になびいて、ぼくのほうはお粗末な服装ですから、まるきり悪漢がお姫さまを掠奪《りゃくだつ》してゆくような場面。通行人はさぞびっくりしたことでしょう。

大和座のおくさんは「よく連れて帰ってくれたね」と、珍《めずら》しくほめてくれましたけど、トミコさんのほうはプリンプリンで、

「ま、いいじゃないですか、映画そこのけの冒険を満喫《まんきつ》したんだから」となだめても、

「冒険ってのは、もっと勇ましいものだよ。あれじゃただの逃避行《とうひこう》じゃないか」

と、どうしてもかんべんしてくれず、その夜の宿直には、とうとう夜食を運んでくれませんでした。助けて怒られてはましゃくに合わないけど、このことでぼくはトミコさんという人を少し好きになれたようです。

人の噂ですが、こんな世の中でも、軍需景気《ぐんじゅけいき》とやらで、戦争でお金儲《もう》けをしている奴が多いのだそうです。そして、お金さえあれば食物でもなんでも手に入るルートがあるんですって。

そんなのにくらべたら、トミコさんのふり袖なんて、ぜいたくでもないんですね。

もうひとつの楽しい話というのは――

ある晩、ぼくは眠れなくて困っていました。というのはその日の昼間、映写技師の徳さんにイヤなことをいわれたからです。

ぼくはフィルムを運びながら、ちょっとでも暇を見つけると、八百種類もある映写機の部分品の名前をおぼえようと必死になっているのですが、「そんなの、ムダだよ」と徳さんはいうのです。

戦争がこれ以上ひどくなったら、娯楽《ごらく》どころではなくなってしまう。映画の生産だってますます減少するばかりだろう。第一、おまえだってもう何年もすれば兵隊にさされるんだから、技師の免許《めんきょ》を取ったってクソの役にも立ちやしない。それよりいまのうちに、おもしろいあそびをおぼえておけ。なんならオレが指導してやろうかと、こうなのです。

徳さんのいうことが、まんざらデタラメでないことは、ぼくにもわかりました。街を歩いていても、この頃は出征兵士《しゅっせい》を送る行列にいくつも出会います。そしてそれと同じほど、戦死者の遺骨を迎える場面にも。

せっかく世の中へ出てこられたのに、この世の中はひどく不安なのです。

先生からいただだいた詩集の中に、シュトルムの、きょうのみぞ、ただきょうのみぞ、あすははや……とか、ヴェルレーヌの、ねむれかしわが欲よ、ねむれかしわがのぞみ……というのがありますね。

こんなに若いのに、こんな詩が身にしみるなんてイヤですよ。自分の夢が、まるでコブとりじいさんのコブのように、余計なモチモノみたいな気がしてくるんです。それで、いろいろ考えて不眠症《ふみんしょう》になってしまったのでしたが、その晩、水がほしくなって台所へ立っていったんです。

電気をつけたトタン、「あっ」と声を出してしまいました。

床の、板の隙間《すきま》から、長い青草がにゅっと首を出しているのです。それがいかにも「コンニチハ」といった感じなのです。

「おばあさん！　ちょっときてごらん」

ぼくはフサノばあさんを叩きおこしてひっぱってきました。

「ね、おどろいたろ？」

「なにがさ」大して感動してくれません。

「見てごらんよ、この草坊主！」

「見てるよ。これだから、ボロ家はイヤだねえ」

「でも、なんだかステキじゃないか？」

「これが？　変わってるねおまえも」

わたしゃ寝るよと、ばあさんは床へもぐってしまいましたが、ぼくはそこにすわって、いつまでもその青草をながめていました。日もあたらない縁の下で芽生えて伸びて、アタマが板につかえてもあきらめないで、細い隙間を見つけて首を出す。その力、これは大変なものだと思いました。

もし、いまの世の中が、日当りのわるい縁の下だとしたら、ぼくもやはり、どんな隙間でも見つけ出して、まっすぐ上へ伸びてゆかねばなりません。

いま大和座では「この母を見よ」というのを上映しています。見にきませんか。むろんタダで入れてあげますから。

第7章

ホンモノとニセモノ

夏の初め、大和座《やまとざ》は壁の一部を改修《かいしゅう》することになり、一日休館ということになりました。無休で働いてきたわたしには、これが初の休日でした。

墓地《ぼち》でこどもがあそんでいる声で目をさますと、フサノばあさんは、もうアッパッパを身につけていて、これから出かけようとするところでした。

「きょうは、どこ？」

「坂下の大西さん。おくさんが病気でね、洗濯《せんたく》と炊事《すいじ》をやってほしいんだとさ。それに組長さんとこでも子守りがほしいんだと」

「売れっ子だね」

商売繁昌《はんじょう》さと、朝からまつわってくる蚊をピシャリとたたいて、それから、寝る時にも肌身《はだみ》をはなさない胴巻きをひっぱり出すと、しわくちゃの一円札を二枚、投げてよこしました。

「あそんどいで、小遣いだよ」

給料はそっくり渡して、理髪代も湯銭《ゆせん》もその時その時で、余分な小遣いはもらったことがないのです。食費を引いた残りは、わたしの名義で積み立てていてくれるのですし、第一、働くのにいそがしくて、小遣いの必要はありませんでした。

わたしは二枚の札をしみじみとながめたのです。養子にはなったものの、おたがいに働いているので、空想していたような甘い母子の場面はなく、それを不満とも思ってはいませんでしたが、そうやって小遣いなどもらってみると、ジーンとするほどうれしいのでした。

わたしはその休日を、遠山刑事さんを訪問することに使おうと思いました。

退院したらお礼にゆきますとハガキを出しておきながら、なかなか実行できなかったのです。刑事さんにはじめてあったのが十五年の大晦日《おおみそか》だから、足かけ四年ぶりの再会ということになります。あの時、うまく口に出せなかった感謝を、今度こそ充分に表わさなくては……。

その前に、わたしは浅草へ出てみることにしました。報徳《ほうとく》学院で、よく空想したものです。いつか、山ほどの菓子を持って遠山さんへお礼にゆくのだと。それはもうムリだとしても、なにかおみやげをさがさなくては、手ぶらではあんまりわびしいのです。

電車の窓から、はてしなくひろがっている街の屋根を見ているうちに、「犬も歩けば」という文句を連想しました。例によって手づくりの予感なのですが、このひろい街のどこかに「奇蹟《きせき》」がかくれているような気がしたのです。

国際劇場の円形の屋根に、「愛国浪曲・天中軒雲月《てんちゆうけんうんげつ》・新作発表会」の大看板がかかっていました。興行街をぬけて仲見世《なかみせ》へ……名物雷おこし、東京羊かん、びっくりぜんざい、みんな看板だけのにぎわいで、パンの配給所になってしまっている店もあります。

観音さまの境内《けいだい》も閑散《かんさん》として、豆をくれる人もないのか、鳩のかずもすくなく、武《ぶ》運長久《うんちようきゆう》を祈願《きがん》にきている出征《しゆつせい》軍人の赤だすきが、いやに目だっていました。むなしく雷門《かみなりもん》へひっかえして電車道へ出てゆくと、角の食堂には長蛇《ちようだ》の列です。

《雑炊《ぞうすい》あり、但し十一時より午後一時》

の貼紙があり、食堂を出てくる顔はどれもこれも、たったいま、ものを食べたとは思えない不景気な顔ばかりでした。外の行列の中では順番争いのケンカがはじまっているのです。一杯の雑炊《ぞうすい》でこのさわぎです。

店頭のラジオが、陸軍病院慰問《いもん》の演芸会を実況中継していて、金馬《きんば》という落語家

が、

　――へえ、するとそのおふくろが、タケノコを食べたいといったのかい？　ベラボーなばばあじゃねえか、冬のさなかにタケノコがあるわけねえだろ？　え？　そこが天の感ずるところで、親孝行の徳、雪を掘ったらタケノコが出てきたってえのかい？　へーえ、よくまア感ずりやがったねえ……

　この、さびれた街に菓子をさがすのも、雪にタケノコをさがすようなものかもしれません。それにしても、いままでの、自分と菓子の、さまざまなイキサツを思えば、天が感じてくれてもいいじゃないかと、わたしはバカなことを考えるのです。

　百貨店の地下へ入ってみると、そこにも行列ができていました。煮魚を経木《きょうぎ》に包んで、ひとりにひとつ宛《あて》で売っている最中でした。

　わたしは、せめてそんなものでもおみやげにしたいと、列の最後にくっつきました。

　客が集まっているのはそこだけで、周囲のケースはまるで寝棺《ねがん》のように、白い布でおおわれているのです。そのケースには、かつてなにが置かれていたのでしょう。食品売場なのだから、さまざまな食べものが、ぎっしりと……みんな葬《ほうむ》られてしまったのです。

「品かずはわかってるんだろ？　だったらムダに並ばせないで、事前に掲示しておく

べきだろう」

「すみません。人手がないものですから」

気がつくと、煮魚はもう売りきれてしまい、女店員と客の間で口論がはじまってい

るのです。ひげの紳士がコーフンしていました。

「わしは三十分、いや四十分も並んでいたんだぞ。ひどいじゃないか！」

「仕方ありません」

「それが客に対する挨拶かね？」

「こんな時代ですもの。行列は常識です」

「責任者を呼びたまえ責任者を！　どうです、みなさん、平時にはサービスサービス

でペコペコしていたデパートがこれです。まるで恵んでやるという態度じゃありませ

んか？」

「そうだそうだ！」「ひっこめ、ドスベタ！」

女店員はとうとう泣き出してしまいました。

「なんですかァ、わたしだって品物さえあればお売りしたいんですよ。どうすればい

いんですかァ」

わたしはソッと列をはなれました。買物。お金を払って包みを受け取って「ありがとうございました」とおじぎされる気分、そんなものは百貨店にもなくなっているのでした。

怒って店員をののしって、もしひと包みの煮魚を手に入れたとして、その煮魚の味はどうだろう？　自分のあさましさの後味《あとあじ》を食べるようなものじゃないか？

オレは十六歳のニシムラシゲルだぞ！　だれが行列なんかするものかと、わたしは胸をはって歩いたのです。

そして……まもなく、奇蹟《きせき》を見たのです。

通りがかりの喫茶店《きっさてん》に、

《無糖紅茶《こうちゃ》あり、お菓子つき》

の貼紙《はりがみ》があったのです。わたしは目をこすりました。おそるおそる近よって、「お菓子つき」とあるその文字を、字画《じかく》を、指でなぞってみました。まちがいない！　菓子という国語が、別の意味に改定されていない限り、まちがいない。さすが大東京。これぞまさしく「犬も歩けば」です。雪のタケノコ、天が感じてくれたのでした。

わたしはその店へ飛びこみ、ウエイトレスに注文しました。

「紅茶！　お菓子つきのを！」

それから、ドキドキしながら、周囲を見まわしました。生まれて初めて見る喫茶店です。美しい店です。床は赤いじゅうたん。天井には外国映画に出てくるようなシャンデリア。電蓄《でんちく》はしずかな音楽を流していて、ああ、この店なら菓子があってもふしぎじゃないと思いました。

それでいて、客はあまり多くありません。なぜだろう！　表に「お菓子つき」と書いてあるのに気がつかないのだろうか？　もしそうなら、外へ出て大声で教えてやろうか。

——わたしは待っていました。わたしが待っていたのはなんだったのでしょうか。それはお菓子そのものだけではありませんでした。自分の人生にもお菓子があるのだという、その喜びを待っていたのです。希望をもちつづけることは決してムダではないという喜びを！

やがて、ウエイトレスが、紅茶と菓子を運んできました。わたしはあまりコーフンしてもみっともないので、「うん」とおうようにうなずき、おもむろに皿の上に目をやりましたが、トタンに「あれ？」というスットンキョウな声が飛び出しました。

なんてことだろう？　湯気がたっているのです。湯気のたちのぼるお菓子なんて、聞いたことがありません。それとも、できたてのホヤホヤなのだろうか？

わたしはその赤い色をしたふしぎなものを手にとってみました。人参《にんじん》なのです。人参！　うでた人参が花型にきってあり、ちゃんとフォークまでついているのです。それにしても、ああ、人参とは……わたしは椅子《いす》をならせて立ちました。

「あの、オレはお菓子を注文したんです」

「は？」ウエイトレスがヘンな顔をしました。それから、わざとらしくていねいに答えました。

「はい、ですからお持ちしましたでしょ」

「でも、これは人参だ」

「いいえ。それがお菓子なんでございますよ」

からかわれている、と思うと、カカーッと頭があつくなって、

「菓子は菓子、人参は人参だろ？　オレは馬じゃないんだからね！」

「お客さま、これをお菓子と呼んでいるのは、この頃では常識なんでございますよ。お菓子の代用なんですが、この人参にしましても、シンまでやわらかく煮て、多少の甘みもそえてございますのよ。人参ばかりではなく、日によっては里芋《さといも》などもお出ししておりますが、人参つき、里芋つきなどと表示しましては情緒《じょうちょ》がございません。そ

こで……」

「インチキだ。あの貼紙はインチキだ」

「しかしですね。それをユーモアとして、どなたも御承知の上でおこしくださいます」

「オレは御承知なんかしない。オレは……」

「困りましたわね。いいですか？　シッカリしてくださいよお客さま。ホンモノのお菓子を作る材料がありますほどなら、なにも無糖紅茶などお出しして、お客さまに砂糖御持参をお願いする必要はないじゃございませんか。いまどき、ホンモノのお菓子を出す店がありましたら、どうぞ教えていただきたいものですわ」

「………」

その通りでした。甘いものがあるくらいなら、紅茶だって砂糖入りがあるはずです。「無糖紅茶」と書いてあったその「無糖」が目にはいらないほど、いいえ、目に入れていながら、その意味をわかろうとしないほど、わたしはバカだったのです。まわりでクスクス笑う声がしました。笑われても仕方がないのです。確かにわたしはコッケイでした。わたしは赤くなったまま、顔があげられませんでした。でも、自分が悪いのだとは思えないのです。どうしても、自分を笑う気にはなれないのです。

「なにがおかしい？」たまりかねて、皿の上の人参ケーキを床へ叩《たた》きつけました。

「笑うなら大きな声で笑え！　オレはインチキはイヤだといってるんだ、それがおかしいのなら、いくらでも笑いやがれ！」

それは、自分のいままでのくらしを、喜びや哀《かな》しみや希望のすべてを笑われることなのでした。

いくらくやんでも、くやみたりない……「お菓子つき」の貼紙を見て、ああ、やはり奇蹟はあったのだと、そのまま通りすぎてしまえばよかった。なまじ現物を確かめようとしたばかりに、そのていいたらくなのです。

浅草へ出てきたのは、わざわざ幻滅《げんめつ》を拾い集めにきたようなもので、人参ケーキはそのエピローグだといえました。

＊

受付できいてみると、仕事で出ているがもう帰ってくる頃だということなので、くらい廊下の長椅子で、遠山さんを待つことにしました。なにか特ダネがあるらしくて、新聞記者の腕章《わんしょう》をつけた男たちが、あわただしく動いていました。

壁の時計は三時をまわっていて、その下に「ふるいたて、若人よ」と、裸の青年がスクラムを組み、ハッタと宙をにらみつけているポスターがかかっているのですが、肩や腕の筋肉が入道雲のようにもりあがっているのはどうも絵空事《えそらごと》じみておかしいのです。現実の若者たちは、栄養不足でみんな貧しい体をしているのです。

猫背、鼻の横の大きなイボ……なつかしい遠山刑事さんが、わたしの前にあらわれたのは、十五分ぐらい後のことでした。

「ボクです」胸をあつくしておじぎをすると、

「ホウ」しばらく珍《めずら》しそうに見かえしていましたが、「フン、大きくなったね」といいます。

「ごぶさたでした」

「ああ……」

「もっと早くきたかったんだけど」

「うん」

「胃のぐあい、どうですか?」

「よう知っとるな」

「だって、薬飲んでたでしょ、いつか」

「そうだったかね」

遠山さんは妙にモジモジしていましたが、

「ちょっと待ってくれんか、ションベンをしてくるからな、すぐ戻《もど》ってくるでな」といい、はやくもズボンの前に手をやりながら廊下のおくへ消えてゆきました。四年ぶりの再会にしてはあっけないのですが、そこがまたこの人らしいのです。

「ゆっくりしていいのかね？」

戻ってきた遠山さんは、タバコに火をつけながら、

「わしはこれから家へ帰るが、よかったらちょっとよっていかんか？」

西日の照りつける道を歩きながら、遠山さんは別にいろいろ質問をするわけでもないのです。わたしはわたしで、顔を見たら、あれもこれも話したいと思っていたのに、なかなかうまい言葉も出てこないのです。

ふうさいのあがらないのは四年前と同じで、あれから出世したというけはいもありません。

三筋町《みすじ》という停留所《ていりゅうじょ》でバスをおりて、都電通りから細い道へ折れると、そこはしもたやの一画で、同じゴミ箱がずらりと並んでいます。おくへおくへと入ってゆくと、教会があって幼稚園があって、遠山さんの家は、幼稚園と石垣ひとつへだてたところにありました。

こぢんまりとした二階家ですが、猫のひたいのような庭には青いものも見え、表札《ひょうさつ》には「遠山冬樹」と、これはまたおよそ不似合いな名前が刻《きざ》まれていました。

「帰ったよ」わたしの背中を押すようにしながら声をかけると、「ハーイ」という明るい返事とともに、かっぽう着姿の、健康そうなおくさんがあらわれました。

「連れてきたよ」

「いらっしゃい」ニコニコして、どうやら遠山さんは、警察でションベンをしにいった時、電話をかけておいたようなのです。

「お風呂をたててありますから、すぐ汗を流すといいですよ。さ、シゲルさん、早くおあがりなさい。あ、おとうさん、二階のほうが涼しいから案内してあげてくださいよ」

挨拶《あいさつ》するスキもないほどの迎え方に、わたしはぼんやりしてしまいました。初対面の人から「シゲルさん」と呼ばれるほど、わたしはその人にとって身近な人間になっていたのだろうかと、ちょっと狐《きつね》につままれた感じなのです。

二階は八畳で、窓から幼稚園の庭が見え、そのむこうに教会の十字架が西日にかがやいています。食卓には団扇《うちわ》が二本。床《とこ》の間《ま》には、カゴ入れの花が、たったいま水をくぐったというさわやかな感じで匂っていました。

おくさんは冷たい麦茶を運んでくれて、

「ひと息いれたらお風呂にしてください」といいます。

「風呂も風呂だが、あのほうは大丈夫か？」

「なんとかしましたよ。ほんとは前の晩から水につけておくのがいいんですがね」

「仕方がない。急なことだ」

どうやら、なにかふるまってくれそうなようすです。手土産《てみやげ》のないことが、ますますかなしくなりました。

はじめて見る家風呂は、湯ぶねの小ささも珍《めずら》しく、焚《た》き直しらしいウッスラと白濁《はくだく》したお湯の色も、なにかしたしみがあるのです。

「もう少し太らんといかんな」

と、わたしの体を批評《ひひょう》する遠山さん自身は、すっかり脂肪《しぼう》の落ちた感じで、ひざ頭《がしら》がコブのように浮き出ていました。

「ぼく、流しましょう」といって、うしろへまわると、うすい背中におきゅうの痕《あと》がにぎやかでした。

「かげんはどうですかァ」

窓の下から、おくさんの声。

「ハハ、ばあさん、はりきっとるぞ」と笑って、

「こども好きでね、毎日、隣の幼稚園へあそびにゆくんだよ」

「…………」

「ひとり息子がおったのだが、病気で死なせてしまってね、おまえが学院からよこすハガキを見せてやると、ばあさん、ひどく喜んどった。文章がうまいと、ほめとったよ」

「…………」

「どうした？」

わたしの手がとまったので、遠山さんはふりかえりました。あわててまた背中をこすりながら、わたしは西日にかがやいていた十字架を思い出しました。遠山さん夫婦は、十字架に近い所に住んでいるので、こんなにやさしいのだろうか？……

風呂の後、夕食が出ました。

「なんにもないのよ」

しかし、精進揚《しょうじんあ》げに切身《きりみ》の焼魚、玉子をちらしたお吸物《すいもの》までついていて、わたしには生まれてはじめての豪華版《ごうかばん》なのです。

これだけでも大変なのに、じつは、さらにケンラン豪華なフィナーレがつづくので

す。

夕食がおわって五分もしないうちに、おくさんはソワソワと腰を浮かせて、

「もういいでしょうか、おとうさん」

というのです。遠山さんは苦笑して、

「あんたもセッカチだな、いま、メシがおわったばかりじゃないか。早すぎるだろう」

「でも、若い人のおなかは、別にまた入る場所があるんですから」

「わかったわかった、そんなに出したければ、好きなようにしなさい」

「よろしいですね？　それじゃア」

おくさんはトントンと梯子段《はしごだん》をおりてゆきました。

わたしは食後のフルーツでも出るのだろうと思ったのです。まるで料理屋のお座敷《ざしき》にでもいるような気分でした。しかし、おくさんがうれしそうな顔で運んできたのは、フルーツではなく、フタのついた丼《どんぶり》なのです。

「フタをとってみなさい、あけてびっくり玉手箱、じゃない、玉手ドンブリだ」

遠山さんはわたしを見て、いたずらっぽく笑いました。

急に胸さわぎをおぼえながら、ソッとフタをとってみました。すると……あかぐろ

い、ドロンとしたものが、そこに入っていたのです。

「おとうさんから電話で、大至急、甘いものをこしらえておけというんでしょ。ふだんはノンビリ屋さんなのに、突如《とつじょ》として絶対命令を出す人なんですから……。配給《はいきゅう》の小豆《あずき》が少し取ってあったのですが、なにしろ急のことですからね。重曹《じゅうそう》を使ってみたのだけれど、やはりいいやわらかさは出ないようだわ。でも、そのかわりお砂糖はホンモノです。とっておきをふんぱつしたんですからねえ」

お汁粉だったのです。ホンモノの……。

「おまえはいつもハガキに、菓子パンのことを書いてきただろ？　たかが、あんなもので何度も礼をいわれては、なんだか借金しているみたいな気分でねえ。一度、御馳《ごち》走《そう》をせんことには、勘定《かんじょう》が合わんと思っていたんだよ」

わたしは怖《こわ》くなりました。倖《しあわ》せすぎて怖いのです。いい気になってはいけないと、だれかにどやされそうな不安がありました。

「ぼくは……」両手を畳にそろえました。そうしないではいられなかったのです。

「なんといったらいいのか……ほんとにぼくは……ありがとうございます」

「まァ」おくさんはおどろきの声をあげ、クルリと横をむきました。遠山さんはハッハと笑って、手をふりました。

「おいおい、男一匹、汁粉の一杯ぐらいでそんな真似をするな、出世できんよ」

そうじゃない。むろんお汁粉は拝《おが》みたいほどありがたいのですが、それだけじゃないのです。わたしはその時、なにか、もっと目に見えないものに対して頭をさげていたのだと思うのです。

「おまえは、あの菓子パンの時にも泣いたっけな。さ、もういいから食べなさい。わしは甘いものはいかんが、人の食べるのを見ているのは好きだ」

わたしの胃ぶくろの来歴には、あの二つの菓子パンのほかに、このお汁粉が新しく記録されるのだと、勇ましく丼に口をつけて、

「アチチ……」それで大笑いになりました。

「でも、ふしぎだな、遠山さん、千里眼《せんりがん》じゃないですか？」

「なんのことだ？」

「ここへくる前に、くやしいことがあったんです。なんだか遠山さんがそれを知っていて、埋め合わせをしてくださったような気がするんです」

わたしは人参のケーキの一件を話しました。話しているうちに、いじめられた子が唇をとがらせて訴えているような調子になってゆくのです。

「でも、なんてことでしょうね」

おくさんは、しゅんとハナをすすって、

「食べざかりの人がそんな思いをするなんて……どうかしてますよこの世の中！」

「おい、今度は怒るのかい？」

「この大きな戦争に勝とうという日本が、若い人たちをひもじがらせていて、それで一体、なにができるというんでしょうね」

「大きな声を出しなさんな」

「だって、いまいちばん多いのは食糧にかかわる犯罪なんでしょ。無理もないと思いますよ」

「刑事の女房が、そんな発言をしてはいかんよ」

遠山さんはニヤニヤ笑っていましたが、フト、まじめな顔をして、「だが」といいました。

「だが、インチキはごめんだといって、人参の菓子を投げつけてきたのは上出来だったよ。いまの世の中にはインチキが多すぎる。しかもそれを大きな声で口にすることもできないんだ。インチキだとわかっていても、気がつかないふりをしていないと、いかんのだよ」

「そう考えると……」おくさんも声をひそめました。

「あの子が生きていたら、ちょうどこの年頃ですが、やはりおなかをすかせていることでしょうね。そう思うと、なんの不自由もない時に死んだのは倖《しあわ》せだったのかもしれませんねえ」

「その考え方もインチキだろうな、おまえさんが無理にそう考えて、あきらめようとしているにすぎんよ。軍国の母なんてものもインチキだ。ひとり息子を軍隊にとられて、名誉だの誇りだのといっているが、かげではみんな戦争を怨《うら》んでいるんだからね」

「おとうさんこそ、よそへいってそんなことを口にしないでくださいよ」

「若い人の前でこんな話はいかんな、もうよそう。せっかくの汁粉がまずくなるからな」

灯火管制で、黒いカバーでおおわれた電気は、食卓の上だけ、まるく照らしています。風が出てきたのか、軒《のき》の風鈴《ふうりん》が鳴っていました。

戦争……わたしにはなんにもわかってはいませんでした。イヤだとは思いながら、出征兵士を見ればゲンシュクな気持になり、戦争のニュース映画を見れば胸があつくなりました。天皇という神さまをいただいている日本だから、正義の国だから、最後には勝つのだと信じていました。後になってみればいろいろな方法で無理にそう信じこまされていたのですが、そのことに気がつかなかった以上、やはりわたしも、その頃の日本を構成する一員だったといえるかもしれません。

けれども、たったひとつ、わたしの胃ぶくろだけはハッキリ反戦的だったと思うのです。

むずかしい理論なんかわからない、でも胃ぶくろの声だけは、よくきこえました。ちがう、これはちがうと、わたしの胃ぶくろはいつも叫びつづけていたのです。

わたしはお汁粉を食べる。五臓六腑《ごぞうろっぷ》へしみわたってゆく甘み、そして、あたたかい善意、その味覚の中に、戦争はなかったのです。人生の美しい部分だけが、あったのです。

——八時をすぎてから、遠山家を出ました。

「また、顔を見せなさい」

「ほんとうに、えんりょはいりませんからね」

わたしはやたらにおじぎをしました。なにしろ、年中無休の映画館ですから、こんどはいつあえるかもわからないのです。

教会の前を通る時、かすかにオルガンの音がきこえました。わたしは屋根の十字架を見上げて、祈りたい思いにさそわれました。

――どうか、あの人たちをおまもりください。あなたはすぐ近くにあの人たちを見ているのですから、知っているでしょ？　遠山さんもおくさんも、あんなにいい人なんです。なにかあったら、きっとまもってあげてくださいよ、お願いします……。

こうして、幻滅《げんめつ》ではじまった最初の休日も、終りは倖せだったのです。しかし、結局はそれが、最後のいいことなのでした。いいことというものは、ながつづきがしないのです。ほんとうに、ながつづきがしないのでした。

＊

不幸は突然、やってきました。

その年の、秋も終りに近い頃、かけもち先から「祖国の花嫁」という浪曲映画のプリントを運んで帰ってくると、モギリのおばさんが、「電話があったよ」というのです。

「三回もかかってきたんだよ。ここへ連絡してくれってさ」

わたされたメモには「小倉方　富永」とあり、電話番号が書いてあります。

「ああ、シゲルくん？」なつかしい声でした。「よかった、待ってたのよ」なんだかせわしなげな調子です。

「五反田《ごたんだ》のね、イトコの家へきているの」

「東京へきているのなら、映画、見にきてくださいよ」

「ありがとう。でもそうしちゃいられないの。じつは今夜の夜行《やこう》で広島へたつのよ」

「広島？」

「急なの。母がおもわしくなくて……前から病気がちだったのだけれど」

「それで広島へ？　今夜？」

富永先生の郷里《きょうり》が広島であることは知っていました。それならそこに、おかあさんがいることもふしぎではないのです。しかし、先生を学院のマリアのように考えていたわたしには、マリアが別に自分の家をもち、家族をもっていることが、ピンとこないのでした。

「どのくらい、いっているのですか？」

「いってみないとわからないの。ひさしぶりの帰省《きせい》だから、ながくなるかもしれない」

わたしはシュンとしてしまいました。

じつはわたしには、ぜひとも先生に相談に乗ってもらいたいことがもちあがっていたのでした。それはわたしにとって非常に重大な問題であり、そのことを先生に報告する手紙を書きかけていたところだったのです。

「どうしたの？」

　ハッとわれにかえって、

「夜行って何時のですか？」

「十一時なの」

「東京駅でしょ？　何番線？」

「あら、見送りなんかいいのよ。ちょっと知らせておこうと思っただけなのだから」

「ゆきます、どうしてもゆくよ！」

　怒ったように叫びました。

　映写室へはいってゆくと、顔を見るなり徳さんが、

「おう、御婦人から電話なんだって？」

　どうせロクなことはいわないのですから、わたしは相手にせず、映写ずみのフィルムの巻き返しにとりかかりました。

　ボタンひとつで操作《そうさ》できる機械とちがい、糸車をまわすように、手まわしでリールからリールへ巻き返してゆくのですが、側面がレコードのようにそろわなくてはいけないのです。手の使い方にコツがあり、一定の速度をわずかでも狂わせると、表面がデコボコになってしまいます。

富永先生の電話で平静《へいせい》を失っていたわたしは、つい回転の速度を狂わせ、アッと思うまもなく、フィルムはシンが盛り上がってきて、すぽっとぬけてしまいました。ぬけたフィルムはシャーッと激しい音をたてて、映写室いっぱいに散乱しました。

「バカヤロ！」

泣きつらにハチの思いで、フィルムをかき集めるのですが、これをリールへおさめるのが大仕事、ちぎれた部分は接着剤でつながなくてはなりません。それでも、なにかをしているほうが気がまぎれました。広島、ひろしま、ヒロシマ……

＊

富永先生に相談したかったのは、こういうことです。

それは数日前の夜のことでした。大和座から帰ってきたわたしは、その足で銭湯《せんとう》のしまい風呂へ飛びこんだのでしたが、湯気《ゆげ》の中で思いがけない話を耳にしたのです。話をしているのは町内の職人で、イレズミ自慢の二人の若者でした。はじめは、わたしなどにはまったく関係のない、酒とか女の話だったのですが、そのうち、ひとりのほうがこんなことをいったのです。

「そういえば、珍《めずら》しい顔を見かけたよ。辰巳《たつみ》という店なんだがよ。そこにあの娘《こ》が働いてたんだ」

「あの娘たア、どの娘だ」

「ホラ、町内にいたじゃねえか。絹子《きぬこ》とかいう女の子」

「ああ、突貫《とつかん》ばばあの家の、ハナタレ娘のことだろ？」

「そのハナタレがよ、見ちがえるみてえにきれいになっちゃってさ」

「へえ、噂《うわさ》じゃ、ばばあを捨てて家出したということだったが……そんなところで働いているとすると、さては男に売り飛ばされたな？」

「売り飛ばされたのなら、おめでたい。おかげでこっちの楽しみがふえたんだから」

「おい、またあそびにゆく気だな？　いいかげんにしておかねえと、親方にどやされるぜ。とはいうものの、オレもちょっと拝みにいってみるか」

「こいつ！」ガーンと手桶《ておけ》の音がひびきわたりました。

わたしは、よく考える余裕《よゆう》もなく、湯ぶねから顔を出して「あのう……」と声をかけました。

「その、辰巳の店っていうのは、どこにあるんですか？」

二人は顔を見合わせて、

「なんだよまア、ガキのくせに……その店はな、都電なら向島《むこうじま》の……おい、おめえ、ゆくつもりかよ？　ませた小僧じゃねえか。いくつだよ？」

「十五だったっけ」

「十六です」

「早い早い！　といったところで、オレがあそびをおぼえたのは、十五だったっけ」

「バカ、白状してやがら」

わたしはすっかり考えこんでしまったのです。

フサノばあさんが、施設《しせつ》の少女を養女にし、そしてその娘にうらぎられたという話を思い出したからでした。

そんな娘が、いまあまり倖せでないらしいのは当然としても、「ざまァみろ」ですませてしまっていいのだろうか？　このことをフサノばあさんに報告しなくてはいけないだろうか？

ばあさんはメッタにその絹子という娘のことは口にしない。でもそれは、わたしへのえんりょかもしれない。何年も自分の娘として育てたものを、そうあっさり忘れられるとは考えられない。心の中ではその消息を知りたがっているにちがいないのです。

とすると、それだけにまた、報告しないほうがいいような気もするのです。娘が、酒客を相手の、くずれた世界にいると知ったら、どんなにか、かなしむかもしれないからです。

わたしはこう考えました。

まず自分だけで絹子にあってみよう。もし過去の背信《はいしん》を後悔《こうかい》していて、もう一度やり直したい気でいるのなら、その時、ばあさんに話をして、いっしょに詫《わ》びを入れてやろう。

でも、二人が再会することで、ばあさんの愛情が娘のほうへうつってしまったらどうする？　いや、それは恥ずかしい考えだ。絹子は自分と同じに孤児《こじ》だったという。それなら仲間なのだから、助け合わなくてはいけない。

絹子が帰ってきたら、自分の姉さんになるわけだし、二人して働いたら七十近いおばあさんに、他人の家の子守りや洗濯《せんたく》などさせずにすむだろう……。

そして最後はやはり、富永先生に結論を出してもらうことにしたのでした。

＊

いそぐ時は意地の悪いもので、「祖国の花嫁」の上映中停電があって、終映が予定より二十分もおくれてしまいました。その夜だけは掃除《そうじ》を免除《めんじょ》してもらって飛び出したのですが、全速力で突っ走って駅まで十分、国電で東京駅までが約二十分、そして東京駅のホームへかけあがったのが発車十分前、十分あれば先生と別れを惜《お》しむことはできるはずでした。

ところが、十分というのは、決して安心できる時間ではなかったのでした。わたしはその、あまりの混雑に肝《きも》をつぶしてしまったのです。

わたしはものを知らなすぎたのです。その頃はもう、武器優先の国家事情が交通機関にまでおよび、極端《きょくたん》な車輛制限が実施《じっし》されていたのです。その乏しい列車に、なんとかして乗りこもうとする人びと、不安な東京をのがれて地方へ移ろうとする人びとや、召集《しょうしゅう》をうけて帰郷する人びと、それを見送る人びとで、ホームからこぼれ落ちそうになっているのです。

わたしはまっさおになり、「○○クン、バンザーイ」と日の丸の旗をふっている人びとの間をネズミのようにくぐりぬけながら、先生の顔を求めました。列車の窓もデッキも、すずなりの顔、顔、顔……その中から、たったひとつの顔を見出すのは、まったく絶望的なことでした。そうこうするうちにも、時は刻々とうつるばかりで、

「先生、富永先生！」

たまりかねて叫ぶのですが、その声も、周囲の「バンザイ」に消されてしまうのです。

わたしは、もっと多くの口がほしいと思いました。目も耳も鼻も、体じゅうの穴という穴が口になって、いっしょに叫んでくれたらと……。

やっと「あそこだ!」と思った時にはベルが鳴り出して、バンザーイの声はひときわ高く、わたしのゆく手はワーッと車窓にむらがる人のむれで、さえぎられてしまう。そしてそれをがむしゃらになって突破した時、列車は動き出し、さっき確かに見たと思った富永先生の顔は、またどこかへかくれてしまっているのです。

やがて、列車の尾灯《びとう》は夜の闇へしみこんでゆき、わたしの前には、むかい側のガランとしたホームだけがありました。

——見送りの人びとが散った後も、わたしはひとりポツンとホームにたたずんでいました。おそらく、富永先生はわたしの姿を見てくれなかったにちがいありません。そうした別れ方だったことが、なにか不吉《ふきつ》な予感をさそうのです。

ちぎれた日の丸の旗が、風に吹かれてホームの上をちょろちょろ走りまわっていました。

第8章
すばらしいプレゼント

プリントをかかえて、バタバタと階段をあがり、映写室へ飛びこんだトタンに、

「この野郎！　なにをしてやがったんだ！　二十分もアナをあけちまったじゃないか！」

ガーンと一発、徳さんのパンチ。自分の失敗なのですから「スミマセン」の連発の後、気がついてみると、アナをあけたにしては客席がへんにおだやかなのです。

のぞき窓からうかがってみると、これはおどろいたことに、スクリーンの前にトミコさんが上がっていて、ひどくおおげさなゼスチュアで歌をうたっているのでした。

――徳さんの説明によると、客がさわぎだした時、そこにいあわせたトミコさんがステージへ上がって、「もうしばらくお待ちください」といったのですが、土地柄、気のあらい連中ですから、「ひっこめ」「金、返せ」というありさまでした。するとトミコさんは、突如《とつじょ》として「うるさーい！」と大音声《だいおんじょう》をはりあげ、

「みなさん！　この非常時になんですか！　少しばかりの忍耐《にんたい》ができなくて、戦地の兵隊さんに恥ずかしいとは思わないのですか！　戦線の将兵は、泥水すすり草をかみ、三日も食べずにいたとやら、よくこそ勝ってくださった……」

このへんから歌になり、どっちかというと音痴《おんち》に類する歌唱力もかえりみず、つぎつぎにうたい出したのだそうで、「愛国行進曲」「千人針の歌」「愛国の花」「兵隊さんよ、ありがとう」「出征兵士を送る歌」「九段の母」と、いくつもいくつもうたって、レパートリイがつきてしまうと、「海ゆかば」から「君が代」まで出てくる始末、とうとうアナをうずめてしまったというのです。

お客も、はじめはざわついていましたが、なにしろ「海ゆかば」や「君が代」をやじり倒すわけにもいかず、やがてゲンナリと黙りこんでしまったというわけでした。

映画がはじまって、廊下へ出てきたトミコさんは、「くるしかったでしょ、すみません」と詫《わ》びるわたしへ、

「歴史的二十分間だったよ。あれだけの観衆を前にしての独唱会なんて、メッタにやれっこないんだからね。ああ、わがはいは満足だぞ」

いつもながらのトミコさんに、笑いかけて、しかしわたしは笑えませんでした。それどころではなかったのです。

かけもちがおくれて、アナをあけてしまったのも、じつは心にくったくをかかえて走っていたため、交叉点の赤信号を無視して交番へひっぱられていたからでした。

というのは、その日の三日ほど前、わたしは、例の絹子という娘にあっていたのです。

それは、偶然《ぐうぜん》の連続による結果でした。

大和座にかかった軍国映画が、はじめて向島方面の映画館とかけもちになったのが、第一の偶然です。プリントを運ぶ途中、「辰巳」の看板を見かけたのが偶然の第二、そしてその時珍《めずら》しく、時間に余裕《よゆう》のあったことが第三の偶然でした。

その路地《ろじ》の入口には柳小路《やなぎこうじ》としるされたアーチがあって「初花」とか「浮舟」といった店の屋号が並び、中に「辰巳」の名も混じっていたのです。

わたしは表通りへ自転車を置いて、路地へ入ってゆきました。

左右の家は同じようなかまえで、旅館の玄関にも似ているのですが、壁の一部がタイルになっていたり、中国風のガラスがはめこんであったりしました。

石だたみが、午後の日ざしに白く光っていました。ポツンとひとり、小さな日だまりをおさえつけるようにうずくまっていた女の子に「辰巳という家は?」ときくと、セーターの上から赤いちゃんちゃんこを着こんだ女の子は、「あそこ」——お手玉をポンと放《ほう》り上げて、指をさしました。

二階の手すりに、はでな模様《もよう》のふとんがほしてあります。その家の前に、わたしはしばらく立っていました。すぐに対面しようというのではなく、場所だけでもおぼえておくつもりだったのですが、

「なにか用なの？」

声をかけられてふりかえると、ネルの着物にオーバーをひっかけ、病気の殿さまのように、むらさきのネッカチーフで鉢巻《はちまき》をした女が、洗面器をかかえて、わたしを見ているのです。その人は、首だけまっしろに白粉《おしろい》をぬった、なんだか気味の悪い顔の女でした。

「ねえ、この家に用でもあるの？」

重ねてきかれて、答えないわけにはいかないので、

「ひとをさがしてるんです」

「だれ、この家の人なの？」

「そうだと思うんだけど、絹子という人」

「ナニ絹子なの？　苗字《みょうじ》のことよ」

「野田絹子、前は谷中《やなか》の初音《はつね》町に住んでいた人なんです」

「へえ」と、べつにおどろきもしないで、

「わたしよ、それ」

これが第四の偶然でした。銭湯《せんとう》できいた話では、大した美人のようでしたが、なんだかひらっぺたい顔で、唇がひどくあついのです。

「オレ、野田フサノの息子です」

「あらそう」と、平然としています。

「よく、ここがわかったわね？　ばあさんにきいたの？」

「おばあさんは、あんたのこと知りません。オレ、まだ話してないんだ」

「よくわからないわね。あんた、いま、息子だといったっけ？」

「あんたと同じだ。養子《ようし》です。施設《しせつ》から引き取ってもらったんです」

「フーン」絹子は、わたしをしげしげとながめていましたが、

「なんの用かしらないけど、立ち話もできやしない、あがってゆく？」

「いいです。仕事の途中だから」

「そう……もっともあまりあがってほしくもないのよ。じゃ、そこのお宮さんへでもいこうか？」

と、路地の奥に見える赤鳥居をあごでしゃくりました。

——密集した家並《やなみ》の中のお宮は箱庭のように小さくて、こどもたちがきゅうくつそうに石けりをしていました。絹子と同じような女が、おみくじを引いていました。絹子は手洗鉢のふちに置いた洗面器からクリームを取り出し、ぐいと指にしゃくったのを顔へなすりつけながら、「で、どんな用なの?」といいます。

ムラムラと怒りがこみあげてきました。ふてくされているのかもしれないと思いました。フサノばあさんをうらぎったことに、なんの罪も感じていないらしいのです。

「あんた、ひどい人だね」——せいぜい怖《こわ》い顔をしたつもりです。

「施設にはね、だれかに引き取ってもらう日を待っている子が、たくさんいるんだ。オレだってそうだった。なのに、あんたみたいな恩をアダで返すような奴がいると、世の中の信用をなくしてしまうじゃないか?」

「それでわたしに文句をいいにきたの?」

「フサノばあさんだって、あんたのことを心配してるんだよ。それなのに……」

「純情なんだね、ぼうや」

ぼうやといわれて、わたしはもうかんべんできないと思いました。

「なぐってやる、おばあさんの代りに!」

「ちょっと待ってよ。見も知らない子になぐられたんじゃたまんないよ。いいかげんにしないと怒るよ」

怒るよといいながら、目は笑っているのです。

いいこと教えてあげようか？　あんた。わたしがここにいることは、ばあさんに話してないといったろ？　話さなくったって、ばあさんはちゃんと知ってるのよ。だって、わたしを辰巳へ連れてきたのは、あいつなんだからね」

「…………」

「わからない？　世間知らずなんだね。つまりわたしは、あのクソばばあに売り飛ばされたのよ」

「ウソだ、そんなこと」

「ほんとなのよ」

「ウソだ」――それがほんとうなら、こんなにニヤニヤしてはいられないはずだ。責められたので、その場かぎりの出まかせをいっているんだ。卑怯《ひきよう》な奴め……。

「どうせあいつは自分の都合のいいように話してるんだろう。わたしもね、施設から引き取られた時は、ずいぶん感謝したわよ。だからずいぶん働いた……でも、あいつはだんだん心配になってきたんだよ。年頃になって彼氏でもできて、そっちへゆかれちゃ損だというわけよ。だからそうならないうちに、まとまったお金にしようと考えて、わたしを売り飛ばしたのよ。欲の皮のつっぱったばあさんだから、それからもちょいちょい小遣いをせびりにきたわよ。いくらなんでもそれはお断わりだから突っぱねてやったんだけど……そこでばあさん、新しいカモが必要になったのよ。女の子は売物にはなるけれど、売っちゃえばそれでおしまいだろ？　一生食いものにすることはできない。男の子は売物にならないけど、細く長く使えるもんね。彼女ができたらそれを嫁にして、夫婦で働かせればいいんだからね。……それで今度はあんたがカモにされたというわけよ」

「デタラメだ、そんなの」

「信じたくないだろうね。でも、悪いことはいわない。骨までしゃぶられないうちに逃げ出すことね」

「オレは、ちゃんと籍《せき》が入ってる」

「わたしだってそうよ。籍を入れたほうが都合がいいからなのよ。他人の子を売れば罪になるけど、わが子なら文句をいわれなくてすむんだから」

「だけど……」わたしは一所懸命でした。

「ヘンじゃないか。そんならどうして警察へ訴えなかった？　施設に相談したってよかったじゃないか。やっぱりあんたはウソをいってるんだ」

「バカねえ……」

なんとなくヒヤリとしました。そこへきて相手ははじめて笑いをひっこめ、なんともいえない暗い目で、わたしをみつめたのです。

「わからないの？　訴えれば、あいつは化けの皮をひっぱがされるだろうけど、こっちはどうなるの？　またもとの施設へ逆戻りじゃないの。あんなところへ帰されるくらいなら、どんなことでもがまんできると思ったのよ。ゼイタクなことを考えなきゃいいんだもの。いくらあがいてみても、どうせ大したことはないんだもの。これがミナシゴのゆく道だよと、ちゃんと用意がしてあるんだから」

「…………」

「あんただって、施設を出るには、やはりあいつが必要だったんだろうから、愛情だのなんだの、うるさいことさえいわなきゃ、それでいいんじゃない？　表面は調子を合わせておいて、そのうち、あいつのヘソクリでもかっさらって飛び出しちゃえばいいわ」

「ちがう、ちがう」

「強情なのねえ。なんなら一度、病気にでもなってごらん。そうすればあいつの正体がわかるだろうから……」

「もし、ウソだったらどうする？　その時はブンなぐってやるからな」

「フフ、よっぽどなぐりたいのね」

絹子はまた笑顔にもどりました。

「でも、なぐることはできないわ。三日もしたら、わたしはこの街にはいないのよ」

「どうして？　オレに見つけられたから逃げるのか？」

「まだあんなことをいってる……ばあさんに伝えといてよ。絹子は大陸へゆきましたって……。戦地へゆくのよ。兵隊さんもね、女の顔が見えないと、リッパな働きができないんだってさ。天皇の赤子《せきし》だなんていっても、そんなもんよ。えらそうなことをいわないだけ、フサノばばあのほうがましかもしれない。あのばばあだって、戦争で亭主とセガレを殺されちゃって、ひとりで生きようというんだから、腹がすわってるんだよね。わたしもいまじゃそれほど怨《うら》んでもいないのよ。弱い人間ということじゃおたがいさまだもン……」

ああ、おかげで湯ざめしちゃったと、絹子はわざとらしくクシャミをしてから、ところも知らぬ名も知らぬ、イヤなお客もきらわずに……というような文句の歌を小さく口ずさむのです。

わたしはもう一度、ヒヤリとしました。千吉の声を連想したのです。報徳学院で、明けてもくれても鉄格子《てつごうし》……とうたった千吉のあの投げやりな陰気《いんき》な唄声と、絹子の唄声とが、ひどく似ているような気がしたのです。

信じたくはない。でも絹子の言葉には、ウソといいきってしまうには、あまりにも実感がこもっているのです。おまけにまずいことには、絹子はわたしに好意をいだいてくれたらしいのです。

「三日後だったら、わたしたちはあえなかったはずだよね。あんたは運がいいのかもしれない。わたしがまだ出発前だったからこそ、ほんとうのことを教えてあげられたんだから……」

わたしは怒る気力も衰え、その場から歩き出していました。それ以上聞くのが怖《こわ》くもあったのです。路地では、さっきの女の子が、同じ場所でまだお手玉をいじっていました。

フト、黙ってきてしまったことに気づいてふりかえってみると、絹子は赤鳥居の下でこっちを見ているのです。どんな顔で見送っているのかはよくわかりません。かかえている洗面器が日の光にピカリと光りました。

——その日からわたしは、顕微鏡《けんびきょう》の目を持ってしまったのです。フサノばあさんの顔色ひとつ、言葉のはしにも、そのうらにあるものをかぎつけようとして神経をとがらせました。しかし、ことさらに異常《いじょう》はありませんでした。

「家出した娘さん、どうしてるだろう？」

水をむけると「あーあ」とかなしげに首をふり、

「思い出すのもつらいことだ。あの子は食わせものだったよ」

と、涙をこぼすおばあさんなのです。その涙を宝物のようにながめ、

「あの子は食わせ者だった」という言葉の一語一語にアイロンをかけ、ハンカチのようにポケットへしまいたくなるわたしでした。

「食わせ者」だから、あんな作り話をしたのだ。そうだそうだと思いながら、しかし、心の底では歯痛《しつう》のようにチリチリとした不安があるのです。

「一度、病気にでもなってごらん」

といった絹子の言葉を思い出し、仮病《けびょう》でも使ってみようかとも思いました。でも、そんな考え方からして、惨《みじ》めなのです。

おばあさんが親身《しんみ》の看病をしてくれる。そしてわたしの疑惑《ぎわく》は晴れる。しかし、そんな卑小《ひしょう》な真似をしたことは、わたしの心のシミになってしまう……。

逆の場合、つまり冷たくされたらどうする？　それは怖《こわ》い。

いっそ直接、確かめてみたら？　それには絹子のこともいわなくてはならないし、

そうすれば、絹子の話を信じたということで、おばあさんは気を悪くするだろうし、それが原因でわたしをきらいになったら、それも困るのです。

あれこれと考えあぐね、やはりわたしは富永先生の帰りを待つより仕方がなかったのです。

いつも「自分の現実をごまかすな」と教えてくれた先生のことです。勇気を出して、おばあさんにぶつかりなさいというにきまっていました。自分でも、ほんとうはそれが正しいのだとわかっていたのです。でもやはり、先生自身の口からすすめてもらいたかったのでした。同じことをするにしても、自信がもてるような気がしたのです。

＊

富永先生は帰りませんでした。

昭和十九年に後一週間という日、手紙がきたのです。広島からのはじめての便りで、いま、そんなものがくるようでは、とても年内には帰ってこられないのだと、思わずためいきが出ましたが、しかし、切手を二枚も貼りつけてある厚い封書は、おいしい食事を前にしたような、ゆたかな気分にさそってくれました。

フサノばあさんはもう眠っています。小さな体の、どこから出るかと思うような高イビキで……。

《ゆっくりお便りをと思いながら、落ちつかない日がつづきました。ごめんなさい。今年ももう残り少なく、やがてキミも、社会へ出て初めてのお正月を迎えるのですね。

母の容態《ようだい》も平静になり、ひと安心というところです。何年ぶりかで自分の部屋の整理をしていたら、キミにあげたい本が出てきたので別便で送りました。一冊はジャムという人の詩集で、キミが好きそうな詩がいっぱい入っています。

もう一冊は、これがちょっとおかしいのですが『お菓子の作り方』という本なの。学生の頃、母から無理に押しつけられたのですが、どうも、キミにふさわしい本のような気がしてきたのです。昔の、ぜいたくに造本されたもので、写真もとても美しいのです。

「お菓子と娘」の歌のように、キミの心を飾ってくれたらうれしいと思います。

あのね、お菓子はあるのよ。きっと、お菓子のある日が、わたしたちを待っていてくれるんです。そのことを信じてがんばりましょう。その日のくるまでは、写真のお菓子でがまんしなさいね。それから……》

そこまで読んで、わたしは手紙を封筒にしまいました。つづきは明日にとっておくのです。一本の手紙を二日にわけて読むというのは、わたしのような少年の独得のチエでした。楽しいことがあると、それを湯でうすめるようにして、なるべく多く、ながく味わおうとするのです。

いっときに読んでしまわなくて幸いでした。すくなくともひと晩だけは、手紙のつづきを楽しく想像することができたからです。なにげない書き出しが、じつはわたしにとっては、つらい内容の導入部であったことも、知らずにすんだからです。

あくる日、わたしは仕事の途中、街の公園へよって、手紙のつづきを読みました。よく晴れた昼さがりで、ベンチがぬくもっていました。うすぐらい電灯の下でなく、太陽の光の中で読むのです。「それから……」と文章はつづいています。文字のひとつひとつが、日ざしを浴びて、やわらかく息づいているように見えました。

《それから、きょうは大切な報告があるのです。じつは、わたしはこのまま広島に住みつくことになりました。もっと早く知らせるべきでしたけれど、わたしはお嫁にゆくのです。前々から話はあったのですが、母の病気で急に具体的なことになってしまい、早く安心させてほしいという母の願いもあって、とうとう決心したのです。

わたしはキミにおわびしなければなりません。いつも「現実から逃げないで」といっていながら、そのことを告げる勇気がなく、一寸のばしにしていました。それというのも、わたしのウヌボレかもしれないけれど、キミがひどくさみしがるのではないかしらと思って……。

お嫁にゆくといっても、そこにはまたいろいろの事情もあり、そんなにウキウキした心境でもないのです。でも、人にはそれぞれの道があって、その中で、まごころを失わず生きてゆかねばなりません。幸《しあわ》せになるよう努力するつもり。キミもどうぞ幸せになってね。野田フサノさんというおかあさんもできたことだし、遠山さんという人もいてくださる。トミコさんのような明るいともだちもあるのですから、もう孤独とはいえないんですものね。

おたがいに元気でいれば、またあえます。わたしも、東京には親せきもありますから、いつか上京する機会もあるでしょう。キミもいつか広島へきてくれることも……》

わたしはワーッと叫んで、すべり台へかけあがりました。そして、手紙をコナゴナにひきさいて、宙に舞わせました。

結婚……先生も若い女性なのだから、なんのふしぎもないのです。

しかし、しかし……です。

わたしは自転車のペダルを力いっぱいにふんで、めちゃめちゃに突っ走りました。美しい花嫁が、頭の中をしずしずと通ってゆく。「高砂や」がきこえる。富永先生はもう先生ではなく、おくさんになるのです。

ウキウキした心境ではないと書いてあるけれど、それはわたしをさみしがらせないための、富永先生らしい思いやりなのでしょう。ほんとうは幸福で幸福で、あんまり幸福すぎるので、そんなウソを書かなくてはならないのでしょう。

「おめでとう!」――わたしは自転車を飛ばせながら、大声で叫びました。前を走っていた自転車の男が、「え?」とふりかえったほどの、大声でした。富永先生の結婚を、わたしはだれよりもたくさん、祝福してあげなければならないはずです。

「おめでとう!」くりかえし叫んでいたら、その言葉通りの気持になれるのではないかと思いました。紺《こん》のスーツ。白いハンカチ。お菓子の好きなパリ娘。それから、わたしのために流してくれた、あんなにいっぱいの涙……。

とうとうわたしは「畜生《ちくしょう》！　バカヤロ！」と口走ってしまいました。やっぱりそれが自分の心に正直な声なのでした。

目がぬれてきて、しわくちゃのセロファン紙をあてがったように、街も車も人も、ゆがんで見えます。ハンドルがぐらぐらして危険を感じながら、わたしはわざと乱暴に飛ばしていることで、さみしさをふりはらおうとしていました。

＊

盆《ぼん》も正月もない戦争下でしたが、下町には古くからの正月気分が残されているのが、耳をすませてみると、よくわかるのです。ひっそりと、神妙《しんみょう》にあらたまったけはいがあって、路地のドブ板をふむ下駄の音にも、なんとなく気くばりがこもっているようです。

どの家でも、ひとつの部屋に家人が集まって、新年の顔を確かめ合っているといった空気が、さざ波のようにひたひたと伝わってくるのでした。

富永先生が送ってくれたジャムの詩集の中に、よしそれが、涙にひたしたパンであっても、家族といっしょに食べるのなら、さぞうまかろう……という詩がありましたが、うちの家族は、フサノばあさんとわたしの二人きりで、そのばあさんは隣の板の間で、なにかコトコトやっていました。

ばあさんのふきげんが、せまい家いっぱいによどんでいて、わたしはふとんの中で、息をするのもえんりょがちなのです。

映画館のかきいれ時というのに、暮から正月へかけて欠勤しているのですから、ばあさんが気をもむのも当然でした。こっちも気が気でないのだけれど、なにしろひざの打撲《だぼく》で、便所へゆくにも不自由なありさまでは、とても自転車は無理なのです。

その程度ですんだのは幸運なのでした。あのメチャメチャな走り方をしていて小型トラックにひっかけられたのですから、もしかしたら死んでいたのかもしれないのです。

暮《くれ》に、大和座のおくさんが十二月分の給料をもって見舞《みまい》にきたのだけれど、見舞とは名ばかり、「このいそがしいのに自分の不注意で休まれちゃかなわない、あまりながびくようなら考えさせてもらうよ」

と、さんざんどくづいてゆきました。

米つきバッタのように謝罪《しゃざい》させられたばあさんは、おくさんが足音あらく帰っていった後、

「おまえがドジなんだ。まったく、なあんてドジなんだろうねえ」

と、梅ぼしの皮をおでこにはりつけながらくやしがり、それきり、ばあさんのふき

げんも年越しをして、もう正月三日だというのに、まるきり口もきいてくれないのです。

「一度病気になってみたらわかる」の、絹子の言葉を思い出すのですが、しかし、だれだってこんな場合、ふきげんになるのが当然なのです。じつの母親にしても、働き手の息子《むすこ》にケガをされたら、ニコニコしてもいられないでしょう。ろこつにふきげんをまる出しにするのは、じつの母子《おやこ》同然の、えんりょのなさがさせているのだと、わたしは希望的に解釈するのでした。

希望をもたなければなりません。富永先生に去られて、改めてフサノばあさんを大切に思っているわたしでした。

六十八のばあさんは、まちがってもお嫁にゆく気づかいはないのですし、やがては、自分より先に死んでゆく人なのです。六十八と十七の他人同士が、こうして母子としてくらしているのは、ほんとうにふしぎなめぐりあわせなのです。遠い広島で倖せになろうとしている人のことは忘れて、このばあさんとの生活を大事にまもっていかなければ……。

ふとんの中で、わたしは鼻をひくひくさせました。プーンと、香《こう》ばしい匂《にお》い。餅《もち》をやいているのです。

声をかけても返事がないので、床をはい出て隣をのぞいてみると、フサノばあさんは板の間へペタンとすわりこみ、ウサギのように口をモグモグやっています。七輪のアミの上に、三枚ほどの餅がのっかっていました。

その上へ手をかざしてあぶりながら、「まだごきげんが悪いのかい？」といってみました。

「安心しなよ。もう二、三日もしたら自転車に乗れそうだから。休んでる間はトミコさんが代役しててくれるんだし、あの人は活発なことが好きだから、喜んでるよきっと。大丈夫、オレはくびになんかなりゃしないよ」

「あーあ、頭が痛い」

餅を食べろともいってくれないかい、い、い、たくなさに、例の、あの疑いがよみがえってくるのを懸命におさえ、

「肩、たたいてやろうか？　こってるから頭が痛いんだよきっと」

「そんな元気があるなら働きに出たらいいのにさ」

「おばあさん……」なんとなくゾッとして、

「だからね、二、三日もすれば……」

「アテになるもんかね」

「まさか、ずるけてるとは思わないだろ？　風邪《かぜ》で七度八分も熱が出た時だって休まなかったんだし……いいかげんにきげんを直してくれよ。正月だというのに、これじゃつまらないよ。……いい匂いだね。ホラ、こっちの、ひっくりかえしたほうがいいよ。食べてもいいんだろ？　これ」

「あーあ、イヤだイヤだ」大きく息をついて、

「この年よりによっかかられたんじゃ、なんのためにおまえを引き取ってやったんだかわかりゃせん。大和座じゃ、休んだ分は日割《ひわり》計算でさっぴくと言ってるし……頭が痛いよほんとに」

「…………」プーッとふくらんでくる餅を見ていると、自分の胸の中にも大きくふくらんでくるものがありました。

「いいよ。餅はいらない。そのかわり質問があるよ。いわないい気だったけど、おばあさんがそんなふうじゃ仕方がない」

「頭が痛いんだよ、頭が」

「大事なことだからハッキリ答えてよね。おばあさんは、オレを働かせるため養子にしたのかい？」

「なんだって？」

目がぴかっと光りました。

「オレはいくらでも働くよ。恩があるのだもの。当りまえのことだと思ってます。でも、自分がこの家の者だと思うからこそ、がんばってるんだよ。ねえ、確かにオレはおばあさんの息子なんだね？」

「役場へいってみりゃいいよ」

「戸籍《こせき》のことじゃない。心のことだよ」

「ああ、お前は野田の息子だとも」

「それじゃ見せてよ。オレの名義で積み立ててくれてる貯金の通帳……確か、そうしてやるといったはずだね？」

「なに？」ふたたび、目がぎょろりとして、

「信用せんのかい、このわしを」

「信用したいからいうんだ。お金がほしいんじゃない。見せてくれるだけでいい。オレ、仕事を休んだために、ひときれの餅も食べさせてもらえないなんて……考えたくないんだからさ」

「ヘンな子だよ。なにベソかいてるんだね。餅が食べたけりゃ、勝手に食べな」

「……オレ、絹子さんにあったよ」

「………」三たび、こんどはさらに強く目が光りました。

「知ってるはずだね辰巳という店……あの人、いってた。家出したんじゃないって。おばあさんに売られたんだって……あんたも――オレのことだよ、あんたも利用されてるんだから用心しなって……ほんとかい？」

貯金のことなど、もうどうでもいいのでした。いくらわたしでも、絹子の言葉を信じなくてはならないことがわかってきていたのです。「現実をみつめて」……そうです。逃げてはいけないと富永先生はいいました。

利用されたことは事実としても……でもわたしは、せめてこういってほしかったのでした。

「利用したのもほんとだが、おまえをかわいいと思う気持もウソじゃない」

それでいいと思ったのです。そこまでつつましくなろうとしていたのです。

しかし、おばあさんのほうは、ただ、追いつめられたとしか感じなかったのでしょう。完全にふてくされてしまって、クルリと背中をむけて、ふたたび餅を食べはじめるのです。どうでもしやがれ……でんと腹をすえた感じが、小さな背中いっぱいに、みなぎっていました。

わたしは、ゲンコツをかためました。けれども、そのゲンコツは、力なくひらいてゆくのです。

かたむいた家。指でおすと、パラパラと砂が落ちてくる古壁。ふちのすりきれた畳。便所の匂い。そんな中に、わたのはみ出たチャンチャンコを着て、うずくまっている小さなおばあさん……。

絹子もいっていました。孤児《こじ》を利用するのも、夫や息子を戦争で失ったおばあさんのチエで、それさえなければ、平凡なご隠居《いんきょ》さんでいられるかもしれないのです。この老婆《ろうば》も被害者で、それが、まわりまわって、絹子やわたしのところへ結びついているわけなのでした。

――つまり、菓子だと思ったら人参《にんじん》だったということなのです。

「絹子さんはね、兵隊の慰問《いもん》で大陸へ渡るんだってさ。いや、もう、いってしまってるはずだよ。もうあの人にあうこともないんだ。だから、おばあさんが、絹子のいうことはウソだとがんばってくれたら、オレはそれを信じてもいいと思ってた……でも、おばあさんは正直なんだね」

わびしい笑いがこみあげてきて、わたしはふとんの中へはいこんでゆくと、すっぽりと体をもぐらせて、クックツと笑いました。人はあんまりなさけないと、おかしくなってくるもののようでした。ほんとうにおかしいのです。いままでの自分の、五のものを十にするようなバカな喜び方、そして、バカなはりきり方、そのひとつひとつが、喜劇の一場面のようによみがえってきて、笑わないではいられなかったのです。でも、こんなに笑ってしまって、その後はどうするのだろうと思うと、だらしなく笑ってばかりもいられないのでした。

隣はしばらくシーンとしていましたが、そのうち、おどろいたことに、おばあさんのほうもクックツ笑いはじめたのです。わたしが笑っているのをどうカンちがいしたのか、おそらく、安心したのでしょう。わたしの笑いの意味が、まったくわかっていないことだけは確かでした。あの子が笑ったから、それで万事解決といったところなのでしょう。

ほんとうに、フサノばあさんの心の仕組みはどうなっているのだか、三日ほどした朝、わたしが出勤しようとすると、これはまた、うってかわったごきげんで、

「さ、手ぬぐい、靴下はかえたかい？」といった調子なのです。

あつかましいというより、むしろ無邪気《むじゃき》な感じで、痛いところをあばかれても、いったんあばかれてしまえば、それでおしまい、すばやくそこを通りぬけてケロリとしているところは、ニセモノとかホンモノとかでこだわっているわたしには、うらやましいような才能でした。

うらの垣根《かきね》を飛びこえると、谷中《やなか》の墓地《ぼち》で、大和座への近道です。

——五重塔の前まできて、わたしは立ち止まってしまいました。なんのために自分は、まだ残っているひざの痛みをこらえてまで、働きにゆかなければならないのだろうと思うのです。戦争でひとりぼっちになったおばあさん、だからといって、自分がそのめんどうを見なければならない理くつはないのです。めんどうを見なければならないのは、おばあさんから、ダンナと息子を取り上げた国なのです。むろん、おばあさんは、国から少しばかりのお金をもらっているようでした。しかし、そんなお涙金なんかの問題ではなく、おばあさんの心のくらしをゆたかにし、孤児《こじ》を利用したりする人間ではなく、いいおばあさんにするための、大きな力が必要なのです。そして、わたしはべつに国からおばあさんのことをたのまれたわけでもなく、たのまれたところで、わたしなんかに国の代りがつとまるわけでもないのです。わたしには自分の人生があるのですから。

ばあさんの正体がハッキリした以上、あの家にはくらしたくない。といって、飛び出してみたところで、無断で出るからには異動証明も持ってゆけないだろうし、保証人もなくては働くことも住むこともできません。

わたしは、絹子の助言を思い出し、その通りにしようかと思いました。

――ばあさんの正体がどうであっても、戸籍の上では母子です。ホンモノだのニセモノだの、ケッペキなことさえいわなければ、とにかく食べて寝ることは保証されているのです。この、食べて寝ることはじつに大変なことで、いまそれを捨てるのはムチャなのでした。

フサノばあさんのことは、施設からぬけ出すための足がかりだったと思えばいい、これからはこっちがニセモノにまわる番で、当分は息子《むすこ》ヅラをしておいて、一本立ちになれる日がきたら、「ハイさようなら」で飛び出してしまえばいい……と、そこまで考えると、わたしはやっと仕事へゆく気になりました。つらい仕事も、やがて、あのばあさんをドカンとやっつけるためのお芝居《しばい》と思えば、がまんできないことはないのです。

――むこうから、自転車を走らせてくる娘がありました。トミコさんでした。かけい、もちの途中らしく、モンペに鉢巻《はちまき》という勇ましい姿です。時間があったので、見舞によるつもりで遠まわりをしてきたというのでした。

「まだフラフラしてるじゃないか。心配しないで休んでりゃいいんだ。うちのかあさんがブツブツいうのは持病《じびょう》なんだから、気にすることはない」

ひとりでまくしたててから、トミコさんは荷台にプリントといっしょにくくりつけてあった小さな箱を手に取って、「ちょっと」と、わたしを墓石のかげへひっぱってゆきました。

「土産《みやげ》を持ってきたのよ。なんだと思う？」

「わからない。なんだろう、これ」

「あけてごらん。あ、ちょっと待って。その前に深呼吸。びっくりして目をまわされても困るから」

「イヤだな、蛇でもはいってるんじゃ……」

「おまえさんも、いいかげんノーテンキだね。正月に蛇がいますかよ」

「あ、そうか……」

箱をあけてみて、わたしは息をのみました。デコレーションケーキが……いいえ、デコレーションケーキのようなものが入っているのです。

「あんた、よくケーキの絵を書いてただろ？　それにヒントを得て、こんなものをこしらえてみたのよ。どう？　最上のプレゼントだと思わない？　われながら感心する出来ばえだよこれは……」

「どうやって作ったんですか？」

「苦心したんだ。ふかし芋をうらごしして、型に詰めたの。まわりをグルリと囲んでいるのは乾燥《かんそう》バナナのこまぎれでございます。中央に、あたかもチョコレートのごとく盛り上がるものは、麦こがしのねったもの。そして、いときらびやかに点々としておりますのは、南天《なんてん》の実でござい……」

ごていねいに、使い残しのローソクまで立っているのです。

「どう？　すばらしいだろ？」

わたしは、そのイミテーションのケーキをみつめました。

「どうしたのさ？」

トミコさんがたたみかけてくるのにも答えず、ジッとみつめていました。そして「あ」と、なにかがわかったような気がしました。

「トミコさん、ありがとう」

わたしはふかく頭をさげました。

「あら、そんなにあらたまって礼をいわれると、てれくさいよ。イミテーションなんだから、それ相応《そうおう》の感謝でいいのよ」

「ううん、ほんとうにありがとう。だけど、これはもらえません」

「あら、気にいらないの？」

「いいえ、とてもステキなプレゼントだ」

「だったら……」

「でも、もらえないんです」

「なぐるぞ。ならステキってことはないじゃないか？」

「でも、ほんとうにステキなんだもの」

「なにいってんだろうねこの人は……」

わたしはトミコさんをからかっていたのではありません。確かにそれは、ある意味でステキなプレゼントでした。

わたしは、いつか、人参ケーキを前に爆発させた自分の怒りを思い出していたのです。これはニセモノだと、ウエイトレスを怒鳴《どな》りつけた怒りの激しさを……。

遠山刑事さんはその怒りをほめてくれたのに、あの時の、ニセモノを憎む気持はどこへやったんだ？

そして……これから先、フサノばあさんとくらしてゆくことは、人参ケーキに対するあの怒りを、むざむざ捨ててしまうことになるのでした。それでは自分もニセモノになってしまうわけなのです。

トミコさんのイミテーションケーキは、そのことを改めて教えてくれたのです。だからステキなプレゼントだったのです。

＊

あくる日、わたしは初音町《はつねちょう》の家を出てしまいました。

その朝、おばあさんは仕事の都合《つごう》で、わたしより先に家を出たのです。

「松川さんの家であかんぼが生まれてね。ダンナは軍隊だし、姑《しゅうと》さんは神経痛だろ。人手がなくて困ってるんだよ、商売商売！」

例によってシユッシユッといいながら出てゆくのを、せめて、門口《かどぐち》まで見送りました。

何枚かの肌着《はだぎ》と、富永先生の贈物の詩集や「お菓子の作り方」を風呂敷に包んで、タンスの引き出しから畳の下まで、必死になってさがしまわりました。ヘソクリがあるはずだと思ったからです。いつも身につけている胴巻《どうまき》は現金用ですから、どこかにきっと、まとまったものが隠されているにちがいないのです。全部でなくてもいい、一部でもいいから当座の用意だけはしておかないと困るのです。そのくらいのものはもらっていっても罰《ばち》はあたらないはずでした。

ありました。ミカン箱の仏壇《ぶつだん》の下に、貯金通帳が敷いてあったのです。郵便局の通帳でした。これでは一部というわけにはいきません。ハンコは位牌《いはい》のうしろから出てきたので、これで現金にはかえられる……いっそ、そうしてしまおうと思ったのです。かえた現金の半分だけでも、後で送っておけばいいじゃないかと。

ところが、通帳をひらいてみると、わたしは、シンとしてその場にすわりこんでしまいました。合計、二十一円三十五銭也なのです。二十一円三十五銭……いくらその時代でも、決して大金とはいえない額でした。しかも、一円とか五十銭という預金高が集まって、やっとその数字になっているのです。

わたしはその数字によって、おばあさんへの怨《うら》みを捨てたわけではありません。それほど寛大《かんだい》な人間でもないのです。ただ……そのささやかな数字からただよってくる哀しさ、貧しい人間にしかわからない心のヒダのようなものが、わたしをシンとさせたのでした。

わたしは、通帳とハンコをもとの場所へ返して、はじめてその家へきた時と同じように、柱をなで、畳の匂《にお》いを嗅《か》いでから表へ出ました。「自分の家」への訣別《けつべつ》です。

ふところには、二円たらずの金しかありません。いつか、おばあさんがくれた小遣いの残りです。二円たらずの金でどうすればいいのか？

わたしはとにかく遠山刑事さんをたずねるつもりでした。事情を話せば、きっとわたしの行動に賛成してくれるはずなのです。野田の家へ帰らなくてもいい方法を考えてくれるにちがいないのです。

さらば谷中初音町！　わたしの門出《かどで》を見送ってくれる人はいないけれど、それなら自分で自分に拍手を送ろう。

谷中霊園のメイン・ストリート。わたしは鋪装《ほそう》された一本道を、役者が花道を歩いてゆくような気負った姿勢で、歩いてゆきました。

遠山夫妻が、先祖の法要のため郷里の秋田へ帰っていることなど、むろん予想もしないことだったのです。

第9章
紋三郎一座旅日記

――南京豆《なんきんまめ》と板チョコは、庖丁《ほうちょう》でミジンに刻《きざ》みます。ボールに砂糖とバタを入れてよくかき混ぜ、タマゴ一個を加えて、さらに混ぜ合わせます。フライパンに油をひき……。

「お菓子の作り方」十八ページ。洋風紅梅焼《こうばいやき》。わたしは白い帽子をかぶったお菓子の職人です。調理台にはさまざまな材料がいっぱい。わたしはあざやかな手さばきで、タマゴをわり、砂糖をたっぷりとそそぎこみ、しゃっしゃっとリズムをつけて混ぜ合わせてゆきます。しかし、

「ホウ、変わった本を読んでるねえ」

声をかけられ、ハッとわれにかえれば、お菓子職人は、夜行列車のかたすみで、小さな風呂敷包みをひざにかかえているのです。

隣の乗客に、変わった本だといわれて、わたしは気恥ずかしくページをとじまし

た。

窓の外はまっくらで、ケシ粒《つぶ》ほどの灯火も見えません。遠い夜空に、探照灯《たんしょうとう》が、右へ左へ、まるでメトロノームのように闇《やみ》を裂《さ》いているのが見えるばかりです。

列車はひどい混雑で、座席の間にまで人の体がめりこんでいるし、駅へ入るたびに、窓から土足で乗りこもうとする者と、それを阻止しようとする乗客の間に、カタキ同士のような争いがくりかえされていました。旅は道づれ世は情《なさけ》、などという文句は、頭をかいてひっこんでしまいそうな光景なのですが、しかしその混雑のおかげで、わたしは検札をまぬがれていたのです。車掌の通れる隙間《すきま》はないからです。

「にいちゃんは、どこへゆくのかね？」

隣の男にきかれて、わたしは「広島……」と答えました。

「ホウ、広島ねえ」そんな遠くへ旅をするにしては、ずいぶん身軽な姿だと思ったのでしょう。男はもう一度「広島……か」と口の中でくりかえしました。

遠山さんが東京にいないことを知ったわたしは、だからといって、シッポをまいて谷中へ舞い戻ることもできず、なんとなく東京駅へいってみたのです。入場券を買って遠距離のホームへあがり、何時間も列車の発着を見物していました。そして、多くの人たちが、あわただしくゆきかうのを見ているうちに、それが「放浪児《ほうろうじ》」の心というものでしょうか、くそ、オレにだって目的はあるのだといった対抗意識から、ついフラフラとデッキへ乗りこんでしまったのでした。

隣の男に「広島……」と答えてから、わたしは自分でもびっくりしていたのです。いったん、そう答えてみると、はじめから広島を目ざしていたような気がしてきたのです。つまり、富永先生のいる広島へ……。

これはえらいことになったと思いました。そんな遠くへゆきつけるものかどうか。広島までは、二度ほど汽車を乗りつぎしなければなりません。入場券一枚の効用が、いつまでつづくことやら。第一、胃ぶくろがおとなしくしていてくれないだろう……。

「だれか、十円上げますから、席をゆずってくれる人はいませんか？　十円、十円」トランクを頭にのせた老人がわめいています。アミ棚に寝かされているこども。立ったまま眠っている女。あかんぼの泣く声。「イテテ……」の悲鳴。「お便所へゆかせてください、通してください！」の哀訴《あいそ》の声。オナラの匂い。わずかな空間もあまさず、ぎっちりと詰めこまれた人びとは、人間ではなく、貨車で運ばれている豚のようです。酔った兵隊もいて、

「われわれが国家にイノチをささげているというのに、おまえらは身の安全だけを考

えて、コソコソ田舎《いなか》へ逃げてゆこうというのか、ええ！」

　そんなことをしつっこく怒鳴っています。

＊＊

　小さな田舎町の家並《やなみ》を出はずれると、片側には、陶器《とうき》工場の塀《へい》がつづき、片側は古ぼけた小学校の校舎でした。そんなさみしい町にも芝居小屋があるらしく、旅芝居のビラが貼ってあります。

　下校後の校庭へはいって、遊動円木《ゆうどうえんぼく》に腰をおろすと、わたしはもう、一歩も歩くのはごめんといった気持でした。体はトウフのようにしまりがなくなっているのです。

　柿の木の枝をこまかくゆすぶって、塀の外を貨物列車が通ってゆきます。

　——わたしは、広島どころか、岡山までもほど遠い地点で、目的を放棄《ほうき》しなくてはなりませんでした。そのあたりで、どうやら車内の通行が可能になったため、ついに怖れていた検札がはじまったのです。

　隣の車輛に車掌の姿を見ると、わたしはデッキへ立ってゆきました。列車は小さな町へ入る直前で徐行にかかっていました。わたしは決意し、ズボンのベルトに本をはさみ、風呂敷包みと下駄をかかえ、猫のように背をまるめて、エイッと自分を放り出したのです。ゴロゴロと転がって、線路わきに積んであった砂利の山へぶつかりました。

幸いにケガもなかったのですが、そのかわり腰にあてがっていた本はひどい打撲傷《だぼくしょう》で、表紙がガタガタにゆるんでしまっているのです。身代りになってくれたのかもしれません。

遊動円木にまたがって、お菓子の作り方の写真をながめてみたりするのですが、もうごまかしのきかないほど、空腹は末期症《まつきしょう》状に入っています。いくらお菓子の写真や、ジャムの詩が美しくとも、それを食べることはできないのです。

風ひとつない日和《ひより》で、日ざしは春のようにあたたかい。でもそれもながつづきはしない。やがて日が沈めば、わたしのきらいな夜がきて、野宿なのです。

インチキはいやだ！　その思いで谷中の家を出てきたわたしは、フサノばあさんに勝ったはずでした。でも、勝ったほうびがこれなのです。

わたしは、なにかの映画で見たシーンを思い出し、ポーンと下駄を放り上げてみました。鼻緒《はなお》のむいた方向へ歩いてみようという試みだったのです。が、下駄はうらがえしに落ちて、なんだか不吉な気がしました。

死んじまおう……つぶやいてからハッとして、あたりを見まわしました。自殺、どうしてこんな名案を考えつかなかったのだろう。

みすぼらしい生活だったと思うのです。食べたい食べたいのひもじい日々、わがままひとついったことのない卑屈《ひくつ》な日々、ゆきずりのふれあいにも、人と人とのつながりを誇張《こちょう》してありがたがるような、いじましいミナシゴ根性《こんじょう》。こんなものは死神にくれてやるがいいのだと思いました。

校舎の屋根を見上げました。あのてっぺんから、まっさかさまに落ちたら……ブルンとふるえて急にションベンがしたくなり、砂場にむけて放出しました。黄色の棒が砂地にミゾを掘ってゆくのを見ていると、いま死のうとしている自分に、そんな水圧のあるのがふしぎなのです。

フト耳をすませると、どこからかにぎやかな音がきこえてくるのです。お囃子《はやし》のようだけれど、正月から祭りのあろうはずがありません。陽気な音で、チンドン屋を思わせますが、いまどき、チンドン屋がくるのもおかしいのです。宣伝して売るようなものが、どこにあるというのでしょう？

よくきいてみるとそれは「野崎小唄《のざきこうた》」なのです。三味線《しゃみせん》入りで、チャッチャンチャ、チャッチリチッチ……わたしは呆然《ぼうぜん》としてしまいました。なにしろ、チャッチャンチャチャッチリチッチでは、あんまり陽気すぎて自殺の伴奏《ばんそう》にはふさわしくないのです。せっかくの覚悟をちゃかされているようなのです。

死ぬのはちょっと延期ということにして門を出てみると、陶器工場の塀《へい》にそって、珍妙《ちんみよう》な一行が、こっちへ近づいてくるところでした。浪人がいます。鳥追い女がいます。若衆、芸者、弁天小僧……総勢十二人の行列でした。「尾上紋三郎《おのえもんざぶろう》一座、熱と若さの奮闘劇」と、背中にぶらさげたビラの文句は勇ましいのですが、どの顔も化粧《けしよう》を落としてしまえば四十歳以下ではなさそうでした。

なかでも、石川五右衛門に扮した座長らしいのは、ツメをたてればボロボロこぼれ落ちそうなほど白く塗《ぬ》っているのですが、百日 鬘《ひやくにちかつら》のかぶりめから白いものがのぞき、足もともあぶないのです。

五右衛門はポチポチと集まってきた見物にむかって「えー」と、シオカラ声をはりあげて、

「さて、口上をもって申上げまする。当夜五時、御当地、喜楽演芸館《きらくえんげいかん》におきまして興行つかまつりまするケンラン豪華《ごうか》の名舞台《めいぶたい》。まず一番目狂言《きようげん》といたしましては、播磨屋《はりまや》ゆずり佐倉義民伝、さーくら義民伝。中幕は当座若手の一同が花と競《きそ》って演じまする新舞踊《しんぶよう》のかずかず。大切《おおぎり》は、泉 鏡花《いずみきようか》先生不朽《ふきゆう》の名作、新派大悲劇『婦系図《おんなけいず》』は湯島の白梅、ゆーしまの白梅。かくにぎにぎしく取り揃《そろ》え、みなさまのごきげんをうか

がいますれば、なにとぞ、あれからこれへとお誘い合わせの上、御入来《ごじゅらい》のほど、ひとえにお願い、たーてまつりまする」

「ただいま、座長紋三郎が申上げましたごとく……」

と、鳥追い女がいれかわって口上をのべようとすると、見物の中から笑いがおこりました。鳥追い女は男なのです。男の鳥追い女は、へんなふしをつけて、ごひいきお引立てを乞い願いましたが、女形《おやま》にしてはごつい顔をして、金歯がキラキラ光っていました。

わたしはフト、報徳学院でいっしょだった「オイラン」のことを思い出しました。行列が動き出すと、わたしは誘われるようにそのシッポへつづきました。チャッチャンチャ、チャッチリチッチ……合わせてみると、体がうまくリズムに乗るのです。そしてまるで一座の人間のように、すれちがう人びとに笑いかけるのです。

死ぬということも、一時の思いつきだったのでしょうか？　わたしはやはり雑草だったのかもしれません。そうして一座の列についてゆけば、なんとかなりそうな気がしていたのです。いいえ、なんとかしなくてはならなかったのでした。

＊＊＊

「……旅役者のことを『ビタ』と呼ぶ奴がいるが、そのわけを知っているか？　野師《やし》仲間の古い符牒《ふちょう》で、地面のことをジビタといっていたのがビタとなった。つまり大道芸人というケイベツの言葉なんだが、なあに、なまじっかな大根《だいこん》役者より、ドサまわりのほうに名人がいるものなんだ。苦労の仕方がちがうんだよ。手がけた狂言の数も多いし、古い型や珍しい型も知っている。

　おいらが昔、横浜の小芝居で座頭《ざがしら》をつとめた時、『神霊《しんれい》矢口の渡し』の頓兵衛《とんべえ》という役で、三十年埋もれていた型を復活してやったら、東京の一流役者がおしのびで見物にきたもんだ。家柄さえよかったら、一方の旗頭《はたがしら》になれるだろうに惜しいものだと、その大名《おおな》題《だい》が噂《うわさ》したそうだよ。そういえば四十年前『忠臣蔵』をやった時のことだが……」

　うなぎの寝床のような楽屋で、わたしに腰をもませながら、紋三郎座長の芸談《げいだん》はつづいています。

　座員たちは、ああまたかというように首をすくめあっているのですが、わたしは、わかってもわからなくても、一所懸命聞き役にならなくてはいけないのです。わたしを拾ってくれた人なのです。そして、きらわれて放り出されたら、どうにもならない自分なのです。

衣裳《いしょう》や道具の荷づくり、その運び役、座長の身のまわりの世話、木戸の呼びこみからゴハンたき。時にはプロンプターも仰《おお》せつかったりして、なかなかにいそがしいのです。おまけに、ながくて三日、はやい時はたった一日の興行でつぎの町へ移動するのですから、目まぐるしい日々でした。

おぼえなければならないことも、たくさんあります。幕引きならばそのきっかけ。下座《げざ》の太鼓《たいこ》の打ち方。カツラにしても、羽二重《はぶたえ》びんの針打《はりうち》、侍烏帽子《さむらいえぼし》、青黛《せいたい》の生締《なまじめ》、雪姫時姫八重垣姫《ゆきひめときひめやえがきひめ》などのお姫さまを、衣裳《いしょう》の赤いところから三赤姫と呼び、そのカツラが吹輪《ふきわ》です。

衣裳のほうもむつかしく、女房役が着るのを石持《こくもち》といい、栗梅《くりうめ》、納戸《なんど》、浅黄《あさぎ》、萌黄《もえぎ》という四つの色があります。真紅《しんく》の被布《ひふ》や裲襠《うちかけ》、毒婦役《どくふやく》の縞物《しまもの》、腰元の矢がすり、町娘の黄八丈《きはちじょう》……

つづら三個、茶箱五個という衣裳やカツラの量は、座員にいわせると「どの旅まわり一座より本格」なのだそうで、ドサ芝居では常識とされているクチダテ（台本も稽古《けい》古《こ》もなく、打ち合わせだけでする）も、この一座にはなく、たとえ反古紙《ほごがみ》のうらを使ったものにしろ書きぬき（各自の台詞を書いてある台本）もあり、本読みもあり、それが昔は東京や大阪のひのき舞台をふんだこともあるという紋三郎座長のプライドなのだそうでした。

この一座は、もとは、大部屋生活に見切りをつけた若い役者たちが都会から流れてきて、イキのいい舞台を見せていたのだけれど、戦争でつぎつぎと兵隊にとられてしまい、いまは、三十六歳の尾上紋雀《もんじゃく》という二枚目と、四十一歳の梅村歌章《かしょう》という女形が若いほうで、あとは五十から七十歳までの、どうにもくたびれきったような人たちばかりなのです。

この人たちはそれぞれ出身地のちがう寄せ集めなので、九州弁やら岡山弁、大阪、名古屋などの混合でしたから、熱演すればするほど、おくになまりが出てしまうのでした。

どんな経路をたどってこの世界にいるのか、みんな手痛いドラマを背負っているはずなのに、ことさら「物語らんと座をかまえ」る者もなく、まるで生まれた時から旅役者だったように、くらしているのです。

なにをいうにもじょうだん混じりで、どこまで本気だかわからない。グチも不平も、この人たちの口にかかると、ひどく陽気なものになってしまう……

わたしに対しても不親切ではなく、といってとくに親切というのでもなく、いきなり飛びこんできた放浪児《ほうろうじ》を、自然な形で受け入れてくれていました。この世界では、人間の出入りなど、大した事件ではなかったのかもしれません。わたしの来歴《らいれき》をうるさく質問する者もいませんでした。芝居者の人情で、行き倒れになりかかっている少年を、「これが見捨てておかれよか」ということだったらしいのです。

……わたしは、食糧の買い出しにもやらされました。食べものの不足は紋三郎一座とて同じことで、どうしても闇《やみ》買いをしなければ役者の胃ぶくろがもたないのです。ゆく土地土地で、わたしは南京袋《なんきんぶくろ》を肩に、農家めぐりをするのです。オール配給制度の世の中に、米穀《べいこく》通帳、外食券一枚もたない自分が一座に転がりこんでいるのですから、なんとしても食糧のくめんをしないことには、義理が立ちません。

けれども、闇売りで腹を肥やすことになれた農家では、高価な貴金属や衣裳《いしょう》を持ちこんでくる者に米を渡し、こっちへはせいぜい芋《いも》か大根ぐらいしか売ってくれません。

「おう、ごくろうさん。なにかいいものがあったかい？」

面目ない思いで楽屋のムシロの上に南京袋を置くと、袋の口からゴロゴロと土のついたのが転げ出て、それが答になりました。

「おや、またかい？」

お姫さまの扮装《こしらえ》をした歌章が、「あーあ」とため息をついて、

「八重垣姫《やえがきひめ》がお芋《いも》ばかりかじってるようじゃ、世も末だね。あたしゃもう胸がやけて胸がやけて……」

「歌章さん、胸がやけるだけかい？」

武田勝頼《かつより》役の紋雀《もんじゃく》がいいました。

「本朝二十四孝《ほんちょうにじゅうしこう》」の「十種香《じゅつしゅこう》」という芝居の場で、勝頼は、八重垣姫と、濡衣《ぬれぎぬ》という腰元の間で、ツンとすましている二枚目です。

「ねえ歌章さん。あんた、〝こんな殿御《とのご》とそいぶしのォ……〟のサワリのところで、一発すかしたんじゃないかい？　プーンと匂ってきてさ。あれじゃ十種香の場じゃなく、さつま香の場だ。おいら、まいっちゃったよ」

「イヤだねえ。あっしじゃないわよ」

「ヘエ、とすると、あと、舞台にいるのは勝頼と濡衣《ぬれぎぬ》だ。おいらにはおぼえがないんだから、すると……」

「ちょいと」濡衣をやっている市川紅車《こうしゃ》という五十三歳の女形が、キッとして、「これでも女形のたしなみは心得てるんですからね。だれが舞台でオナラなんか……これがほんとのヌレギヌだわよ」

「じゃ、やっぱり八重垣姫だ」

「ちがうったら！　あのラブシーンの最中に、やれますかってんだ。チエッ、思っただけでも恥ずかしい……」

「うるせえなァ」――座長は笑いながら、

「いいじゃないか、屁《へ》のひとつぐらい」

「いえ、よかない、よかありませんよ。これは役者魂《だましい》にかかわることなんですから」

「わかったわかった。……しかしよ、胸がやけるくらいで文句をいっちゃァ罰《ばち》があたるぜ。こう戦争の旗色が悪くなっちゃ、そのうち本土もドカンドカンとやられるだろうって噂《うわさ》だ。空襲となると、真っ先にあぶねえのは大都市だろう？　田舎《いなか》まわりのオレたちにゃ、その心配がねえだけでも、ありがたいと思わなくっちゃいけねえよ」

「そうおっしゃいますがね親方、お芋もこうのべつまくなしじゃ……そりゃ、みんながみんな、そうなら文句もいいませんよ。けど、ありゃどういうことです？　軍需《ぐんじゅ》工場の演芸会に買われていった時ですよ。所長室へ挨拶《あいさつ》にいったら、配属将校ってのかい？　えらそうなのが集まってて酒盛《さかも》りをやってたじゃないの。お刺身《さしみ》、トンカツ、ハム、酒の肴《さかな》は鮭《さけ》のくんせい、数の子だってありました」

「こまかく見たもんだねえ」

「そりゃ、女形の目でござんすから」

「あーあ、いやな世の中だ。ほしがりませんは勝つまでは……か」

紅車は、口紅の節約だといって、アカチンを唇にくっつけながら、

「昔をいまになすよしもがな、だね」と、いいました。

「昔は花だったねえ。どこへいってもその土地土地のごひいきが、米でも酒でも楽屋へ差入れてくれたものさ。ゆたかだったよね」

「ほんと、ぼうやなんかは知らないだろうけど」

歌章はわたしのほうを見て、

「わたしがお夏狂乱《きょうらん》を踊っているとね、タバコなんかが雨あられと飛んできたものさ。おひねりもね、そのたびに、こっちは舞台から投げキッス」

「ヘンなお夏……」

「ヘンでいいんだよ、お夏狂乱だから」

「とにかくこの頃の百姓ときたら、あざとくていけないよ。若い娘でもさしむけたら米でもなんでも売ってくれるんだろうが、あいにく、こっちはババァばっかり」

「おや、はばかりさま」

三味線《しゃみせん》の手入れをしていた下座のおばさんがアゴをつき出すと、歌章はオホホと笑

い、

「いっそわたしが交渉《こうしょう》にいってみようかしらね、お染の衣裳《いしょう》かなんか着ちゃってさ。もうしお百姓さま、お米とやらは、マ、ござんせんかいなァ」

結局は軽口《かるくち》の応酬《おうしゅう》になってしまい、やがて「わたしはビフテキが食べたい」「おいらは天プラ」と、やかましいことです。

「ぼうや、おまえはなにが食べたい？」

きかれて、わたしは赤くなりました。自分もさっきから、しきりに頭の中にえがいていたものがあったのです。

「あるんだろ？　食べたいものがさ」

「そりゃア……ありますす」

「なら、いってごらんよ、話だけでもおなかのタシになるものだからさ」

「あの、お菓子です」

「お菓子というてもかずかずあるわいな、シテシテ、どのようなお菓子が、食べたいのじゃえ？」

「エクレール……チョコレートのついた洋菓子です」

「しぇえーッ」と、歌章は歌舞伎《かぶき》の形でのけぞってみせ、

「マ、かしこいようでも、さすがはこども、あんまりいじらしゅうて、わしゃ、わしゃ涙がこぼれるわいなア」と、泣き落としました。

「フン、なにがこどもなもんかよ」

中村左門というじいさま役者が、せせら笑いました。

「おいらが十七の頃にゃ、コップ酒をあおって、小唄のひとつもさえずったもんだ。それがよ、いいずうたいをして菓子とはねえ」

みんながゲラゲラ笑う中で、わたしは思わず叫びました。

「十七だっていいでしょ。オレは菓子が食べたいんだよ！」

「おい……なにもそう、嚙みつくようにいわねえでも……ヘンな奴だな、どうも」

相手がはなじろむのを見て、わたしはトタンに決まりが悪くなり、その場をぬけ出しました。

一座に救われてから、つぎつぎと小さな町をまわってきたのですが、ノドもとすぎればというやつで、助けられたくせに、だんだんそうした流れ者のくらしにあきたらなくなっているのです。

十七歳という季節はゴーマンなのでしょうか？

ふきだまりみたいな世界だけが、自分の場所であることになっとくできないのです。みんな、おもしろくていい人なのだけれど、自分が、その人たちと同等だとは思いたくないのでした。

一座の人は、わたしの前で「男と女」の話をするのですが、歌舞伎を演じているくせに、その語りくちときたら様式美もクソもあったものでなく、これでもかこれでもかのリアリズムなのです。

そんな時、わたしはふとんをかぶって、その中で、ジャムの詩集や「お菓子の作り方」の本を、自分の体にあてがうのです。美しい詩やお菓子の写真を、レッテルのように体じゅうへ貼りつけたい思いなのです。

十七歳なら、十七歳の歌をうたいたい！

「ミナシゴには、ちゃんと用意された道がある」

絹子さんはそういいました。大陸へ渡ったあの人はどうしているだろう？

それがあの人にあたえられたコースなら、わたしに予定されていたコースは、このドサまわりの生活なのでしょうか？

中村左門に「お菓子が食べたいんだ！」とムキになって叫んだのも、いわば悲鳴《ひめい》のようなもので、さすがのわたしも、そんな夢のむなしさは身にしみていたのです。身にしみていたので、ヒステリックにわめいてしまったのでした。

十七歳には、ほしいものが多すぎるのです。美しいもの、ゆたかなもの。けれどもなにひとつかなえられない。わたしは自分の夢や希望のひとつひとつを風船にして、さアどこへでもゆけと、大空へ飛ばしてしまいたい気持でした。

わたしは町まわりもやらされました。ありあわせのカツラをのっけて、漁師町をねり歩くのですが、富永先生や遠山さんがこの姿を見たらどう思うだろうと、じっさい、なさけなくなってくるのです。

ぬりたくった白粉《おしろい》は、皮膚と空気をさえぎる壁のようで、自分の顔という実感がないのでした。

＊

ある海辺の町で興行した時、わたしはハネた後、ひとり浜へ出てみました。

びっくりするような大きな月があり、水平線は明るくて、わたしは「オーイ」と呼んでみたのです。肺がひろがるような気分でした。「オーイ」と、ノドいっぱいに呼びかける声に、佐倉宗五郎も、八重垣姫も、弁天小僧も八百屋お七も、コナゴナになって波間へ散ってゆくのです。

なおもオーイオーイとやっているわたしの背中を、ポンとたたく者があり、びっくりしてふりかえると、紋雀が立っているのでした。

「なんだい、バカ声を出して……だれを呼んでいるんだよ？」

「…………」

「てれることはない。いくらでも呼びな」

「もういいです。くたびれちゃった」

「いやに明るいなア、夜の海もいいもんだ」

「かきわり（芝居の背景）の月みたいですね」

「ところでおまえ、だれを呼んでたんだい？」

「だれってことはありません。海のむこうに、知ってる人がいるわけじゃないし……」

「海のむこうか」紋雀はつぶやくようにいいました。

「おまえ……海のむこうへいってみたいと思わないかい？」

「でも、ここは太平洋だから、海のむこうというと……アメリカでしょ？　戦争してるのに、ゆけっこないですよ」

「そりゃそうだ、だけどよ……」

突然、ザーッと大きな波がきて、紋雀の声を消してしまいました。この人は、もしかすると海を渡ってよその国へいきたいと思っているのだろうか？　してみると、わたしの「お菓子」よりも、はるかにスケールの大きい夢を……というより、バカなことを考えているのかしらと、急に紋雀という男に親近感をいだいたのです。わたしは後を聞きたくて、

「だけど……なんです？」

と、紋雀を見上げましたが、なんとなくハッとして口をつぐみました。なにか、きびしいものを感じたのです。いつも楽屋で軽口をたたいている紋雀とはちがって、ひどく深刻な顔になっているのが、月明りでもハッキリとわかりました。

この人は、わたしがお菓子屋にあこがれたように、船員にでもあこがれていたのかもしれない。その夢がやぶれて、旅役者になっている自分をかなしんでいるのかもしれない。

そういえば、紋雀は長身でスマートなので、ほかの役者にくらべると、歌舞伎の衣《い》裳《しょう》が体に合わなかったり、しぐさや台詞《せりふ》にしても、どこかイタにつかない、つまりへタなところがあるようなのです。一座の中で、わたしを別とすれば もっとも若く、ちょっと高田《たかだ》浩吉《こうきち》に似た美男なので観客の人気は最高なのですが、やっぱりマドロスのほうがぴったりしそうな感じだなと、わたしは思いました。

紋雀がだまりこんでしまったので、わたしは仕方なく、小屋へもどることにしまし

た。すこし歩いてからふりかえってみると、紋雀の姿はシルエットのようになって、ジッとたたずんでいました。

■遠山さんへの手紙

——そんなわけで、いまは高松へきています。ここで二日間の興行をすませると、あとは海ぞいに巡業をつづけて徳島へ出ます。それから高知、愛媛《えひめ》と打ってまわり、また高松へもどってくるのですが、あまり人に知られていないような小さな町を、ひとつひとつまわるそうですから、長い行程になると思います。

座長はぼくのことを果報者《かほうもの》といいます。自由に旅行なんかできなくなっている時世に、名勝地を見てまわれるのだから、シッカリ見ておけといってくれます。つぎの興行地は、那須与一《なすのよいち》の扇《おうぎ》の的《まと》の話で有名な屋島《やしま》です。源平合戦の古戦場で、テーブル型の屋島から下を見ると、瀬戸内海の島々が、雲のかげんで七色にかわってゆくのだといいます。

いま、この手紙を書いている芝居小屋は、ふだん塩田《えんでん》業者の集会場になっている倉庫のような建物なのですが、海へぬける石垣道を、四国霊場《れいじょう》めぐりのお遍路《へんろ》さんが、ヒラヒラと旗をなびかせてゆくのが見えます。ここからポンポン船《せん》で三十分ぐらいのところに女木島《めぎしま》というのがあり、それがおとぎ話の「桃太郎」に出てくる鬼ガ島だというのです。びっくりしました。

小屋番のおじいさんは、「讃岐《さぬき》の三白《さんぱく》」ということを教えてくれました。砂糖と塩と棉花《めんか》、この三つがこの地方の代表的な産物だというのです。いわれてみると、海岸という海岸には、塩田がはり出しています。

でも、讃岐の三白も、やはりインチキ、砂糖なんかありゃしないのですから。風景は美しくても、名物などは見当たらず、老舗《しにせ》の菓子屋の前を通っても、看板だけが雨ざらしになっています。

ゆく土地ゆく土地の名菓を遠山さんに送ることができたら……それも夢です。結局、遠山さんに食べさせてもらった菓子パン、それと、おくさんが作ってくださったお汁粉だけが、ぼくについてまわっています。ほんとうになつかしくてなりません。御相談もしないでこんなことになって、すみません。自分で飛びこんだことですから、せいぜいがんばって、はやく帰京したいと思います。

ぼくのほうは、転々と移動してゆくのでお返事はいただけませんが、こっちからはできるだけお便りをします。お元気でいてください。

胃のほうはいかがですか、おくさまにもよろしく。

第10章
名も無き者の花道

《ことしの夏は、げに暑いことのう。おまえんく（あなたの家）は、風の通りはどうじゃぜえ（いかが？）。ぼくはあいかわらずの旅ぐらしで、こじゃんと（完全に）くたびれてしまいました。このままではどうなるもんでのう（ものやら）、へんし（一刻）も早く、東京へもどりたいと思うとりますで……》

わたしは遠山さんに、ゆく先々の方言を使って、便りを出していました。あの家で留守《るす》をまもっているおくさんが、そんなヘンな手紙で笑ってくれたらいいと思ったのです。

何ヵ月も、北の瀬戸内海、東の播磨灘《はりまなだ》、南の太平洋と、海ばかり見てきて、なんだか潮くさいゲップが出そうなのです。

長い旅まわりでした。徳島本線で高知へ入ってきた時の汽車の窓からは、高さ二千メートルの剣山《つるぎ》の山肌《やまはだ》に、春の雪が、カスリ模様《もよう》のように散らばっているのを見たのですが、いまはもう夏なのです。

高知のはずれ、佐川という町からは荷馬車を雇《やと》っての旅で、もう、百三十ほどの町や村を打ってきているのです。

紋三郎一座大繁昌《はんじょう》といいたいところですが、日本の世情《せじょう》はそれどころではなくなっていました。その年の六月、北九州にアメリカ軍の初空襲があってからは、アテにしていた祭りの奉納芝居《ほうのうしばい》も、非常時だからというので廃止する村もあって、一座の台所はかんばしくない状態《じょうたい》になっているのでした。

それこそ、こじゃんと（完全に）息ぎれのありさまなのです。

旅のゴナンは無数に経験している座長も、こんどは戦争が相手だけに、

「客の入りを気にするな、役者は芸に打ちこんでいりゃいいんだ」

というその声にも、元気がないのです。

その座長が、どうやら息をふきかえしたのは、松山に近い、かなり大きな町へ乗りこんだ時です。珍《めずら》しく五日間の興行でした。その土地には、紋三郎座長の、若い頃からのごひいきがいたのです。そのせいでか、初日は二百人あまりの入りでした。

それだけの客を前にするのはひさしぶりのことなので、座員一同、大いにはりきった舞台を見せました。幕間に紋三郎をなつかしがって楽屋《がくや》へ押しかけてくる老人も多

く、

「そうそう悪い日ばかりはつづかねえよ。これからはまた、よくなってゆかぁな」

座長は顔じゅうをシワだらけにして喜んでいました。

しかし……二日目の昼さがりのことです。

その日は、数十年ぶりという暑い日で、座員たちはあぶら照りの町へ出てゆく気力も失せて、せまい楽屋にゴロゴロしていました。

そこへ、「ごめん」と、制服にヒゲをはやした、いやに大時代《おおじだい》な警官があらわれたのです。まるで新派の芝居に出てくるような警官でした。

「責任者はおるかの？」

不意のことで、裸連中《はだか》があわてふためく中に、これも裸になってわたしに背中をあおがせていた座長は、すばやく立って浴衣《ゆかた》を着こみました。さすがに役者で、あわてながらもその動作がきれいなのです。

「しばらく、しばらくお待ちを」

と、捨台詞《すてぜりふ》とともに、顔は警官のほうへ笑いかけながら、手は別のイキモノのようにテキパキと帯をしめてゆくのです。

……わたしは異様なけはいを感じました。それまで、わたしの横で、壁にもたれて雑誌を読んでいた紋雀が、その雑誌で顔をかくすようにしているのです。見ると、その手がこまかくふるえているのでした。なにかあるな、警官の訪問を怖《おそ》れなければならないなにかが……そう直感したトタン、意味もわからずわたしは緊張《きんちょう》しました。

ちょっとした小屋には「臨官席《りんかんせき》」というのが設けられていて、地元の官憲が姿を見せることになっています。風俗取締りが目的なのですが、ほとんどはタダで見物してやろうといった、いいかげんな警官ばかりでした。

そのヒゲの警官も、前の晩、臨官席に姿を見せていたのでした。

「お待たせいたしまして」

座長は浴衣《ゆかた》の前をポンとたたいてひざをつき、

「して、御用のおもむきは」と、この人は舞台以外でも芝居がかっているのです。

警官は、「どうぞ、おひとつ」と、歌章が氷水のコップを腰元スタイルでさしだすのを無視して、

「おまえらは、この日本の戦局をどう心得ておるのかの？」

グッと座長をにらみつけました。この男も妙に芝居がかっていましたから、まるで役者がふたり、対座しているような感じなのです。

「なんぼ無教養じゃというて、あまりといえば国民的自覚が貧困ではないか。日本は

未曾有《みぞう》の多難の時ぞ。聖戦《せいせん》われに利なく、この月、サイパンの守備隊は玉砕《ぎょくさい》。多くの将兵を天皇にささげまつっておる。このままでは本土決戦は必至であろう。いまは戦場も銃後もない。一億民《たみ》すべからく兵士として、この難局を突破せねばいけんのじゃ。かりにおまえらごとき旅芸人といえども、日本国の一員なんじゃぞ」

「へえ、そのことはよく……」

「いーや、わかってはおらん、わかってはおらんけれ、あげな芝居ができるんじゃ」

「あげな芝居？」

「佐倉宗五郎じゃ。われわれ国民はこの非常時にあって、いかなる耐乏《たいぼう》生活をもいさぎよく甘んずべきに、宗五郎はどうか。年貢《ねんぐ》を納入するを惜しんでムホンをおこそうという農民を、しかるべく鎮圧《ちんあつ》すべき名主《なぬし》の身でありながら、不穏《ふおん》の徒《と》に加担《かたん》し政治に抗するという危険思想の持主ぞ。これを、なんらの自省《じせい》もなく演じようという役者も役者、つまりは心がけの問題ぞ！」

芝居への苦情だったのです。紋雀がホッと肩を落としたのを、わたしは感じました。

「とんでもございません」

座長は顔色を変えました。佐倉宗五郎は十八番の当たり役なのです。

「たとえドサまわりの役者でも、この御時世にノホホンといたしてはおりませぬ。それに、慮外《りよがい》（失礼）ながら、宗五郎への御解釈は、おめがねちがいかとぞんじますが……」

座長は懸命に宗五郎の弁護をはじめました。

――彼は決して政治にはむかったのではない。元来温厚篤実《がんらいおんこうとくじつ》な男なのだが、農民の不満が次第に激しくなり、捨てておけば一揆《いつき》になりかねない状態に、それではお上《かみ》に畏《おそ》れ多いと考え、わが身ひとつに大事を受けとめ、将軍への直訴《じきそ》という手段をとった……。

「つまり、直訴は不法とは申しながら、すべてはお上《かみ》を思う真心《まごころ》なのでございまして、ああでもしなければ、もっと大変なことになったに相違ございませんので……へえ」

「フム、それなら宗五郎は、死を覚悟《かくご》で直訴したんじゃな」

「へえ、むろんでございますよ」

「フム、それほど覚悟の上ならば、どうして処刑《しよけい》された後、バケてきたのだ？」

「へえ？」

「法の裁きをうけた者が、なぜ幽霊《ゆうれい》となって怨みをいいにあらわれるのか？」

「へえ」

「理に合わんぞ、うん？」

歌舞伎ならば「さ、さ、返答、いかに」と詰めよる場面です。

これには座長もぐっとつまりました。御法度《ごはっと》の直訴をしたために、宗五郎はむろんのこと、妻や幼いこどもたちまでが処刑されてしまうのですが、やがてこの家族が総動員で悪大名の屋敷へばけてくるのが、芝居のラストなのです。

「いえ、それはその」

座長がヘドモドしていると、警官はガラリと顔色をやわらげて、「一部改訂をしてみてはどうかの？」というのです。

「いや、わしはな、演劇に無理解な者ではない。それどころか、非常時日本の演劇の方向というものに対して、多大の関心をいだいていることを知ってもらいたい。この土地にも、青年による演劇研究会というものがあって、わしの自作を試演会に提供したことさえあるんじゃ」

「それは、それは」

「そこで考えたのだがの。宗五郎が本心、危険思想の持主でないとするならば、最後はバケて出るのではなく、謝罪《しゃざい》にくることにしてはどうかの？」

「するとお手討《てうち》にはなりませんので？」

「いや、法は曲げられん。まア、きけ」と、警官は得意そうに、

「つまり、死せるのちにまでも、わが罪を思い、霊魂《れいこん》となって謝罪にあらわれるのだ。宗五郎はこう披瀝《ひれき》する。どう考えても、わたしの罪は重うございますけれ、心が苦しうて浮かばれませせぬ、一体どうしたらこの業苦《ごうく》からときはなたれるのでございましょう？　すると大名は答え諭《さと》す。その償《つぐな》いはただひとつ、草葉のかげより、ひたすら国家の安泰《あんたい》と繁栄《はんえい》を祈願《きがん》せよ、さすれば汝《なんじ》の魂も清められよう。……宗五郎感泣《かんきゅう》し、霊魂永遠《れいこんとわ》にわが日本国を守護《しゅご》まいらせると誓言《せいごん》し、足音もかろやかに立ち去ってゆく……というのはどうかの？」

「へえ……」

紋三郎はガッカリしたような声を出しました。どこの世界に「罪は重うございますけれ」などという宗五郎があるもんじゃない。第一、幽霊《ゆうれい》が「足音もかろやかに」ということは絶対ありえません。

まじめなだけに、いっそう始末《しまつ》が悪いのです。どうやらその芝居好きらしい警官は、旅の一座がかかるたびに、なにかと注文をつけて、芸術的欲求（？）をみたしているようでした。

警官はもうひとつ、難題《なんだい》をふっかけてきました。同時上演中の「婦系図《おんなけいず》・湯島《ゆしま》の白梅《しらうめ》」が、これはもう絶対、いけないというのです。この時代に、色のなまっちろい男と芸者上がりの女が、別れる別れないでメソメソするなどは、じつに亡国《ぼうこく》的な演劇だというのでした。

「今夜の興行からは、別狂言に変更《へんこう》してもらわねばならんぞ。絶対命令じゃこれは！」

いくら座長でも、これにはとりつく島がなかったのです。お蔦《つた》や主税《ちから》を弁護する材料はありません。「佐倉宗五郎」のほうは、ラストをちょんぎってしまえばすみますが、「湯島の白梅」は、すみからすみまで悲恋《ひれん》の涙でいろどられているのですから、カットも改訂も不可能なのです。それに別狂言といっても、レパートリイは「滝《たき》の白糸《いと》」「不如帰《ほととぎす》」など、やはり男女の悲恋物ばかりなのですから、検閲官《けんえつかん》のお気にいるはずはありません。

「しかしながら、婦系図は東京の劇場でもやっておりますが……」

「都会には芝居の数も多かろうから、民衆は各自の良心によって取捨選択《しゅしゃ》が可能であろう。だが、このような地方の町では、芝居がかかるのはまれなことじゃ。とするならば、時局に相応《そうおう》した狂言、つまり、民衆の血となり肉となる芝居を演ずべきじゃ」

「お言葉を返しますようですが、理くつぬきにお楽しみいただいてこそ、お客さまの血とも肉ともなろうかとぞんじますが……」

「楽しむだけではいけんのだ。天中軒雲月を見よ。女ながらも軍国浪曲をもって国民の士気を昂揚《こうよう》しとる。虎造《とらぞう》でさえ、森の石松では時局に合わんけれ、近頃では戦記物を口演《こうえん》しとるぞな。今日の演芸はすべからく啓蒙《けいもう》的であらねばならん。自覚せい、自覚を！」

「バカバカしくて話にならねえ！」

ヒゲの警官が帰ってゆくと、座長はトタンに怒りを爆発《ばくはつ》させました。

「お客は絵空事《えそらごと》を楽しみにくる。それが紋三郎の芝居じゃねえか。第一、好きな者同士が泣いて別れるのにふしぎはない。いくら戦争でも、人間は人間なんだから」

「あのおまわりにゃわかりませんよ」

「といって……湯島をひっこめるわけにはいかねえぞ。こうなりゃ意地だ。なんとかごまかして、やっつけなきゃ、せっかく楽しみにしてきてくださるお客さんに申し訳が立たねえんだ。しかし、どこをどうごまかすかが大事なところだ」

「へえ、どうするんで？」

「バカ。それを相談しようっていうんじゃねえか」

「なるほど……」

軽口《かるくち》はうまくとも、ジッと思案するのはニガ手な連中です。ああでもない、こうでもないと評定《ひょうじょう》した末、紋雀がひとつの案を出しました。そして、「よし、それでゆこう」ということになったのが、つぎのような方法です。

――その夜の開演前、座長は百二、三十人の客にむかって、こんな口上《こうじょう》をのべました。

「ただいまより演じまする湯島境内《けいだい》の場につきまして、ごひいきのみなさまへ、お願い申上げたき儀がござりまする。じつは、この狂言に対し、その筋《すじ》よりのお叱《しか》りがござりまして」と、いきさつを説明し、「しかしながら、なんと申しましても、芝居はごひいきさまのものにござります。ここは一番性根《しょうね》をすえ、看板通りの狂言を演じさせていただきたきものと、マ、かく存念つかまつる次第」

芝居っ気《け》たっぷりの口上に、客はパチパチと拍手でこたえました。座長は「ありがたき倖《しあわ》せにぞんじまする。さーて」と調子を上げて、

「しかしながら、その筋のお方は、ほどなく臨官席にまいられましょうゆえ、お叱りの狂言を演じおりますれば、いかがあいなりますることか、悪くいたしますれば、幕

をおろす仕儀《しぎ》にもなりかねぬかとぞんじます。そこで、お願い申上げたきはここのこと。湯島境内を演じますにつき、なにとぞ、みなみなさまのお力ぞえ、ひとえに乞《こ》い願い上げたてまつりまする次第にござりまする」

そこまでいうと、「じつはですね」と急にくだけて、座長はあることを提案しました。すると客席は大喜びで、

「おもしろいぞ！」

「やれやれ！」

「心配するな、ひきうけたぞよ！」

というさわぎです。

そして「湯島の白梅」の幕があきました。紋雀の早瀬《はやせ》主税《ちから》と、歌章のお蔦《つた》です。汚れて黄色くなった白梅と、ベンチがあるだけの簡素な舞台で、「お月さま」が「お月さア」、「月は晴れても」が「ふぁれても」ときこえる新派劇独得のやりとりがはじまると、わたしは木戸口へまわって、外を見張りました。

城下町らしい古い家並《やなみ》のむこうで、稲妻《いなずま》が走っていました。

十分もすると、例の警官の姿が見えました。きた！　わたしはあわてて場内へかけこみ、後ろに立っている客の背中をドーンとたたきました。するとその客は自分の前

の客をドーンと、というぐあいにリレー式で「警報」は伝達されてゆき、最後にかぶりつきの客が、舞台へむかって合図をおくりました。

熱演中のお蔦《つた》と主税《ちから》はハッとわれにかえり、さア、それからが大さわぎです。

主税はあわてふためいて赤ダスキを肩にかける。お蔦はかっぽう着をつけ、「愛国婦人会」の白ダスキ。そこへ、手に手に日の丸の旗をもった座員がバラバラと登場し、そして、ヒゲ警官が臨官席に着座した時には、それまで「別れろきれろは芸者《げいしや》の時に……」とかなんとかメソメソやっていたお蔦は、うってかわったりりしさで、

「あなた、どうぞ後のことは心配なく、天皇陛下のおんために戦ってきてくださいまし。女ながらも勇士の妻、銃後の守りはひきうけました!」

いわれて主税のほうも直立不動《ちよくりつふどう》で、

「よくいってくれた。勇んで家を出たからは、生きてかえらぬこの覚悟《かくご》、こんどあうのは靖国《やすくに》の」

「九段ざくらの花の下」

ここで座員一同が、

「早瀬主税クン、バンザーイ!」

つまり「早瀬主税、出征の場」になっているのでした。そして〜勝ってくるぞと勇

ましく……の合唱になるのですが、これには観客も参加したのです。

ヒゲ警官はポカンとしていましたが、むろん、こっちの謀略《ぼうりゃく》は見ぬいたはずです。大きく咳《せき》ばらいをすると、「ごまかされるものか」というように肩を怒らせました。

「バンザイ」と「露営の歌」は何度もくりかえされました。コンくらべみたいなもので、警官が退散するまでは、何時間でもつづけようというのが、役者とお客との盟約《めいやく》になっていたのです。

客がいっしょに合唱していることは、警官への示威《じい》運動としては効果的でした。ヒゲは、あきらかに観客の反感が自分に集中していることを悟《さと》ったようで、やがて、いまいましげに立ち去ったのです。

すると、舞台のほうはふたたびもとへ戻《もど》りました。

その夜の客はじつに見事で、それほどの脱線がありながら、お蔦主税の愁嘆場《しゅうたんば》がはじまると、トタンにあっちこっちで、すすり泣きがはじまったのです。よくまア、こんなにあざやかに転換ができるものだと、あきれるほかはありませんでした。

つまり、それほど純粋《じゅんすい》なメロドラマというものに飢えていたといえるでしょう。娯《ご》楽《らく》の上でも、みんなが栄養失調《しっちょう》にかかっているのでした。

――ハネた後の楽屋《がくや》のさわぎといったら、ありませんでした。まるで、鬼の首でもとったようなさわぎなのです。

「こんな気持のいい芝居をしたのは、はじめてだ」

歌章がいいました。

「役者と客がひとつになってさ、それもただワアワアやったというだけじゃない。あのおまわりを、とうとうみんなの力で追ん出しちゃったんだものねえ」

「ほんと。ラムネの十本も、いっぺんに飲んだみたいな気分。りゅう飲《いん》がさがっちゃって、おお、いい気持！」

わたしは、みんなの満悦《まんえつ》ぶりを、かたすみからながめていました。そして、だんだん自分が恥ずかしくなってきたのです。

なぜなら――わたしは、わたしを仲間に拾い上げてくれた紋三郎一座を、十七歳のゴーマンさで、ひそかにけいべつしていたからです。旅役者というものを、人生の落《らく》伍《ご》者のようにながめ、自分はこの人たちとは別の人種なのだという思いを、いつも胸の底に置いていたのでした。

でも、この人たちは、ひょっとすると、新聞なんかに名前の出るようなエライ人よりは、もっとえらいのではないかという気がしてきたのです。

新聞なんかに名前の出るエライ人は、みんな戦争を讃美《さんび》するようなことを語ったり、書いたりしているのです。わたしの好きなヴェルレーヌやジャムという詩人と、同じ仲間であるはずの日本の詩人も、戦争詩や愛国詩をドンドン発表しているのです。小説家も画家もそうでした。お菓子にあこがれている少年のことを書いてくれる人は、ひとりもいなかったのです。息子《むすこ》を戦死させて家門《かもん》のほまれだという軍国の母は、じつはウソをいっているのだということを、書いてくれる人もありませんでした。

それにくらべてこの一座の人びとは……。

考えてみると、入座して以来、わたしは一度としてこの人たちが戦争を讃美《さんび》するのを聞いたことがなかったのです。それどころか、いい方は例の軽口《かるくち》でも、警察にでも聞かれたらたちまちひっぱられそうな発言ばかりをしていたのでした。ヒゲの警官にペコペコしながらも、結局は負けないなにかをもっている人びとだったのです。そしてそのことは、わたしのような少年には、もっとも信用してもいい人びとだったはずなのです。

報徳学院の仲間もそうでした。フサノばあさんも、絹子さんもそうでした。決して、新聞に名の出るエライ人のようなことはいわなかった、戦争をほめることはなかったのです。すると、戦争をきらいなのは、不幸な人びとばかりだったのでしょうか？　そしてそれはなぜなのでしょうか？

まだわたしにはシッカリとはわかりませんでした。ただ、これからは、心から紋三郎一座の人間になりきろうと思ったのです。

＊

ところが、わたしがせっかくその気になった時、一座の人びとと別れなければならないことになってしまうのでした。

＊

――あくる日、わたしはひとりで町へ出ました。ひさしぶりに小遣銭《こづかいせん》をもらったので、なにか珍《めずら》しい郷土品でもさがすつもりでした。

南国のからりとした日ざしは、潮の香をふくんで、明るく町をおおっています。電柱に「タルト」という看板文字を見ました。タルトとはその地方の銘菓《めいか》で、昔、松山の城主が、長崎から職人を呼んでつくらせた西洋菓子なのだそうです。タルト……その名の耳ざわりからして、甘そうです。旅をしているので、わたしはその土地土地の銘菓の名前だけは、看板などでおぼえているのです。

現物はむろん、ありません。美しい町に名物の菓子がないのは、画竜点睛を欠くようなものでした。

入母屋風《いりもやふう》な屋根づくりの店に「胃腸によく効く漢方薬」の看板を見たわたしは、のれんをくぐって、

「ほんとによく効くんですか！」と、きいてみました。

帳場でウチワをつかっていた番頭さんが、

「あんた、お若いのに胃がお悪いかの？」

とんでもないことで、胃を悪くするほど食べたことなんかないのです。

わたしは、遠山さんのことを考えていたのでした。いつも胃薬を飲んでいた人のことを……。

番頭さんは、漢方薬の効能をクドクドとのべはじめました。帳場の柱に、「城山の鶯《うぐいす》来鳴《きな》く士族町　虚子《きょし》」という短冊《たんざく》がかかっていました。

桂浜《かつらはま》で拾った貝とか、土佐や徳島の郷土人形の小さいのが、ボロ布で作った袋にしまってあり、わたしは漢方薬をそれらに加えて、遠山さんへの土産《みやげ》にするつもりでした。

――富永先生にあうことは、もうあきらめていたのです。結婚して幸福になっている人のところへ、わたしのような放浪児《ほうろうじ》があらわれたら、迷惑《めいわく》にしかならないはずです。いまはもう、ソッとしてあげること以外、わたしの贈るものはないのでした。

小屋へ帰ってみると、大変な事件がおきていました。楽屋のゴザの上に、歌章が突っ伏していて、みんながそれを囲んでいるのです。

「どうしたの？」

紋雀の横へいって小声できくと、

「赤紙だよ……」

吐き捨てるようにいいました。

赤紙？　歌章が兵隊に？　――トタンにわたしの頭には、鉄砲をかついだ八重垣姫《やえがきひめ》や、トーチカから首を出したお蔦《つた》といった変《へん》なイメージが浮かびました。でも、考えてみれば、歌章は確かに男なのです。

座長がポツンといいました。

「おめえにまで赤紙がくるようじゃ、日本の軍隊もおしまいだな」

「あっしは、どうしてもあきらめられないんですよ」

歌章は浴衣《ゆかた》の襟《えり》をかきあわせながら、

「あっしはね、どういうものか生れつき弱虫で、あらっぽいことが大きらいで、男の子とあそぶこともなかったんです。親は困り者だといって怒るし、自分でもこれじゃいけないと思って、ずいぶん努力したんだけど、ダメだったんです。踊りや三味線《しゃみせん》を習ったのも、自分の性《しよう》に合った職を身につけようと思ったからなんで、あっしはあっしなりに一所懸命だったんですよ。それなのに、いまさら銃を持って人殺しをしろなんて、あんまりです。あんまりです……」

「いまさらじゃない。これからなんだ。これからは女形《おやま》もクソもねえんだよ」

「お国のためというんでしょう？　わかってますよ。ですから、あっしは苦労はいといやしません。自分でできることなら、どんなことをしてでも御奉公《ごほうこう》しますよ。兵隊の服を洗えというなら百枚でも二百枚でも洗います。背中を流せというなら流しもしましょう。どんなみっともないことでもするけれど、自分が兵隊になるなんて、それだけはごめんです。あっしに人を殺せるはずがないんですから、こんりんざい、ムリな話なんですから……」

ヒエーというような声をあげて泣くのです。

目をそむけたいほどあさましい取り乱しようなのですが、笑う者はありませんでした。歌章のめめしさが徹底していればいるほど、そこになにかの真実みたいなものが、ひっぱがされている感じなのです。

「なんといってもオレたちはノンキだったなァ。歌章に赤紙がきて、なんだかこう、戦争がジカに身にしみるようだ……」

「それにしても、なにも死ぬときまったわけじゃない。気をしっかりもって、な、歌章さん」

「そうとも、歌舞伎十八番の荒事《あらごと》のつもりで、鉄砲をふりあげて大見得《おおみえ》をきってやるさ」

「そうそう、肝《きも》の太い奴には、タマのほうでよけてくれるだろうよ」

「気休めをいわないいもんだ!」

わたしは、歌章がわめいたのかと錯覚《さっかく》しました。そうではなく、大声をあげたのは紋雀なのです。

「あんたらはもう年だ。召集《しょうしゅう》されないと思って無責任なことをいうんじゃない。死なないとだれが保証する? 兵隊は死ぬのがおきまりじゃないか。死ぬんだよ歌章さん。そう覚悟《かくご》しておいたほうがまちがいない」

「おい、それじゃますます歌章が……」

「そうさ、おびえりゃいいのさ。死神のお呼び出しがきたんだ。おびえて当然だよ」

「…………」

「死なないなんていわれるとね、かえって助からない気持になっちまうんだ。そういうもんだ。歌章さんよ、おまえさんみたいな人はね、敵にやられる前に、上官になぐり殺されちまうよ」

「いいかげんにしないか！」

座長が、たまりかねたように煙管《キセル》を投げつけました。

紋雀はわれにかえったようにハッとして首をたれ、それからはシンとして、たれひとり口をきく者はありませんでした。歌章のすすり泣く声だけが、尾をひいていました。

紋雀は一体どうしたのでしょう。さっきのイヤがらせは、ふつうではないのです。そんな残酷な男でもないのです。

紅車が低くささやいてきました。

「さみしかったのさ。あの人は歌章とコンビだったからね。いわば舞台の夫婦役、それを取られてしまうんで、さみしくて腹が立ったんだよ、きっと……」

女形らしい観察です。わたしも、そうかもしれないと思いました。

でも、その時の紋雀の複雑な思いは、だれにもわかってはいなかったのです。

歌章に対しても同じことで、その絶望のふかさを、わたしたちは測定できなかったのでした。

――歌章はその夜、首をくくりました。

赤紙は、すでに巡演をすませてきた土地の興行師へ届けられ、そこからまた転送されてきていたので、入隊の期日は二日後にさしせまっているのです。

歌章はその夜、最後の舞台をつとめた後、夜中の汽車で出発することになっていました。舞台をすませてからも、歌章はお蔦《つた》の扮装《ふんそう》をとろうとはしませんでした。これが最後の舞台姿なのだから、しばらくこのままでいたいというのです。

汽車の時間までは、かなり間があるので、ささやかながら送別会ということになり、座員のひとりが苦心して仕入れてきたドブロクに、何枚かのするめという別れの宴《うたげ》でしたが、みんな、ヤケクソのようにうたいました。

歌章のようすに、不吉《ふきつ》なものは見られませんでした。最後の舞台もいい出来でしたし、送別会ではむしろだれよりも陽気なほどで、

「さ、もっとにぎやかにしとくんなさい。あっしはもう大丈夫です。すっかりふんぎりをつけちゃいましたから」

と、ともすると沈みかかる連中を、あべこべにひきたてていたのです。

わたしもなにかやらされることになりました。わたしはこの送別会には軍歌をうたうべきだろうかと思いました。しかし、急に気が変わって、別の歌をうたったのです。

それは「お菓子と娘」でした。

報徳学院を卒業する日、わたしは富永先生に心で誓いました。この先、くるしんでいる人にゆき合ったら、この歌をうたってやります……。そして、歌章はいま、くるしがっている人なのでした。

歌章は、「お菓子と娘」にこめられているわたしの思いは知りません。でもわたしは、軍歌でなく、まったく戦争とかかわりのない歌をうたうことで、歌章の心をとらえている「兵隊」を少しの間でも追っぱらってやれたらと思ったのです。

わたしの歌がおわらないうちに、歌章はソッと立ってゆきました。そしてそのままもどってこなかったのです。

「いやにながいねえ」——だれかがいいました。

便所へ立ったのだと、みんながそう思いこんでいたのです。

「奴《やっこ》さん。ヤケ酒で悪酔《わるよ》いしたんじゃないかな？　ひっくりかえってるんじゃないかねえ」

「そりゃあこと、、だ。夜中の汽車に乗せなきゃいけないんだから……」

見てきてやろうと、紅車が立ってゆきました。そして、ものの二分経つか経たないかで、

「あの、あ、あ……」

と、口もきけないようすで、はいこんできたのです。

——破れ窓から月影がさしこみ、舞台のはしをほんのり青く浮き上がらせていて、そこに女の首が、いいえ、女形のカツラがごろんと転がっていました。歌章はお蔦《つた》の衣裳《いしょう》のまま、天井からぶらさがっていたのです。背景の黒幕のところに、ハシゴがかけてあります。座長が叫びました。

「はやく！　はやくおろしてやれ！」

呆然《ぼうぜん》自失していた連中は、その声でわれにかえり、それっと、ハシゴへかけよろうとしたのですが、すると、そのハシゴの前へ立ちはだかった者がいます。紋雀でした。

「おろすな、ほうっといてやれ！」

両手をひろげて通せんぼをし、ハシゴへ登らせまいとするのです。

「どうした紋雀、まだ息があるかもしれねえものを、どうしておまえは……」

「手当をしてどうなります親方。息を吹き返したとしても、歌章を待っているのは軍隊です。それがイヤだからこそ、こんなことをしたんだ。あの弱虫が、一世一代の覚《かく》悟《ご》でやったことなんだから、思いをとげさせてやろうじゃありませんか……」

紋雀は泣いていました。泣きながらわめいているのです。

「わたしは歌章をほめてやりますよ。よく思いきったもんです。こっちの負けだ。わたしにゃできないことを、歌章は……」

「やめねえか！」

座長がピシーッと平手《ひらて》打ちをくわせました。その時の、紋三郎の声を、わたしは忘れられません。七十になろうというおじいさんの、どこから出るかと思うような、それは凄《すさ》まじい大音声《だいおんじょう》なのです。

「その後はいっちゃアいけねえ。おめえも役者のはしくれなら、ヘタな台詞《せりふ》はまき出さねえもんだ。出してしまえばおたがいに、ひっこみのつかねえことになる。血迷った野郎のごたくなんざ、聞く耳もたねえ、よしゃアがれ！」

紋三郎のものいいはふだんでも芝居がかりで、ともすると歌舞伎の七五調が混じったりして、わたしはいつもそれをコッケイに感じていたのですが、この時ばかりはふるえあがってしまいました。いままでの、どんな舞台にも見たことのない迫真力《はくしんりょく》なのです。

――ひっぱたかれた紋雀は、狐がおちたようにポカンとしました。それから、ヘタヘタとすわりこんでしまいました。

座長は少し声をやわらげて、

「歌章のことは警察へ届けなくっちゃならねえ。おめえはここにいねえほうがいいだろう。……今夜は木賃宿《きちんやど》へでもいって泊ってこい」

「………」

「まさか腰がぬけたわけでもなかろう。はやくしねえかよ!」

みんな、シンとして、舞台にすわりこんだ紋雀を見おろしていました。

いくら頭のにぶい者でも、紋雀がおたずね者ということは察しがつくのです。しかも、徴兵忌避《ちょうへいきひ》という、つかまれば銃殺《じゅうさつ》といわれていたおそろしい罪で……。

いつか、狂言のことでヒゲ警官が楽屋へあらわれた時、なぜ紋雀の手があんなにふるえたのか。なぜ、海のむこうにあこがれるようなことをいったのか。はじめてわかったような気がしました。追われて生きる人間には、日本はせまい島国だったのでしょう。

――歌章の通夜はさびしいものでした。座長の発案で、その遺体《いたい》はお蔦《つた》の衣裳《いしょう》をつけたままになっていました。

立会いの警官は、口をきわめて歌章をののしるのです。女形なんぞをしているから、ハラワタまで女のくさったような奴になるのだというのでした。

聞いているのがつらくて、わたしはソッと楽屋をぬけ出しました。

楽屋のうらには、川ともよべないような細い川が流れていて、そのむこうは農具を作っている工場の板塀《いたべい》、そのまたむこうには山があり、上を見上げると、いっぱいの星空でした。

わたしはシャツもパンツもぬぎ捨てて、水につかりました。自分の体にくっついている現実の皮のようなものを、ひきぬいた雑草をタワシがわりにして、ゴシゴシと洗い落とすのです。そうでもしなければ、やりきれないのです。

まる裸になって星明りを浴びていると、まるで天然のシャワーをかぶっているようで、わたしは空へ両手をかざしてみました。

草むらがゆれて、だれかがこっちをのぞいています。あわてて水にもぐろうとしていると、小さな声で、

「おい、おい……」

紋雀でした。紋雀は川っぷちへしゃがみこんで手招きしました。

「そのままでいいから、ここへきてくれ。どうした歌章は？」

「お通夜してるけど、おまわりがきてる。こんなところへきたらあぶないよ」

「そうか……線香でもあげたかったんだが、仕方ないな。親方にはよろしくいっとい

てくれ。あわないほうが迷惑をかけずにすむから……」

「だけど、どこへゆくんです？」

「どこへでもいかなきゃ仕方がねえよ。戦争がおわるまでは、なんとしても逃げおおせなきゃア……」

「………」

「卑怯《ひきよう》な奴だと思うだろうな？　おめえは若いから」

「…………」

「非国民だといわれても仕方がないやな」

紋雀は自嘲《じちよう》的なくちぶりでいいました。

「……ガキの時に親に死なれちまってな。親類の家をたらいまわしにされたり、小僧奉公《ぼうこう》したりして……いろいろひでえ目にもあって……だから女房をもらって世帯《しよたい》をもった時は、有頂天《うちようてん》だった。女房というのがまた、家庭の味を知らずに育った奴でな、六畳の間借りぐらしだったが、二人にとっちゃ文句のないくらしだった。そのうち、あかんぼが生まれてね。男の子だ。倖《しあわ》せになってほしいというんで、幸太郎と名前をつけて、それがおめえ、まだ生まれて半年もしねえうちにオレに召集《しようしゆう》令状《れいじよう》がきたのさ。戦場へやらされちまったら、生きて帰れねえかもしれねえ。女房は女房で半狂乱になっちまって、あんたを兵隊にとられるくらいなら死んじまうってさわぎだ。思いつめたらやりかねない気性《きしょう》でね。おまえだって、親のない子の気持はわかるだろ？オレもいやというほど味わってきてるからなア。自分のこどもにゃ、どうしてもそんな思いはさせたくなかった……たとえ日本じゅうを逃げまわってでも、生きていなきゃと思って……」

「おくさんとこども、どうしているんですか？」

「理髪のほうの免許をもってるからな。ある店で働かせてもらってるよ。むろん偽名《ぎめい》だけども、オレの手紙が届く方法もあるんだ。こどもはもう三つになってらア……」

「でも、戦争はおわるのかな？」

「おわるとも、オレにとっちゃ大変なことだから、これでも一所懸命勉強したんだ。日本はとてもアメリカにゃ勝てやしねえ。だから、負けておわるのさ」

「…………」

「やっぱり卑怯《ひきょう》だと思うだろうな」

わたしは首を横にふりました。しかし、ほんとうはよくわからないのです。戦争では多くの兵隊が殺されている。そしてその遺族はかなしんでいる。そんな中で、自分の妻やこどものために、死をのがれようと逃げまわっている紋雀……自分勝手です。

でも、わたしはこんなことを考えました。みんなが兵隊にゆくから、紋雀のような男が卑怯者になるのです。日本じゅうの男の全部、ひとり残らず、兵隊になるのはイヤだといったら、それを銃殺することができるだろうか？

いいえ、それも夢みたいな話でした。そうはさせないなにかの力が、たとえばあのホワイト・サタンをもっと巨大に太らせたような力が、この国にも、それに、よその国にもあるのではないだろうか？

むずかしいことはさておいて、わたしは紋雀が「追われる人」であることに、心をひかれたのです。それは、自分が報徳学院時代、脱走することばかり考えていた少年だったからでしょう。そして紋雀は、わたしなんかよりも、はるかに危険な逃げ方をしているのです。

「元気でね、紋雀さん……」

「そうか、ケイベツしないんだな。ありがとうよ」

紋雀は、わたしのぬれた手をつかんで、ぎゅっと力をこめました。

「親方にもよろしくな。あの人は、オレがなんの修業《しゅぎょう》もしてないニセ役者と承知で、入座させてくれたんだ。きっとなにかを察しててくれたんだろう。もうあの年だ。世話をたのむよ」

「…………」

「それから……これはオレもそうだったからわかるんだが、おまえは人に心を使いすぎるぜ。気がききすぎる。見ててかなしくなるくらいだ。そうしなきゃ生きられなかったんだろうが、いいかげんにやめちまいな。男があんまり気を使いすぎるのは、みっともいいもんじゃないからな……いまのオレが説教するのも役ちがいだが、こいつはオレの餞別《せんべつ》だと思ってくれ」

そして、サッと立ち上がると、さすがに役者をしていただけのことはあります。泣きそうになっているわたしの気持をハネかえすように、

「こりゃこうしてはァ、ま、おられぬわい。さらばさらばと、チョン……別れゆくゥウ」

股《もも》をわり、ぐいと首をまわして見得《みえ》をきると、弁慶《べんけい》ばりに六方《ろっぽう》をふんで飛び去ってゆきました。

――楽屋へもどると、警察の人間はとうに帰っていて、座長は歌章の遺体の前で腕ぐみをしており、そのうしろで座員たちは首をうなだれています。どんな場合にもユーモアをわすれない連中も、その夜だけはまったくしょげかえっていました。紋雀のことを報告しなければと思いながら、うっかりものをいえない空気なのです。

腕ぐみをといて、「チョンにしよう」と座長がいいました。エッというように、みんなの顔があがりました。

「チョンというと……幕にしようってんですかい？」

「歌章も死んだ。紋雀もあの始末《しまつ》だ。いまが潮時《しおどき》だろうよ」

「待っとくんなさいよ。あの二人だけが役者じゃない。いえ、そりゃ、一座の花形だったにゃちがいないが」

「いや、おまえたちじゃダメだというんじゃねえ。オレももうこの年だ。正直、ドサまわりは身にこたえる。おまえたちだって、まいってるはずだろう？　おまけにこの時世だ。戦争もどうなってゆくことやら……郷里《くに》に縁故《えんこ》のある者は、留守のことも気がかりだろう。まさかの時にゃ、やっぱりいっしょにいたいものだしな」

「…………」

「歌章を葬《ほうむ》ったら、最後の舞台をやろうじゃねえか。入場無料でだ。ひいきにしてくださった御連中への礼心《れいごころ》に……それをすませたら、なにもかも金にして配分だ。当座の役には立つだろう」

「親方……」と、だれかが泣声をあげました。

どうなることかと思われるような悲劇的な場面だったのに、しかし、それもながくはつづきませんでした。そうとことが決まればカラリとして、オレは鳥取の弟のところへ、オレは福井の実家へと、それぞれ、身のふり方を発表しあうのです。

「ぼうず、おまえは？」と、きいてくれる者はいませんでした。この人びとは、風来坊のわたしをなんの抵抗もなく受け入れてくれたかわりに、こんな時にも淡白なのです。

紋三郎座長だけはさすがに気にかけてくれて、

「せっかく拾ってやったのに、このしだらだ。連れていってやりてえが、家へ帰りゃこのオレも、やっかい者の老人だ。おめえ、どうする？」

「拾って」といういい方が胸にひっかかるのです。事実、拾われたのにちがいはないのですが、事実だからこそみじめな思いをさそわれるのです。

「大丈夫です。アテはあります」

「フン、いつか話した広島の先生か？」

「いえ、そこじゃないけど、まだあるんです。あの、昔の仲良しで……」

「そうかい、そんならいいんだが」

ウソを察したのか、紋三郎の目に哀《あわ》れみの色が見えるのを感じると、わたしはあわてて、

「ええ、大丈夫です。ほんとです」と、必要以上にくりかえしていました。

＊

「尾上紋三郎《おのえもんざぶろう》一座、さよなら興行、入場無料、タダ！　タダですよ！」

その日、わたしは町じゅうを大声でふれて歩きました。最後の御奉公《ごほうこう》です。

タダとなると、その夜はドッと押しかけてきた客で、超満員の盛況《せいきょう》でした。

当夜の狂言は、座長の十八番のひとつという「熊谷陣屋《くまがいじんや》」でした。わたしは初めて見る芝居でした。一幕で二時間近くもかかる長丁場《ながちょうば》の上に、非常に底力のいる芝居なので、老齢《ろうれい》の紋三郎にとっては封じ物（出さない狂言）になっていたのです。

それを最後の舞台で演じようというのでしたが、紋三郎がなぜそれをやりたかったのか、わたしは芝居の筋《すじ》をきいてわかりました。

いろいろ人物のこみいった芝居ですが、ひとくちでいえば、熊谷次郎直実《くまがいじろうなおざね》という武将が、主君のために、わが子の小次郎の首を討ちとる（身代りに）のです。そして最後には戦国の世をはかなみ、出家《しゅつけ》して巡礼《じゅんれい》の旅に出てゆくのです。ようく観察してみると、それは根底に反戦的なものをひそめている芝居だったのです。

その主役に扮《ふん》した紋三郎座長の熱演はおそろしいほどでした。声のはり方、しぐさ、そのひとつひとつが、いのちがけといってもいいほど力のこもったもので、そのまま舞台で倒れてしまうのではないかと、わたしはハラハラしたのです。

しかし、芝居は事故もなく進められ、やがて、僧衣《そうい》をまとい、太刀《たち》のかわりに、じゆずを手にした熊谷直実は、花道の七三《しちさん》まできて述懐《じゅつかい》します。

「十六年はひと昔、夢だ、ああ、夢だ」

それから、笠で涙の顔をかくし、トボトボとひっこんでゆくのです。ひっこめば、それで尾上紋三郎の役者生活もおしまいです。そしてそれは、七十になろうとする紋三郎にとっては、生涯《しょうがい》の終りのようなものだったにちがいありません。

わたしは、満員の客席のうしろから、

「日本一！」「大統領！」「大当たり！」

などと、精いっぱいに声をかけ、それから、こっそりと木戸を出ました。わたしは、東京を出てきた時と同じ風呂敷包みと、遠山さんへの土産《みやげ》を詰めた袋をかかえていました。

「日本一！」と声をかけたのは、別れの挨拶《あいさつ》のつもりだったのです。

芝居の後には、楽屋で別れのドブロクをくみかわし、その場でわずかながら現金の配分があるはずでした。わたしにも、多分のものをわけてもらえることになっていたようでした。

でも、わたしは、これ以上、離散《りさん》する一座に迷惑《めいわく》をかけたくはなかったのです。最後の最後まで情にすがりたくない……といえば、いかにもいさぎよいみたいですが、そういう消え方をすることで、一座の人びとに自分の印象を、つまり、心残りを残してゆきたいという甘えだったのかもしれません。

「あいつも、なかなかしゃれた真似《まね》をしやがるな」

と、一抹《いちまつ》のさみしさをいだいて語り合ってくれる場面を想像するのです。ゆくアテのないことも、東京へ帰るだけの旅費のないことも、その想像ひとつと引き換えにしてしまう……やはりわたしはロマンチストだったのでしょう。

わたしは、「紋三郎さん江」と染めてある、くたびれた幟《のぼり》を何度もふりかえりながら、夜の道を歩いてゆきました。

第11章

燃えないいのち

「なにしろあんた。油をまいておいて、それから焼夷弾《しょういだん》を投下したというんだから……」

「たったひと晩の空襲で五万人は死んだというじゃありませんか？」

「いや、十万人はくだらないって話ですよ。新聞やラジオはごまかしていますがね、軍用トラックが何台も、焼死体を山と積み上げて運んでいったというんです」

「その始末《しまつ》はどうしたんでしょう？」

「人間だか焼けぼっくいだかわからなくなってるから、身許《みもと》も不明、だから死体は一ヵ所に集めて、そこで油をぶっかけて燃してしまったという話です。ゴミですよね、まるで。関東大震災以上の惨状《さんじょう》らしいですよ」

「大震災は六十年に一回だというが、空襲はひどくなる一方だ。どうなるんでしょう、日本は……」

わたしは東京駅の待合室のベンチで、列車の中で聞いた乗客の会話を思い出していました。その東京駅の天井にも爆弾の穴があいているのです。

そして——待合室には、三月十日の大空襲で焼け出されたという人びとが、ゴザや毛布《もうふ》を敷いてゴロゴロしています。みんな、うつろな目をした人ばかりでした。下町を中心とする空襲なので、罹災者《りさいしゃ》たちは上野駅や本願寺《ほんがんじ》へ集まったのだけれど、そこはもう満員なので、構内のひろい東京駅をたよってきたのだそうでした。

まる二日もかけて、汽車を乗りつぎして、途中、艦載機《かんさいき》の襲撃《しゅうげき》をうけたりしながら、やっと東京駅へたどりついたわたしは、尿《にょう》が赤黄色くなるほどつかれていたのですが、若い女がゴザの上にすわってあかんぼに乳をのませているのを見ると、ゆっくりベンチに腰かけてもいられませんでした。

「すわりませんか」と、すすめると、若い母親は首をふるのです。

「けっこうです。ベンチに腰をかけると駅員さんにしかられますから」

「どうしてですか？」

「待合室へはいっているのでさえ、うるさいんですよ。待合室は旅行者のものだからです。その上、ベンチまで占領しちゃ困るというんです」

「そんなバカな……」

「いえ、いいんです。それに、かえって床にすわってたほうが体も楽ですから……」

「下町に住んでいたんですか？」

「ええ、浅草ですから……」

わたしは思いきってたずねてみました。

「三筋町《みすじ》のほうはどうなんでしょう？」

相手は呆《あき》れたようにわたしの顔を見上げて、「知らないんですか？　焼野原《やけのはら》ですよ」と、いいました。

すると、その言葉につづけて、女の横でなにかをムシャムシャ食べていた中年の男が、

「あんた、東京にいなかったんだね？」

と、口をはさんでくるのです。

「なんたってあんた、畳一畳につき十五本のわりで焼夷弾《しょういだん》がふってきたんだからねえ。まるでマッチ箱に火をつけたみたいに、アッアッという間に燃えてゆくんだよ。すごかったねえ、まったく。それにさ……」

と、つぎからつぎへと、その夜の状況《じょうきょう》を語ってくれるのですが、聞いていると、なんだか自慢《じまん》話をしているような、はずんだ調子なのです。それも、目に見えるよう

な描写《びょうしゃ》で、すでに何回となく人に語っているらしい感じでした。裸にされた人間は、裸にされた恐怖《きょうふ》を語ることさえ、ひとつの楽しみにしてしまうのでしょうか？

「だからねあんた、三筋町にお知り合いがいたのだとしたら、ま、八割がたは覚悟《かくご》しておいたほうがいいと思うよ。イヤなことをいうようだが……」

「死んでるというのですか？」

泣きたくなるのと同時に、カーッときて、

「死ぬはずはないよ。だって、あんただって助かったんでしょう？」

「そりゃ、わたしは奇蹟的《きせきてき》にね。なにしろあんた、ワーッと火に追われて……」

「なにいってんだい。あんたが奇蹟だったのなら、ほかの人間だってそうじゃないか？　奇蹟をひとりじめされてたまるもんか！」

「ヘエ」

ビックリするのをしりめに、勢いよく待合室を出たものの、足はガクガクふるえて、まるで宙をふむ思いなのです。

いわばわたしは浦島太郎なのでした。きけばきくほど、空襲の被害は想像を絶するもののようで、旅の間じゅう、遠山さんの無事を信じていたひたむきな心も、あやうくなってくるのです。

――公衆電話のボックスにはいったわたしは、何度もためらい、何度も深呼吸をした末に、やっとダイヤルをまわしました。もし絶望なら、はやく絶望したほうがいい、こんな不安はもうたくさんだ、と思いました。

「もしもし……警察ですね？　そちらに遠山さんいますか？　刑事の遠山さんです」

応対に出た男の声へ、とびつくようにしていうと、

「ああ、いますよ」という返事です。

「いるんですね？　そちらに出てきているんですね？」

「出てきてますが、いまちょっと……すぐ戻ってこられるはずです」

「…………」

「もしもし、どなた？　どんな用です？」

受話器をにぎりしめたまま、わたしはしばらく口もきけませんでした。やっぱり……当然だ。それがあたりまえだ！　大声でバンザイを叫びたい気持なのです。出征《しゅっせい》兵士を送るバンザイはバンザイではない。これがほんとのバンザイだと、わたしは、だれにともなくペロリと舌を出しました。

名前を名乗り、これからそっちへゆきますといって電話をきると、トタンにどうしようもなく涙があふれてきました。

――紋三郎一座と別れて以来、東京へたどりつくまでには、半年という時がかかっていたのです。ながい、ながい半年間でした。あれからのわたしは、山深い田舎《いなか》を転々とまわっていたのです。どこの土地でも、男は軍隊に取られて、人手不足で困っていました。そこでわたしは、単独季節労働者のような形で、農家で働いていたのです。といっても、身許《みもと》不明の少年ですから、一定の場所にいては駐在所の目がうるさいので、十日とか十五日ぐらいで、つぎの農家へ移るのです。

草を刈ったり、肥料をかついだり、そして夜は納屋《なや》で眠るといった原始的な生活の中で、やがて秋を送り、冬を迎えました。わたしは浮世ばなれしてしまいました。ラジオのない農家もあり、あっても自由にきくことはできません。新聞にしても配達がおくれて、きのう新聞、おととい新聞ですし、手にしたとしても、日中の労働で読みおえる余力もなく眠ってしまうのです。山深い農村にいると、戦争は遠い国の出来事みたいでした。三月十日の大空襲を知らされなかったら、わたしはその流れ者のような生活を、いつまでつづけていたかわからないのです。

わたしは、遠山さんへの便りだけは欠かしていませんでした。返事をアテにできないのは芝居時代と同じでしたが、それでもわたしは週一回しか集配人のこないポストへ、せっせと手紙を入れにいったのです。

遠山さんが焼け死ぬはずはない。あんないい人が焼け死ぬはずはない。B29機だって、あの人たちを殺すことはできない。というと、死んだ人びとはよくない人ということになるけれど、そんな勝手な考え方に気がつかないほど、わたしは遠山さんの無事を信じきっていたのでした。

わたしは三月十日のことを知ると、その時働いていた農家の主人に暇《ひま》をもらい、里芋《さといも》を少しわけてもらったのを袋に入れて、

「なにも、あぶない東京へわざわざ出てゆくこともあるまいに」

と、引き止めてくれるのをふりきって、上りの汽車へ乗りこんだのです。

難行苦行《なんぎょうくぎょう》でした。艦載機《かんさいき》グラマンの空襲をうけて、列車から飛びおりて田んぼの中を避難《ひなん》する時は、里芋の袋を投げ出してしまいたい気持でした。しかし、食糧難の東京へは、五キロの里芋はなによりの土産《みやげ》なのです。はじめて遠山さんに、恩がえしの真似事《まねごと》ができるのです。林の中へ逃げこみ、ようやく人心地《ひとごこち》がついて気がついてみると、里芋の袋には、ひとつ、穴があいていました。グラマンの機銃の穴でした。里芋が間一髪《かんいっぱつ》のところを救ってくれたのです。遠山さんへの土産《みやげ》の里芋が……それは、遠山さんがわたしを救ってくれたようなものでした。

――わたしは東京駅を飛び出すと、警察へいそぎました。なつかしい警察です。そ

の一画は焼失をまぬがれていました。里芋の袋をかかえなおして、玄関の石段を上りながら、こんな統制食品を持って警察をおとずれるのは自分ぐらいなものだろうと、フト、おかしくなりました。わたしはウキウキしていたのです。

受付で名前を告げているところへ、

「あんた、さっき電話をくれたという人だろ？」

横あいから声をかけてきた男がありました。体格のいい若い男で、どうやら刑事のひとりのようでした。

「こっちへきたまえ」と連れてゆかれたのは、偶然《ぐうぜん》、わたしが初めて遠山さんに取調べをうけた部屋でした。その人は、わたしに椅子をすすめると、

「遠いのによく出てこられたね。汽車が大変だったろう？」

と、わたしのことをよく知っているようなことをいうのです。

「遠山さんから、キミの話はいつもきかされていたんでね。よく、キミからきたハガキなんかを見せてくれたんだ。あの人はこどもがなかったからねえ、キミの便りを楽しみにしていたようだったよ」

そして、その若い刑事さんは、わたしが東京を出てからの経過を、いろいろにたずねるのでした。ひどく熱心なのです。いい人なんだなと思いました。しかし、わたし

は一番大切なことを知らねばなりませんでした。たまりかねて、わたしは相手の言葉をさえぎりました。

「あの、遠山さんはまだ帰ってこないのですか？」

相手の顔に困惑《こんわく》の色があらわれ、それが「エイ、仕方がない」といった、なにかを投げ出すような表情に変わって、

「いい人だった……遠山さんは……」

わたしは不意に背すじに寒気《さむけ》を感じました。いい人だった……それは過去形のいい方なのです。

「遠山さんはいない。亡くなられたのだ」

「…………」

「亡くなられたんだよ。おくさんもいっしょだ……」

ワッと笑い出したくなりました。この人はなにをいっているんだろう？　……

「九日は、遠山さん風邪気味《かぜぎみ》でね。三筋町の自宅へ帰っておられたんだが……その夜中にあの大空襲でね。夫婦とも、庭の防空壕《ぼうくうごう》の中で……」

「…………」

「ホントなんだよキミ。さっき電話を受けた奴はね、キミのいった遠山を戸山《とやま》ときき

ちがえたのだよ。戸山というのは、このわたしなんだがね」

　トーヤマ、トヤマ……似ています。しかもわたしは緊張《きんちょう》のあまり、早口でしゃべったのです。遠山が戸山にきこえることも、ありうる話なのでした。

「電話のことをきいて、キミだということがわかった。それで、キミのくるのを待っていたんだ……」

「そんな……」

　わたしは椅子《いす》からすべり落ちて、床へすわってしまいました。

「キミ、しっかりするんだ」

　涙も出ないのです。ひどい。あんまりひどすぎるではありませんか、と、だれかれかまわず、むしゃぶりついてゆきたい気持でした。頭の中に、二つの菓子パンが大きくふくらんでゆきました。泣きながらほおばった、あの甘さ！　あのあたたかさ！

「あんないい人が、どうして……」

「ほんとうにいい人だった、よすぎて出世はできなかったが……しかし、いい人だって死ぬんだ。それが戦争なんだよ」

　それが戦争……。

わたしはぼんやりと、焼跡を歩いていました。それが戦争……と、つぶやきながら。

＊

戸山刑事さんは、「これからどうする？　なんなら相談に乗ってあげてもいいが」といってくれたのですが、その、親身《しんみ》に心配してくれているらしい目を見て、わたしはもうたくさんだという気がしたのです。相手がいい人であればあるほど、もうたくさん……いまの日本では、人と人とのふれあいも、おたがいの死相《しそう》を確かめ合っているようなもので、いずれ一億玉砕《ぎょくさい》で死んでゆくのだ。なまじいい人を知ることは、あとがくるしいばかりなのだ。――「大丈夫です、行先はあるんです」と、また嘘をついて出てきたのです。

桂浜《かつらはま》の貝がらも、郷土人形も、里芋も、戸山刑事さんに置いてきてしまったわたしは、身が軽くなったのと同時に、心の中もフワッとたよりない感じで、ただ、それが戦争……それが戦争……と、それだけをつぶやきながら歩いていました。そして、急にピタッと立ち止まると、これでわかった！　――と、思いました。

遠山さんのような人をも殺さなければならないのが戦争なら、戦争は悪いことだ、それだけはハッキリしていると思ったのです。

＊

わたしは記憶《きおく》をたどって、遠山さんの家があったあたりを、さがしてみました。まづたくの焼野原で、家の土台石が碁盤《ごばん》の目のようにならんでいるばかり。ところどころに、焼夷弾《しょういだん》のカラが突き刺さったり転がったりしています。外郭だけのビルの内部では、壁や天井が自然崩壊《ほうかい》をおこしているらしく、ドドーッという巨獣《きょじゅう》の咆哮《ほうこう》のような音がきこえました。焼跡では、焼けトタンや古板でかりの宿をこしらえている人もあり、ほした洗濯物《せんたくもの》の白さが異様なのです。みんな原始人に近いような姿で、放心したような顔もあり、あんがい陽気にじょうだんをいいあっている人もありました。

ああ……と、足を止めました。ゆくてに、骨ぐみだけになった教会の建物を見たのです。てっぺんの十字架が黒こげになっていました。いつか、その十字架に祈ったことがあります。どうか遠山さん夫妻をお守りくださいと……。

神さまとは一体、なんだろう？　なんの武器ももたない、おそらく魂の底からアメリカを敵視することもなかっただろう、老人や、女や、こどもたち、何万というその人たちが虫ケラのように焼き殺される場面を、だまって見ていただけなのか？

わたしは小石を拾うと、十字架をめがけていくつもいくつも投げつけてみました。ひとつとして命中しませんでした。

ヘトヘトにつかれて瓦礫《がれき》のかげに腰をおろすと、すぐそばに四十ぐらいのおばさんがすわっているのです。破れたモンペをはき、髪をサンバラにしたおばさんは、木ぎれを三つ叉《また》に組んだのへ鍋《なべ》をかけ、なにかコトコト煮ているのでした。フト目をあげてわたしを見ると、

「ああ……見つかりましたか？」と、笑いかけました。

「まだ、見つからないんですか？　なにをグズグズしてるんでしょうねえ」

「だれか、くるんですか？」

「ゆんべの空襲ではぐれちまいましてねえ。でも、ここへ集まる約束《やくそく》になってるんです。おとうちゃんが、こどもらを連れて帰ってくるんですよ。それで……腹をすかせてるだろうからと思って、すいとんを煮てるんだけど……ほんとになにをしているんだか」

そうつぶやいて、鍋の中をかきまわすのですが、よく見ると、鍋の中にあるのは地下足袋《たび》なのです。地下足袋は、まるで何かの肉のカタマリのように、グタグタと煮ぶるえしているのでした。ゾッとして、

「空襲はゆんべじゃないでしょ？　四日前なんでしょおばさん」

「いえ、ゆんべですよ。あんた、なにトボけてるんです？　……」

正気を失っていたのでした。

——夜になると、わたしは、焼けていない住宅地の防空壕《ぼうくうごう》をさがして、宿を借りることにしました。そして、ある家の門前にすばらしい壕《ごう》を見つけたのです。天井も壁もコンクリート、床には畳が入っており、石油ランプも備えてありますみには茶箱が二つ、積んであります。

ああ、個人専用なのだなと気がついたものの、いったん畳に横たえた体は、もう起きあがる力も失っていました。立ちんぼうの長旅と、遠山さんの死を知らされた絶望感とで、なにもかもめんどうくさいのです。

そのうち眠ってしまったようです。

わたしはウォーウォーという、獣《けもの》のような号泣《ごうきゅう》をききました。だれがあんなに泣いているのだろう？　……そして、そうだ、自分が泣いているのだなと思いました。遠山さんの死をかなしんで泣いている自分の声なんだ、と。

——しかし、ハッと目がさめると、そのウォーウォーは警戒警報《けいかいけいほう》のサイレンだったのです。

地上で人の声がしています。あわてて壕《ごう》をはい出ようとするわたしの目の高さに、何本かの足がありました。

「あんた、どこの人？」

「すみません、ちょっと……」

「ちょっとじゃないよ。ここは専用の防空壕だよ。入口に書いてあるだろう？」

「すみません、よく見えなくて……」

「一郎、カギをかけわすれたのはおまえか？」

「知らないよ。おかあさんだろ、きっと。昼間、荷物を入れ替えてたから……」

「しょうがないなア、この頃は壕あらしがふえているんだから……この人がいる間に早く荷物を調べなさい」

「おとうさん、それより、防犯の人を呼んだほうがいいんじゃない？」

わたしは、壕を出て、その人たちとむかいあいました。おそらく家族総動員といったところなのでしょう。壁のように、わたしをさえぎっているのです。

「ぼくは……じつは」弁解しようとして、しかし、突然、胸先にヴオッと火を点火されたようになって、

「警察でもなんでも呼んだらいいよ！」と、わめきました。

「バカな奴だな。どうせおまえの家だって焼けてしまうんだぜ。おまえらだって焼け死んじゃうかもしれないんだぜ。なのにドロボーが怖《こわ》いのかよ。どんな宝物だかしら

ないが、物があるってのは不便だな。あわれなもんだな。オレなんかサバサバしちゃってらァ。怖いものなんかないんだよ。ざまァみやがれ！　おまえらの家が焼かれる時は、拍手カッサイで見物してやるよ！」

一億一丸だという。国民団結だという。大ウソだ。多くの人が家を失って、駅の地下道でザコ寝しているのです。わたしは、こどもの頃から外で寝ることの多かった自分も、戦争でやっと人並になれたのかと思っていたのですが、ドッコイ、ひとりの宿なしが壕で疲れをいやすことさえ、許せない人種がいるのでした。遠山さんが死んだのに、そういう冷酷な奴が生きていることにがまんがならないのです。

焼けないでいる家がにくい。生きている人間がにくいのです。

ゴチャゴチャと家並《やなみ》の密集する下町は、どんな凄惨《せいさん》な燃え方をしたのだろう？　B29は、円をえがくようにして焼夷弾《しょういだん》を投下したのだそうだから、突破口《とっぱこう》を失った人びとは、せまい路地や、縁の下の防空壕などで炎にあおられたのでしょう。……でも一方では、田舎《いなか》の別荘へ逃げたり、広大な庭や、金をかけた堅固《けんご》な防空壕をもってて、その高台のお屋敷から、下町が一夜にして壊滅《かいめつ》してゆく炎のパノラマを、皇帝ネロのように見おろしていた人間がいたのかもしれません。

わたしは公衆電話を見つけると、電話帳の、まだ焼けていない地区のページをひらいて、小銭のつづく限り電話をかけました。遠山という名を選んで……。

「モシモシ、秘密情報ですが、まもなくそっち方面に大空襲があります。十日のよりも、さらに大規模なものになるようですから、そのつもりで……」

「どなたですか？　あなたは……」

「……十日の下町の空襲で」

そこで声をひくくして、

「死んだ者です」

相手が息をのむけはいに、すこしは腹がいえるのでした。

＊＊＊

防空壕あらしとまちがえられたのは、ひとつの暗示《あんじ》のようなものでした。わたしはそれを、ほんとうにはじめようという気になったからです。

なるべくリッパな家の壕を狙《ねら》いました。貴重な物品が隠匿《いんとく》されていたからです。最初の収穫品《しゅうかくひん》をもって、わたしはフサノばあさんをたずねてゆきました。二度と帰ってはならないはずの家なのですが、盗みをはたらいた人間には、もうケッペキもへちまもないのです。

その一画は焼けてはいませんでした。関東大震災にも焼けなかったというのですから、よくよく運の強い一画でした。

台所から声をかけてみると、便所の戸をあけて顔を出したおばあさんは、

「おう……」といって、目をこするようなしぐさをしました。

「ひさしぶりだね、おばあちゃん」

「ひさしぶりもないもんだ。困っちゃったよ。だまっていなくなっちまってさ。ほんとに困ったよォ」

なつかしがって涙のひとつも見せてくれるかと思っていたのに、顔を見るなり「困っちゃったよ」の連発なのです。

わたしの稼ぎがなくなったのは、よほどの痛手だったにちがいないと、おかしくもあるのです。あれからわたしがどうしていたかということにはまったく興味がないらしく、自分が困ったことだけを強調するのは、いかにもおばあさんらしいのでした。自分にとって役に立たなかった時期の、わたしのなりゆきなどはどうでもよかったのでしょう。

わたしは、収穫品《しゅうかくひん》の小豆を新聞紙にあけて、「これ、買わないかい?」といってみました。

「フン、二升ほどかね」シワだらけの手でサラサラとすくいながら、

「水くさいねえ、土産《みやげ》にもらっとくよ」

「土産じゃないよ。オレ、帰ってきたんじゃないもの。これを売りにきたんだ」

「そんなら、いらないよ」

「どこかへ高く売りつけたらいいじゃないか。どうせ、なにかうまいことやってるんだろ、おばあさんのことだから」

「おや、おまえも大人になりだね」

フサノばあさんはニヤリとして、台所の上げ板をひらいてみせました。

そこには、「おッ」とうなりたくなるようなものが、ぎっしり隠匿《いんとく》されているのでした。食用油、かんづめ、靴、鍋《なべ》や釜《かま》、こうもりがさ。みんな貴重品です。それに、どういうつもりか、焼夷弾《しょういだん》のカラが何十本も……。

さては御同業かと、

「防空壕だね？」というと、

「うんにゃ」と首をふって、

「だっておまえ、もったいないからねえ……」

ある夜、外を歩いていて空襲にぶつかった。立往生《たちおうじょう》をしているうちに、火の手が上

がった。じっさいにはこっちまで燃えてはこなかったのだが、人びとは家を飛び出して逃げまどった。路地の防火用水をかぶり、気をしずめてみると、どの家も玄関があけっぱなしになっている。

「どうせ燃えてしまうんじゃ、もったいないからねえ。そう思ったもんだから……」

「家の中へはいったの？　戦時犯罪といってね、空襲警報中のドロボーは罪が何倍も重くなるんだよ」

「ドロボーじゃないよ。どうせ焼けちまうんだから……」

「よくわかんない理屈だなア……だけど、焼夷弾《しょういだん》のカラなんか、どうするんだい？」

「ひらっぺたくつぶして、スコップに更生《こうせい》している鉄工所があるんだよ。集めて持っていくと、いくらかに買ってくれるんだ。もっともおおっぴらにゃできないがね」

「重いんだろう？　これ」

「夜中に、五、六本ずつ運ぶんだよ。さがしてみりゃ、けっこう落ちているものさ。なんだってとっておいてムダなものはない。そのうち役に立つこともあるんだから……」

ケチな壕あらしをして、石川五右衛門にでもなったつもりでいるわたしには、足もとへもおよばない肝《きも》の太さです。

「そのうち役に立つ」といういい方も、おばあさんらしいのです。今夜にも一切《いっさい》焼かれてしまうかもしれない世の中に、「そのうち」などという発想が通用するのでしょうか。日本がほろびてしまっても、自分だけは生き残るつもりなのかもしれません。

「ねえ、いっしょにやらないかい？　男手があると助かるんだがねえ」

わたしはボロ畳にごろりとひっくりかえって、天井を見上げました。雨もりの部分に貼りつけてあるポスターの田中絹代が、黄色に変色した顔で笑っています。

紋三郎の芝居のひとつに「十六夜清心《いざよいせいしん》」というのがあって、清心というまじめな青年僧が、ある事件をきっかけに、これからは悪党になろうと決意する件《くだ》りがあり、「こいつは宗旨《しゅうし》を、変えざなるまい」と大目玉をむくのですが、わたしは自分もフサノばあさんのファイトを見習って、徹底してみようかと考えました。とはいうものの、空襲下の他人の家へ飛びこんで品物をあさりまわるだけの度胸《どきょう》もつきかねるのです。

あいまいな気持のまま、何日かは初音《はつね》町の家でゴロゴロしていたのでしたが、やがてばあさんの文句がはじまったので、わたしもなにか仕事をしなくてはならなくなりました。

夜、わたしは風呂敷を用意して、住宅地へ出かけたのです。

そして、ある防空壕で、厳重《げんじゅう》に縄のかかっているミカン箱を発見したのです。よほど貴重な物がはいっているらしいのです。わたしは期待に胸をおどらせながら、もどかしく縄をほどきました。

ところが、なんと……なかみはボロボロの古本なのです。ばあさんが商売用（？）に持たせてくれた懐中《かいちゅう》電灯で一冊一冊手にとってみると、モンテーニュとかルソオとか、わたしなどにはチンプンカンプンな背文字ばかりです。なんのこった……くたびれもうけを後悔しながら、また、もとへおさめようとしていると、一冊の本の間からパラリと紙きれがこぼれ落ちて、見るとそこに、

《神よ、この書をば炎より守らせ給え、出征《しゅっせい》前夜、一月二十五日、飯田健司》

と、書いてあるのです。

わたしは、その文字に目をこらしました。飯田健司……イイダケンジ……なんとなく、利発《りはつ》そうな、リンとした若者のイメージが浮かんでくるのです。出征前夜とあるからには、いま頃は戦場で戦わされているのでしょうか？　……本の感じからして、もしかしたら学徒動員で狩り出されたのかもしれません。

モンテーニュというのをひらいてみると、どのページにも、書きこみやら赤線がいっぱいはいっています。飯田健司という人が、何度もくりかえしてその書物に読みふ

けったということは、角のやわらかくなったページや、手垢《てあか》のつきかげんでわかりました。

わたしは報徳学院時代、ホワイト・サタンの目を怖れながら、富永先生の貸してくれた詩歌の本を読みあさったり、自分でも作文や詩のようなものを作ったりしていた、あの初心の喜びにみちた日を思い出していました。遠い遠い昔のことのように……。

《神よ、この書をば炎より守らせ給え》

わたしはポロポロと涙がこぼれてくるのです。

飯田健司さんは、生きてかえれないかもしれません。でもその頭は、この何冊かの本の分だけは重くなっているはずなのです。弾丸《たま》にうち砕《くだ》かれるには、惜《お》しい頭なのです。

わたしはどうだったでしょうか?

なんにも惜しいものがないのは、それほど価値のない人間だということになるのです。

わたしが焼け死んでしまったら、わたしの頭はどうなるだろう? そこであたためつづけてきたお菓子への夢、つまり、美しい人生へのあこがれも萎《な》えてしまったいま、惜しいものはなんにもないのです。

でもわたしは、飯田健司さんのおかげで、もう一度、惜しいものがほしくなったのでした。家も肉親もない、富永先生は去り、遠山さんは死んでしまったし、ゆく手は「一億玉砕《ぎょくさい》」です。それでも、なにか惜しいものがほしい……「だから死にたくない」の「だから」の理由がほしいと思ったのです。

地下の遠山さんだって、いまのわたしを見たら、かなしむにちがいないのです。あの菓子パンや、ホンモノの汁粉を食べさせてもらった少年が、防空壕あらしであっていいわけはないのでした。

わたしは、フサノばあさんのところへは帰りませんでした。

＊＊＊

隣組の事務所で「なにか仕事はありませんか」といえば、焼跡の整理、強制疎開させられた家屋《かおく》の取り壊《こわ》し、崩《くず》れた壕の掘り直し、死者やケガ人の運搬と、どこでも人手を要しているので、わたしのような宿なしでも、けっこう重宝《ちょうほう》がられるのです。身分を問われたら、罹災者《りさいしゃ》だといえば通用します。

空襲のたびに、病人を避難させる仕事に雇われたり、郵便物も無事に届かなくなっていた時代なので、昔の飛脚《ひきゃく》のように急用の走り使いを頼まれたり、いわば便利屋のような雑用が多いのでした。

わずかながら謝礼《しゃれい》もくれるのですが、わたしは、なるべく食べものにしてほしいと頼みました。金をもらったところで、口にはいるものが買えるわけではなく、たとえ葉っぱ入りの雑炊《ぞうすい》や、ドングリの粉でつくったダンゴでも、腹のタシになるものが第一だからです。

夜は疎《そ》開後《かいご》の空家《あきや》で寝るのです。

まだ壊されていない家の中は、交通事情で輸送できなかったらしい大きなタンスや食器戸棚が置き去りにされていたりするのです。畳も障子《しょうじ》もそのままで押入れのすみに寝巻が忘れられていることもあり、東京を逃げ出していった人の、心のあわただしさが思われました。

その寝巻を着て、畳に横になっていると、かろうじて人間らしさを取り戻したような気がするのです。壁に天皇陛下の御真影《ごしんえい》（写真）が、かけっぱなしになっている家もありました。風呂のある家では、林の中から木の枝を折ってきて湯をわかし、たまりにたまった垢《あか》を流すこともできました。わたしは少しでも金がはいると、その足で古本屋へゆくのです。どの店にも、わずかな本しか置いていませんでした。どうせ焼かれてしまうと思うのか、あんがい安く売ってくれるのです。

安い本を選ぶのですから、ほしいものが手にはいるわけではありません。むろん系《けい》統《とう》だった読書ができるはずもなく、ただ、なるべくむずかしそうな本がいいのだという考え方なので、とんでもないものを買ったりしてしまうのです。ニイチェの『ツァラトゥストラ』というものを買って、なにがなんだか、サッパリわからず、でも、だからこそ値うちがあるような気がして、文章というより文字の模《も》様《よう》を見るようにして、頭へ刻《きざ》みつけるのでした。そして、こんなことを思うのでした。

なにかを読んでいる頭は、なんにも読まない頭より、同じ炎に焼かれるにしても、時間がかかるにちがいない。燃えにくい脳《のう》味《み》噌《そ》を早くこしらえておかなければ……と。

そんな生活がつづいて、五月のある日、新宿《しんじゆく》に近い笹塚《ささづか》という町へ、アパートの取り壊《こわ》しを手伝いにいったわたしは、天井の羽目板をはがしているうちに転落し、クギをふみぬいてしまいました。

そのアパートの持主が、わたしを自宅へ連れてゆき、足の手当をしてくれたのです。

「これじゃ歩くのは無理だ。今夜はここで泊まっていったらいい。あんたも罹《り》災《さい》者《しや》だそうだから、どうせ帰る家はないのだろ？」

「はい……」

遠山さんの年輩にちかい人だったせいもあって、わたしは素直《すなお》にうなずきました。

「おじさんは、ひとりなんですか？」

「いや、家内がいるが、二階でふせっているんだよ。病気なんでね……」

「あれは……」と、わたしは床の間に飾ってある写真へ目をやりました。

「あれは、おじさんの息子《むすこ》さんですか？」

わたしとあまり年のちがわない少年が、航空兵の服装で額におさまっているのです。眉《まゆ》の濃い、目の美しい少年です。写真の前にはかげ膳《ぜん》がすえてありました。

「志願したのだよ」と、主人はちょっと得意そうな顔になって、

「すすめたわけじゃないんだが、親の志をうけついでくれてねえ。わたしは退役《たいえき》軍人なんだよ。ホラ、この指の関節がダメになっているだろ？　教練中に負傷をしてしまってね、銃のもてない体になってしまったんだよ」

「…………」

「わたしが、国家に御奉公《ごほうこう》できなくなったことをいつもひけめに思っていたものだからね、太一《たいち》……息子の名前なんだが、太一は小さい時から、そういうわたしを見てい

て、志願してくれる気になったんだろう。純粋《じゅんすい》な子でね、愛国心も強かった」

そこまでいって、フトわたしの顔を見直すようにして、

「あんたも、もう志願のできる年齢だね？」というのです。

「罹災者《りさいしゃ》だということだから、それじゃ家族は……？　御両親は亡くなったのだろ？」

「……ええ」

「そのカタキを討たなきゃいかんよ。そりゃ、いまはもう空襲で、戦地も内地も同じようなものかもしれないが、やっぱり若者は第一線へ立たなきゃアな。後につづく者を信ず……前線の将兵はそれを願ってみな死地におもむいたのだから……」

「ええ……」

志願をする気なら、わたしが親代りとなってこの家から見送ってやってもいいというのです。それをいう時の主人の目は、ものにつかれたような、異様なかがやきを見せていました。わたしは困ってしまったのです。

よく考えておきなさいということで、わたしは、息子の勉強部屋になっていたというその部屋にねかされました。そんな好意も志願兵うんぬんの代償《だいしょう》のような気がして、いっそ逃げだしたいと思うのですが、釘《くぎ》をふみぬいた足のうらがずきずきと痛ん

で、とても歩けそうにないのです。

――目はどうしても床の間の写真へいってしまいます。電灯を消しているのですが、明るい時に見た少年航空兵の顔が、くらやみから浮き出てくるようで、どうにもきゅうくつでならないのです。肩身がせまいのでした。遠山さんを殺すような戦争は、悪い戦争だ！　ハッキリと断定したはずだったのに、それはやはり個人の思いにすぎなかったのでしょうか？　少年航空兵のリリしい顔は、わたしの胸に、やましいものを押しつけてくるのです。

――わたしは、部屋のすみの机に野球の本が置いてあるのも知っていました。壁に野球選手のプロマイドがびょうでとめてあったことも……。そして、机の下には、バットとグローブが人目をさけるようにしまわれていたことも……。

太一というその少年は、スポーツ選手にあこがれていたのかもしれません。そのあこがれをいさぎよく捨てて、航空兵を志願したのだろうか？　……するとこの自分は、自分のことだけしか考えないエゴイストということになるのだろうか？　……。

いろいろに考えて、わたしはなかなか眠れませんでした。

ようやくウトウトして、それからどのくらい経った頃でしょうか、フト、自分の体をだれかにさわられているような気がして、わたしは夢うつつで、それをはらいのけようとしていました。

だれかの手が、わたしの首や肩のあたりをなでているのです。ハッキリと目ざめて、わたしは起きあがろうとしました。けれども、強い力がわたしの胸をおさえつけてくるのです。わたしは自分の顔の上に、はげしい息づかいを感じました。

黒い布《ぬの》をかぶせた電気スタンドにいつのまにか灯がついていて、その灯りに浮かびあがっている顔に、わたしはもうすこしで声をあげるところでした。わたしをおさえつけていたのは、オバケでした。いいえ、オバケのようにやせほそった女の人なのです。蒼白《そうはく》な顔、乱れた髪、ブルブルふるえているわたしを、その女の人は上からジーッと見すえて、

「太一……帰ってきてたんだね……」というのです。

「よかった……どこもなんともないんだね？　ほんとに、どこもケガはないんだね」

そして、わたしの胸をひろげて、せわしなげに両手でさすりまわすのです。病気で寝ついているというおくさん、つまり、写真の航空兵のおかあさんだったのです。あそうだったのか……と、事情を察したわたしは、懸命《けんめい》に目をとじて、されるままになっていました。

この、おそらく、ひとり息子《むすこ》に去られて、その生死を案じるあまり精神のおかしく

なっているおかあさんは、息子《むすこ》の部屋にねているわたしを、息子ととりちがえているのです。

それなら、なんとかがまんしなければと思ったのでした。そうは思ったのですが、カサカサした手が胸から腹へとのびてくる気味悪さに、とうとうわたしは、ふとんからぬけ出してしまったのです。

「ちがうんです。ぼくはちがいます」

立とうとする足へ、女の人はおそろしい力でしがみついてきました。

「どこへゆくのよ！　もうどこへもいっちゃいけない……死ぬのはいい。でも、死ぬ時はわたしといっしょだよ！」

ホウタイをした足へツメをたてられて、

「痛い！　助けてくれ！」

わたしは思わず大声をあげました。

きっと、そのおかあさんは、息子が航空兵を志願することに反対だったのでしょう。しかし父親はああいう人でもあり、太一クンは太一クンで愛国心を燃えたぎらせていて、どうしても引き止めることができなかったのでしょう。わたしはどうしてもこの家を逃げ出さなければ、と思いました。足の痛いことなど、いってはいられないのです。

「おじさん、きてください！　……」

バタバタやっている時、救いの神が、いいえ、救いの神などというものではありません。空襲警報のサイレンが、うずくまっていた巨獣《きょじゅう》がおもむろに首をもたげるような感じで鳴りひびいたのでした。

それが、三月十日につぐ、東京大空襲のはじまりだったのです。

⁂

人波にもまれながら上を見ると、曳光弾《えいこうだん》の光が、夜の宇宙の血管《けっかん》のように、赤い糸をひいていいます。B29は思いきった低空で、のしかかるように屋根のむこうからあらわれました。ドカンドカンとはじまって、

「今夜のは大きくなりそうだ」

といっているうちに、はやくも各所で火の手があがり、あたりの屋根や樹木《じゅもく》が、夕《ゆう》映《ば》え時のように、くっきりと浮かびあがりました。

人びとは、誘い合わせたようにひとつの方向へ動いています。その土地にくらいわたしは、ただ人波に身をまかせているしかありませんでした。

京王線《けいおうせん》の踏切までくると、混乱がおこりました。こっちだ、いやあっちだ、と、それぞれのコースをえらぼうとするので、人波は渦巻状《うずまきじょう》になり、収拾《しゅうしゅう》がつかないのです。

「あれ、あれ！」と、だれかが絶叫《ぜっきょう》しました。真上の空で、高射砲に撃墜《げきつい》された敵機が、ボッと火をふいたところでした。いくつかに分裂した機体は、その破片のひとつひとつが独立した武器のように、炎のカタマリとなって、うなりをあげながら舞い落ちてくるのです。

人びとはワーッと掃きよせられるように軒下《のきした》へ逃げこもうとします。ダメか……わたしは目をつむりました。しかし、頭上を目がけて落下すると見えた翼《よく》らしきものは、踏切りからかなりはなれた線路の上に落ちたのです。落ちた翼は、三転四転しながら、竜巻状《たつまきじょう》の炎をあげ、周囲を真赤《まっか》に染めています。

こんなところにまごまごしてはいられない！　わたしは人波から体をひきぬくようにして、線路上へ飛び出すと、いっさんにかけ出しました。

風上へ、風上へ！　……くるしくとも風上へ突破《とっぱ》すれば、そこはすでに火勢がおとろえている。風下へゆくのは炎に追いかけられるようなもので命とりだと、ふだんから人に教えられていたのです。

風上へ、風上へ！　……沿線の家々にも火がついています。犬のほえたてる声、ニワトリの鳴く声。

ザザーッという、豪雨《ごうう》に似た焼夷弾《しょういだん》の落下音を、体ひとつでかきわけてゆく感じで走りつづけました。

走っても走っても、火勢の落ちた場所へはゆきつけないのです。両側から炎であおられているぐあいなのです。なにかが燃えながら飛んでくる。火の粉は横なぐりで吹きつけてくる。枕木《まくらぎ》につまずいて転んでしまったわたしは、そこにバケツが落ちているのを拾って、頭にかぶりました。目をまもらなければならないのです。

でも、そんな状態《じょうたい》は十分とつづきませんでした。バケツの外側がやけてくるのです。わたしの頭から脂肪《しぼう》がにじみ出して、水あめのようにベットリと、髪の毛をかためてゆくのがわかりました。

バケツを投げ出すのと同時に、わたしはギャーッと叫んで、キリキリ舞をしました。燃えながら飛んできた毛布《もうふ》のようなものが、生きもののように片手にからみついたのです。そればかりではなく、わたしの着ているものにも火がついて煙をあげているのでした。

今度こそダメだ。熱《あつ》さにのたうちながら、ふしぎに脳裡《のうり》の一部分はシーンとしずまりかえり、死ぬのだぞ……というささやきがきこえました。いくつもの顔がわたしをのぞきこんでゆきました。千吉、秋彦、富永先生、遠山さん、紋三郎、歌章、紋雀……そしてなぜだか、ホワイト・サタンの顔まで。

舌《した》をかもうと思いました。このまま焼き殺されるよりはましだと思ったのです。でも、心得のないわたしは、いくら舌を嚙《か》み合わせて力を入れても、ダメなのです。ウーッと全身の力をこめてみても、痛いばかりで死ねないのです。わたしは頭をかきむしりながら線路の上を転げまわりました。

どうしてダメなんだ？　いままでなにひとつ思うようにならなかったんだ。死ぬぐらいはゆるしてくれてもいいじゃないか！

転げまわっているうちに、フッと、わたしは、だれかに呼ばれているような気がしました。火の粉で目もあけられないわたしは、その声のするほうへ、がむしゃらに、はいずってゆきました。すると、体半分がフワッと宙に浮いたようになり、それから、三メートルほどの斜面をすべり落ちてゆき、そして気がついてみると、そこに防《ぼう》空壕《くうごう》の入口が見えたのです。

それは電鉄会社で設備した乗客避難《ひなん》用の、かなり大きな防空壕《ごう》でした。夢中《むちゅう》で転げこんでみると、中では十数人の先客が身をよせあっていました。念仏《ねんぶつ》を唱えている老人もいます。あかんぼを抱きしめて突っ伏している女もいました。口をきく者はないのです。口のきける程度の恐怖はとっくにすぎているようでした。

まだ焼きたらないというのか、Ｂ29の爆音はつづいています。あんたたちの威力はよくわかった、もういいじゃないか！　と、空へむかってわめきたいほどのしつようさなのです。

壕の入口からのぞいてみると、線路のむこうの二階家が、大きく身をよじって焼け落ちるところでした。たったいま、わたしがのたうちまわった線路上を、タンカをかついでゆく人影が見えます。人影は焼夷弾《しょういだん》の雨の中で立往生しているのです。「ここへきなさい。ここへ！」しかし声はとどかないのです。ザザーッと、またひとかたまりがふりそそいで、人影のひとつがまっぷたつに裂けるのを、わたしは見てしまいました。直撃をくらったのです。

もうすこし、壕へ入るのがおそかったら、それはわたし自身の姿だったかもしれません。わたしはハッとしました。さっき、自分を呼んでくれたのはだれだったのだろう？　恐怖でほとんど死んでしまっているような状態の壕の人が、声をかけてくれたとは思えません。声をかけてくれたとしても、この凄《すさ》まじい爆音と高射砲音の中で、わたしの耳にとどくはずもないのです。

空耳《そらみみ》だったのでしょうか？　……それとも……？

「遠山さん、富永先生……」わたしは口の中でつぶやきました。

その時、ひときわ激しい地ひびきがして、なにかの爆発音が、そして、壕《ごう》の天井の一部がドサッと崩《くず》れ落ちてきました。

「ナンマイダブ、ナンマイダブ……」

老人のお念仏がいっそう狂おしい調子になるのへ、わたしはたまりかねて、

「やめろ！　お念仏はまだはやいよ！」

あかんぼをだきしめていた女が、ひょいと顔をあげました。火の明りが、その形相《ぎようそう》を凄まじくとらえました。目が白くつりあがっていました。女はフラフラと立ち上がり、そのまま、壕の外へ出てゆこうとするのです。

あわてて引き止めようとするのを、おそろしい力でふりきって、

「怖《こわ》い……怖いよォ」

「大丈夫、落ちつきなさい！」

「イヤよ、もうイヤ……死ぬわ。死んでしまう……」

わたしはその顔へ夢中でピシーッと一発くらわせました。

「オレは絶対に死なない。だから、オレといっしょにいれば、あんたも死なない」

「…………」

「オレには死ねないわけがある。だれにだって、死ねないわけがあるはずだろ？　みんな、もう怖がるのはやめましょう！　オレがおまじないをしてあげる。お念仏なんかよりよく効くおまじないを！」

そしてわたしはうたったのです。

――お菓子の好きなパリ娘、

ふたりそろえばいそいそと、

角の菓子屋へボンジュール……

地獄《じごく》の騒音《そうおん》に対決する思いで、ノドいっぱい、大声でうたったのでした。

第12章

めぐりあいの中で

敗戦後、初のクリスマスの夜。

上野駅の地下道をおとずれた修道女《しゅうどうじょ》の一団は、手に手にローソクをかかげて「聖《せい》夜《や》」を合唱しました。くらい地下道で、ローソクの火のゆらぎに浮かびあがる修道女たちは、黒ずくめの衣裳《いしょう》のせいもあって、なにか魔女めいているのです。浮《ふ》浪児《ろうじ》たちは、その讃美歌《さんびか》に唱和《しょうわ》しました。しかし歌詞はまったくちがっているのです。

汚《きたな》し　この夜　垢《あか》はたまり
シラミのむれは　われらの胸に
たかり給う　限りなく……

その替え歌の作者だという十三歳の少年は、修道女の頰《ほお》に涙《なみだ》がつたわっているのを見ると、エヘラエヘラと笑ってこういうのでした。

「どうせなら涙なんかよりミルクを流しておくれよ。奇蹟《きせき》があるんだろ！　涙じゃハラのたしになりゃしねえんだもん……第一、ずいぶんあったかそうな服だね。頭の先から足首まですっぽりかぶっちゃってさ。それだけの布地がありゃア、オレたちのズボンが何本つくれるだろうね、ええ？　おねえちゃんたちよ」

「そうだそうだ」というさわぎです。

その浮浪児たち……つまり戦争孤児《こじ》たちは、だれが地下道へあらわれても、おちゃらけることでしか反応を示さないのです。宗教家たちの「救いの話」も、政治家たちの「新しい日本について」の演説《えんぜつ》も、芸能人の慰問《いもん》の歌も、よってたかってヤジリ倒してしまうのでした。彼らはたったいま役に立つもの、金とか食べもの以外は問題にしないリアリストの集団だったのです。

——広い上野駅が、人間のじゅうたんで敷きつめられていました。汚《よご》れはてた姿の人びとなので、それはじゅうたんというよりも、黒わたのはみ出た古ぶとんが並んでいるように見え、駅員や旅行者は、その足のふみ場もない構内を、なんとか空間を拾いながら歩いていました。

地下道は地上にくらべると特等席になっていて、それは直接外気にふれなくてすむからなのですが、そのかわり、コンクリートの天井や壁が醸成《じようせい》する冷気は、手足を凍《こお》らせるのです。昼間でさえ人の顔の見わけがつかないような、ほのぐらい地下灯の下に、浮浪者《ふろうしや》のむれは、通行者用の細い空間を中心線にして、両側の壁にうずくまっています。道の左右にドブがあり、そのドブ泥《どろ》がかき上げられている感じです。だれかが、その中からヨイショと立ち上がるのを見ていると、まるで、いまでいうヘドロの山から、ねっとりと体をひきぬいているようなぐあいなのです。

老人も女もこどももふくめて、上野駅をふくれあがらせている浮浪者のむれ。それはなんといったらいいのか……ある「豊饒《ほうじよう》」の景色《けしき》でした。戦争が栽培《さいばい》した悲《ひ》惨《さん》の、たわわな実《みの》り……。見事な豊作でした。

敗戦と同時に「一億玉砕《いちおくぎよくさい》」は「一億総ざんげ」ということになりました。どういう計算だったのでしょう。戦争についてざんげしなければならない心あたりは、ピンセットでつまみ出すほどにも持ち合わせていないのです。「総ざんげ」などというキャッチフレーズで、敗戦ボケで心ががらんどうになっている人びとに、すばやく責任を分配し、反国家的な意識の擡頭《たいとう》を封じてしまおうという、それが、ウソとすりかえの達人である日本の指導者たちのやりくちだったのでしょう。

放送も新聞も、あらゆるものがその加担者《かたんしゃ》でした。日本の戦争は「聖戦《せいせん》」なんかではなく、もとはといえば他国への侵略《しんりゃく》という思いあがりからスタートしたことなのだそうでした。

そのために殺されていった多くの人びと。わたしだけのつながりでいうなら、遠山さん、原爆でやられた富永先生、首をくくった歌章もそうです。千吉や秋彦だって、結局、軍国主義に殺されたのだといえるでしょう。

それなら、生き残った人びとはどうなのだろう。

生き残った人びとは、生き残ったことを罰《ばっ》せられてでもいるように、恥多いくらしにまみれているのです。

＊

――八月十五日の夜、わたしは高台から一望千里の焼跡を見わたしました。漁火《いさりび》のように点々と灯がまたたいていました。何年ぶりかで暗幕《あんまく》をとりはずされた電灯が……それは微々《びび》たる灯であっても、その日その夜、その灯を見た人びとの心には、何百ワット、いいえ何万ワットのかがやきとしてうつったはずです。

灯のまたたきには、明日への可能性のまたたきがこめられていました。わたしはそうながめました。戦争が終わって、人間が人間らしく生まれ変わってゆける可能性が……。

しかし、そうはいかなかったのです。むしろ、人間は、戦争中よりももっと人間らしくない姿と心を押しつけられて、生きているのでした。

ついこの間まで、アメリカ兵が上陸してきたら、いさぎよく自決して果てるといいきったはずの日本の女たちは、そのアメリカ兵の腕にぶらさがって、得意そうにカタコトの英語をふりまいているのです。天皇の赤子《せきし》だった兵隊は、ドロボーや闇屋に転向し、見るからにリッパな紳士が、アメリカ兵の捨てたタバコを拾い、そして、正義の味方であるはずの警察官は、黒人兵が酔っぱらって通行者をなぐりつけている現場を見ながら、なんの手出しもできないのです。

地下道では連日のように、餓《が》死《し》者や凍《とう》死《し》者が出ていました。冷たくなった母親にすがりついている幼児を見ても、だれも心を動かさないのです。どんな悲劇も、あまり数多くなるともう悲劇ではなくなってしまうのでしょうか？

なれるということは、人間にあたえられた自然の恵《めぐ》みである……そんな言葉がありましたが、恵みであったかどうか、上野駅を根《ね》城《じろ》にする人びとは、その現実をぴったりと身につけているようでした。

出札の窓口の、あのせまい台の上で眠っている男がいました。すこしでも身うごきしたら転落してしまうのに、いくら期待して（?）見物していても、決して落ちることなく、高イビキで眠っているのです。床を避《さ》けて、高い出札台を寝場所にするのは、その男のせめてものプライドなのだそうでした。

病人や老人は別としても、浮浪児《ふろうじ》たちは風邪《かぜ》ひとつひかないのです。真冬、濁《にご》った空気、ボロ服、ベルト代りに荒縄をまきつけた半ズボン、栄養失調、それでいて風邪ひとつひかないというのは、人間でないことになれてしまっていたのでしょうか?

肉体のことだけではありません。

大人たちのなりふりかまわぬ自我を見習って、浮浪児たちの心は日一日と非情にならされてゆくのです。わたしにとって、その世界でもっとも身近なのは、むろん戦争孤児《こじ》たちでした。家もなく親もないかなしみを知っていることで、わたしはみんなの兄貴になれるはずだと、うぬぼれていたのです。

けれども、わたしの「孤児」と、彼らの「孤児」とは、まったく質がちがっているようでした。わたしにはロマンがありました。お菓子への夢などは、その代表的なものだったのですし、孤児《こじ》の悲哀《ひあい》にしても、海辺に立って「浜千鳥」かなんか口ずさみながら涙を流すという……いわばドラマの主人公に自分を見立てているようなゆとりがあったのです。

一夜で家を焼かれ両親を焼かれ、焼跡にひとり放り出された彼らは、ゆっくりかなしみを味わっている暇《いとま》もなかったのです。その日から、自分の口を養わねばならなかったからです。しかも周囲は同類がひしめいているのですから、世間も特別には見てくれず、おしまいには本人自身、数の中のひとつの数になってしまい、自分の運命の重みを感じなくなってしまう……。

だからみんな、陽気なリアリストだったのでしょうか。

アメリカ兵の尻を追いまわしてギムミ、ギムミと、チョコレートやガムをせがみ、新聞の闇《やみ》売りをし、墓場から卒塔婆《そとば》をぬいてきてドラムかんで焚火《たきび》をし、一時間五円のあたり賃をとる……むろん、旅行客の手荷物をかっぱらったり、闇市《やみいち》から食べものを盗んだりすることもふくめて、はじらいも、ためらいも、くいもない、たくましい生きざまなのです。

ある日、地下道でフサノばあさんの姿を見かけました。ばあさんは鉢巻《はちまき》をし、大きな箱を肩からつるして、

「おむすびだよ！　ホンモノの白米だよ、梅ぼしもはいっているよ！」

と、小さな体から大きな声を出して、売り歩いているのでした。世の中がどうひっくりかえろうとも、その時その時ですばやく反応してゆく生活力の見事さ……。そし

て、わたしの周囲には、フサノばあさんと同じような人間ばかりが、ウヨウヨとひしめいているのでした。

わたしは、自分が取り残されてゆくような気がしたのです。人間の皮をひっぱがされたような人間の姿、これがほんとうの人間だということになるのでしょうか？

わたしはやっぱり、センチメンタルな甘い少年にすぎなかったのでしょうか？

戦争中のわたしは、ひとすじのあこがれに助けられて生きてきたようなものなのです。ときどき、声がかすれたり音程《おんてい》をはずしたりしながらも、たったひとつの歌をうたいつづけてきたのです。戦争が終わって、やっと大声でうたえる日がきたはずなのに、その歌はどこへもとどいていかない、しみじみと耳をかたむけてくれるような人間はいそうもないのでした。

駅の便所へはいってしゃがみこんでいると、じっさい涙がこぼれてくるのです。これが平和ですか、こんなのが平和なのですか、と、だれかに問いかけたい思いなのでした。

＊＊＊

とにかく働かなければなりません。

といって、十歳前後のこどもたちに混じって靴磨きをするにしては、十八歳のわたしはもう可憐《かれん》な年頃でもなく、「磨かせてよ！」と叫んだところで、小さな少年たちのかわいい声にはかなわないのです。

わたしは毎日のように、職を求めて歩きました。けれども、金のかかった脳味噌《のうみそ》が、活用の座もえられずゴロゴロしている世の中に、わたしなどのもぐりこむ場所なんかないのです。港湾《こうわん》や進駐軍《しんちゅうぐん》の仕事をと考えても、米穀通帳《べいこくつうちょう》も異動証明も持たないわたしは、いわば正体不明の人間なのですから、どこへいっても受付の窓口でハネられてしまうのでした。

わたしは仕方なく「セキトリ」の仕事をはじめました。「セキトリ」といっても、相撲《すもう》をはじめたわけではありません。遠距離列車に乗るには、一昼夜も列をつくって座席を確保しなければならないのですが、その列に並んで順位を取っておき、権利を売るのです。

時には入場券を利用し、赤帽がわりに手荷物を運んだりするのでしたが、駅員の目をうまくのがれさえすれば、多少の小遣《こづかい》にはなるのです。

それにしても、やはりわたしは甘いのでした。セキトリ仲間は、「おまえは商売がヘタだ」といって笑うのです。

「おまえ、権利を売《バイ》する時、いくらだときかれて、いくらでもいいですなんて、顔を赤くしてやがったろう？　バカだよなァまったく。むこうは座席を取るためには金を惜《お》しまない連中なんだ。こんな時代に、どんな理由だろうと旅行のできるけっこうな連中なんだぜ。いくらでもふんだくってやればいいのによ。第一、おまえにあんまり安くされちゃ、オレたちが困る。相場《そうば》ってものがあるんだからな」

その通りでした。

そんなわたしだから、はじめて闇市というものへ出かけていった時の衝撃《しょうげき》もひどかったのです。

一体、どこからあらわれたのでしょう。

大福、羊かん、アメ……甘いものが並んでいたのです。わたしがあんなに夢見てきた甘いものが、現実に！　それも、戦争が終わって、一ヵ月も経たないうちに……。

わたしは狂喜乱舞《きょうきらんぶ》したでしょうか？　ようやく、自分のながいながいあこがれをみたすことができたでしょうか！

そうではなかったのです。

そこにあるのは、わたしの夢見ていたお菓子ではなかったのでした。

露店《ろてん》商人たちは、古い雨戸を地面に敷いて、その上に新聞紙をひろげて、品物を並べていました。大福も、羊かんも、むきだしのままで、ホコリにさらされているのです。そして、その上を、ハエがブンブン旋回《せんかい》しているのでした。

それを見せられた時、わたしは自分の中で大切にしていた夢が、ホコリにまみれ、ハエにたかられているような気がしたのです。

こんなものじゃない……お菓子というのはもっと美しいものなんだ……。

そして、お菓子と人間の関係も。売る者も買う者も、ギラギラと目を光らせています。売るほうは、この混乱のドサクサにひと儲《もう》けしようという人間ですし、買うほうはガツガツとほおばっていて、そばで小さな浮浪児《ふろうじ》が指をくわえて見上げていても、知らん顔なのです。

ちがう！　……と、わたしは心で叫びました。

お菓子のある人生とは、絶対にこんなものじゃない！

そしてわたしは、またあらためて、遠山さんの菓子パンを思い出していたのです。

＊＊＊

帝都《ていと》復興《ふっこう》なのだそうでした。

けれどもそれは、わたしたちの復興ではないのです。年が明ける頃には、ぞくぞくとバーやキャバレーが建ってゆきました。アメリカ兵を受けいれるための歓楽場《かんらくじょう》で、つまりはそうした植民地的現象に代表される「復興」だったのです。

銀行のような建物も、ぼちぼちあらわれました。ビルの突貫工事が始まり、溶接《ようせつ》の火花は、鉄骨の間で青いけむりを吹き出しました。けれども、上野駅の浮浪者《ふろうしゃ》は、年が明けても、やはり浮浪者なのです。

それでも、空襲で別れ別れになっていた縁者と再会して、地下道を引き揚げてゆく人たちもありました。どうせロクなことはしなかったのでしょうが、いつのまにか更《こう》生《せい》資金をためこんでいるのもいて、焼跡《やけあと》にバラックを建て、一家で引き揚げてゆく人もいます。

絶対にだれに再会する気づかいもなく、確実に地下道に残されるのは、戦争孤児《こじ》たちと……それに、わたしでした。その戦争孤児も、ときどきあらわれる浮浪児狩りのトラックに積み上げられて、どこかへ運ばれてゆくのです。「聖夜《せいや》」の替え歌の作者だった少年も、狩られていったひとりでした。

わたしは、自分の未来はどうなるのだろうと思いました。報徳学院では、鉄格子《てつごうし》の中でまるで余生のとぼしい老人のように、時の経つのを怖《おそ》れていたものです。上野の地下道にも、まるで目に見えない格子がはりめぐらされているようで、どこにも突破《とっぱ》口《こう》がないのです。

また、待つよりほかないのだろうか？　報徳学院で、お菓子の出る日を待ったように。

けれども……わたしはもう、ただおとなしく待つだけの少年ではありませんでした。地下道にしか、自分の住む場所がないのなら、それは仕方がない。

そのかわり、その場所をよく見ておこうと思ったのです。地下道に生きる人たちのコトバを、心を、シッカリ見ておこうと……。

そして、そのことで自分も、夢とかあこがれという、むなしいものを、なしくずしに捨て去ってしまおうと思ったのです。つまり、多くの人びとと同じように、リアリストになろうと思ったのでした。

ホコリをかむった大福や羊かんを見た時から、わたしの中には、別人になろうという意志が芽生えていたのかもしれません。

わたしはノートを一冊買ってきて、それを『地下道日誌』と名づけました。

■×月×日

A誌から記者とカメラマン、くる。グラビアに戦争孤児を載せるのだそうだ。浮浪児のひとり、キー坊、十二歳。「いくらくれる！」といって記者をビックリさせた。

しかも、西郷さんの銅像をバックにカメラをむけようとしたら、「顔はどうする？泣くのかい、笑うのかい？」と、スター気どり。いくらかの金をもらうと、

「笑い顔もいいらしいよ。笑ってるとね、かえってかわいそうな感じが出るんだっていうからね」

記者もカメラマンもけむにまかれてかえってゆく。すれているというより、キー坊にとっては取材されることも商売なのだ。商売だから熱心なのだろう。えらいものだ。

■×月×日

「こいつはもう死ぬよ」

復員兵の松井という男が、三日前から毛布《もうふ》をかぶったまま動かなくなっている病人を指さしていった。

「どうしてわかる？」というと、

「シラミの引越しでわかる」と答える。

「こいつからはもう血を吸えなくなりそうだとわかると、その人間の体から、別の人

間の体へ移動するのさ。オレはなんべんもそれを見ている。ゾロゾロ行列をしてね、シラミがすっかり引越してしまった頃、その人間は冷たくなるんだ」

シラミにそんな予知《よち》能力があるのかどうかはアテにならない。だけど、病人が死んだトタン、その復員兵が毛布をひっぺがしてゆくことだけは確実だろう。

松井は、日の丸の旗を風呂敷にしていて、腕時計とか、靴といったものを包んで持ち歩いている。包みはだんだん大きくなってゆくようだ。みんな弱い者からふんだくった品物らしい。

その日の丸は、出征《しゅっせい》する時、肩にかけていったものなのだそうで、白地はよせがきでいっぱい。武運長久《ぶうんちょうきゅう》、松井弘吉二等兵と書いてある。その日の丸で不正《ふせい》物資を包んでいることに、元松井二等兵は、ある快感を抱いているらしい。ときどきメチールかなんかで酔っぱらって「きみがァよォはァ、コリャ」などと、手拍子《てびょうし》つきでうたったりするヘンな奴《やつ》。

■×月×日

キー坊には、まったくおどろかされる。

「うまくやってみせるから、見ててみな」

というから、柱のかげから見物していると、改札から出てきた旅行客のオバサンの袖《そで》へしがみついて、「おかあちゃん！」

オバサンがたまげて、「なにするだこの子は！」と叱《しか》りつけると、キー坊は一瞬《いっしゅん》ポカンとして、それからペタンとすわって泣いて見せた。ちがう。見せたのでなく、ほんとうに涙を流した。そして、しゃくりあげながら、

「ごめんなさい。おかあちゃんにソックリだったから……ごめんなさい。ボク、ばかだな、おかあちゃんは空襲で死んじまってるのに……」

オバサンはキー坊の前にしゃがみこんで、もらい泣き。そしていくらかの金と、青森リンゴ二個をせしめたキー坊は、

「ねッ、うまいもんだろ。リンゴ、ひとつあげるよ」という。

地方からの旅行者なら、だましやすいし、金の用意もあるはずだから気前がいいのだと、そこまで計算に入れているのだ。

なんという、しかし名演技！　紋三郎《もんざぶろう》一座の連中なんか、足もとへもおよばないだろうと思う。このキー坊がこの先、どんな人間になってゆくのだろう。

それに、キー坊程度の悪知恵《わるぢえ》をもった浮浪児《ふろうじ》は、ほかにもいっぱいいるのだ。

■×月×日

街頭で花を売っているミドリという少女は、ほんとは男の子だったのだ！

駅の便所の中で、母親らしい女が化粧《けしょう》をしてやっているところを見てしまった。

母親は母親で、ミドリくんの弟の四つになる坊やをひっぱって、なんだかエロチックな秘密写真をアメリカ兵に売りつけているらしい。

それにしても、あのかわいい少女が男の子だったとは！　もっとも、男では花売り娘にはなれないのだから。

■×月×日

さくら組とかいう暴力団のチンピラに、入団を誘《さそ》われた。その気なら幹部に紹介してやろうという。

「サツなんて、いまはメじゃないもの。いいことがいっぱいあるぜ」

そういえば、この上野界わいで、身ぎれいにしているのは、ほとんど暴力団なのだ。闇市《やみいち》の縄張《なわばり》なんかをにぎっていて、露店《ろてん》商人からショバ代を取り上げるので景気《けいき》は悪くないらしい。セキトリをしているよりは、きっと楽だろうと思う。

「三畳《じょう》のアパートだが、おまえがくる気なら置いてやろう」と、彼はいやに熱心だった。戦時中、勤労奉仕《ほうし》で軍工場へいっていた弟が、爆撃《ばくげき》で死んだのだそうで、

「おまえみたいな奴を見ると気になるんだよ」という。

とんでもないところからロマンが飛びこんできたのだけれど、自分を地下道からひっぱり出してくれようというのは、結局暴力団なのか。報徳学院からひっぱり出してくれたのが、あのニセモノのおふくろ、フサノばあさんだったように……。

——ホラ、また、ニセだのホンモノだのと考えはじめている。三畳に二人でも、畳《たたみ》の上で寝られるのは悪くない。いまの世の中は、あんがい、やくざ者のほうに心があるのかもしれない。もし、さくら組に加入して小遣銭《こづかいせん》が稼《かせ》げるなら、着たきりの肌着《はだぎ》も替えられるし、本だって買えるかも……。

——ホラ、まだ本などと考えてる。本などはもう必要ないのに……。

それより、スカッとした背広《せびろ》でも着てみたい。闇市で売っているラバソウルでもはいて、肩で風をきって歩いたら、気分がすっきりするかもしれない。

＊＊＊

焼跡《やけあと》で、初の復興《ふっこう》まつりが催されました。商店名の入った電気提灯《ちょうちん》をズラリと飾りつけた仮設舞台《かせつぶたい》は、くらい焼跡の海に、遊覧船《ゆうらんせん》のように美しく浮き上がって見えました。その下に、娯楽《ごらく》に飢《う》えた人びとが蟻《あり》のようにむらがっているのです。

有名な歌手のショウや、地元の芸者《げいしゃ》の手踊りがあって、最後は飛び入り歓迎《かんげい》ということになりました。

「ねえ、出ようよ」

例のキー坊が、わたしの腰をつつくのです。賞品はさつまいもが五キロというのですから、キー坊がだまっているはずはないのです。われ先に舞台へかけあがる人びとに、わたしとキー坊はつづきました。キー坊はともかく、わたしはさつまいもにひっぱられたのではありません。あることを思いついたからなのです。

飛び入りは十五人に制限され、わたしとキー坊は運よくその数に加えられました。英語の歌が出ました。それに対するあてつけのように軍歌が出ました。しかし、なんといってもいちばん多かったのは、大流行中の「リンゴの歌」でした。

キー坊がうたったのは、「勘太郎月夜唄《かんたろうつきようた》」です。彼としてみれば、せいぜい大人ぶったつもりなのでしょう。意表をつこうという演出だったのかもしれません。けれども、彼の声はふだんの彼をうらぎって、十二歳の少年の声なのです。カン高いボーイソプラノで、地下道の千両役者も、しょせんはこどもにすぎないことをさらけ出しているのでした。

そしてわたしは……。

「『お菓子と娘』を……」と、曲名をのべると、アコーデオンの伴奏者《ばんそう》は首をかしげました。どうやら、ジャズと流行歌以外は知らないようなのです。

わたしは無伴奏でうたうことにしました。伴奏がなくとも、この歌だけはうまくうたえる自信がありました。

わたしは、多くの群衆に、その歌の心を伝えようとして舞台《ぶたい》にあがったのでしょうか。そうではありませんでした。じつは……

「さ、にいちゃん、どうぞ」

司会者にうながされ、わたしは、うたい出しました。大きな声で、しかしていねいに心をこめて。

復興まつりにはふさわしくない歌です。群衆はざわめいています。拒否の口笛もきこえました。それでもいいのです。

わたしは夜空にむかってうたっていました。というよりも、その空の、もっと遠くの空の、そのまたむこうに眠っているはずの富永先生に呼びかけていたのです。

——先生、ぼくがこの歌をうたうのは、これが最後です。そう思って、舞台へあがりました。ここからなら、先生の耳にとどくような気がしたからです……最後ですから一所懸命にうたいます。そして、うたい終わった時、ぼくはいままでとは別の人間になるはずです。どうぞカンベンしてください。感傷《かんしょう》を捨てて、いまの世の中に生きぬいてゆける男になります。戦争中、ぼくをなぐさめ、ささえてくれたこの歌に、そしてこの歌を教えてくださった先生に、いま、お礼をささげるつもりで、一所懸命うたっているのです。それじゃ、さようなら……。

〽ラマルチーヌの銅像の、肩でツバメの宙がえり……とうたい終わった時、わたしは空の遠くでツツーと星が流れるのを見たような気がしました。そしてそれを、富永先生が自分の呼びかけにこたえてくれたのだと勝手に決めてしまいました。

まさか、富永先生が生きていようなどとは夢にも考えてはいなかったのです。

＊＊＊

飴屋《あめや》横町の雑踏《ざっとう》を歩いていたわたしは、不意にうしろから声をかけられました。

「シゲルくん……」

女の人の声でした。わたしはビクッと立ち止まり、そのまま動けなくなりました。

女の人で、わたしのことをくんづけで呼ぶのは、ただひとりの人以外にないはずなのです。

空耳《そらみみ》だと思いました。周囲は露店《ろてん》商人の呼び声や、大勢の足音でにぎわっているのです。だれかがだれかを呼んでいるのを、わたしの耳が錯覚《さっかく》したのだと思いました。

「シゲルくん！」

こんどはハッキリときこえました。そして、ふりかえったわたしの目の前に、紺《こん》のスーツを着た人が、息をはずませて立っていました。

その時、わたしはあわててきゅっと目をつむってしまったのです。いま見たものが現実なのかどうか……早く自分の目のうらへしまいこんでしまわないと、それが消えてしまうような気がしたからでした。

ゆっくりと、おそるおそる、目をひらいてみると、やはりそれは現実だったのです。

わたしたちは、川の流れの中に首を出している二本の杭《くい》のように、雑踏《ざっとう》の中でむかいあっていました。

「生きていたんですね？」

それだけいうのが、やっとでした。

「キミも」

富永先生はわたしの手をつかんで、二、三度ふりまわすようにして、

「上野というところは、思いがけない人とめぐりあえる場所だと聞いてはいたけれど、まさか、キミにあえるとは思わなかった」

「生きていたんですか？」

――広島に原爆《げんばく》が投下されたのを知った時、わたしは古本屋で地図を買い、調べてみたのです。そして、爆心地に近い町に富永先生の嫁《とつ》いでいった家があることを確かめて、その場で貧血《ひんけつ》をおこしてしまったのでした。戸山という若い刑事は、「いい人も死ぬのが戦争だよ」といいましたが、わたしにとっては戦争はいい人ばかりを選んで殺しているとしか思えませんでした。あきらめきれなくとも、あきらめるより仕方のないわたしは、《報徳学院唯一親切信女《ゆいいっしんせつしんにょ》》などというデタラメの戒名《かいみょう》を書きつけた紙を、ひそかにポケットにしのばせていたのです。

「死んでいると思ったのね？　原爆の日の三日前、上京したのよ。親《しん》せきの家に不幸があって……それでそのまま広島へは帰れなくなってしまったの」

「生きてたんですね？」

わたしはバカのようにくりかえすばかりです。

わたしたちは、不忍池《しのばずのいけ》のほとりへ出ました。名高い蓮池《はす》も、食糧難のためにほとんど水田にされています。そのへんにもアメリカ兵が日本の娘を連れて散歩しており、浮浪児《ふろうじ》たちが「ギムミ、ギムミ」とむらがって、チョコレートをせびっていました。

こわれかかったベンチに腰をおろすと、わたしはあらためて富永先生をながめました。

昔も大きかった目が、さらに大きく感じられたのは、それだけやつれていたのでしょう。見おぼえのあるスーツもくたびれています。ただ、その胸もとにさしこんであるハンカチだけは、昔のままの清潔《せいけつ》な白でした。

なにかまぶしい気がして、目をふせました。その人の生き方がわかるような白さ……そして、いまのわたしを、しずかに咎《とが》めてくるような白さなのです。

「一度、谷中《やなか》の家へたずねてみたのよ。そしたら、野田のおばあちゃんはお留守《るす》で、近所できいてみたら、キミは家を出て行方《ゆくえ》がわからないというんでしょう？　どうしたのかと心配していたのよ」

「……先生から結婚するって手紙をもらった時、ずいぶんガッカリしたなァ。先生のダンナになる人がにくらしかった」

「そう……でも、もうにくまないでね。原爆で亡くなったの。わたしはだから未亡人《みぼうじん》

「……」

「………」

「実家も爆心地に近かったから、全滅よ。先生もミナシゴ。ちょっと大きすぎるけど」

「ひどいなァ……」

「ひどいわね。でも大勢の人が死んでいるのよ。ほんとうに大勢の人が……だからといって自分のことをあきらめてはいけないのだけれど、いまはあきらめることのほうがやさしいのね。忘れないで生きることはむずかしいわ……ひとりひとりの心なんか、ドッと押し流してしまうような時代ですものね」

わたしはソッと自分の顔へ手をやりました。やはり、ハンカチの白さが気になるのです。このハンカチの前で、自分は一体どんな顔をしているのかと思ったのです。あきらめている顔。忘れてはいけないものを、忘れ捨てようとしている顔……。

「キミにあえてよかった……」

富永先生はしみじみというのです。

「えらそうなことはいえないわ。正直いって、わたしはもうくたびれてしまっていたの。ずっとイトコの家の世話になっているのだけれど、いまはどの家も生活が大変だし、世の中が変われば人の気持も変わるでしょ？　いろいろとむずかしくて、これからどうすればいいのか、自分でもドキッとするようなことを考えたりして、おそろしくなるの。きょうも、なんのアテもないのにこんなところをふらついていたのだけれど……先生はなんだか、キミに救ってもらったような気がしているんです」

「そんなバカなこと、ありませんよ」

「ほんとうなのよ。キミにあえたから、いろいろのことを思い出すことができたんです。たとえば報徳学院の頃……ああいうひどい世界だったけれど、わたしはもっと強かったはずなの。力はよわくても、それなりに戦っていたつもりです。キミはいつだったか、手紙に、報徳学院はぼくにとって富永学院だと書いてくれたでしょ？　むろんキミの買いかぶりだったとしても、そう思ってもらえるだけのわたしだったのよね。あの頃のわたしと、いまのわたしとは同じ人間なのよね。わたしはあぶなくそれを忘れるところでした。いえ、キミにあうまでは、ほとんど忘れていたのよ。ほんとうによかった……先生はなんだか、もう一度希望がもてそうな気がするの」

「困るよ！」と、わたしは思わず叫んでしまいました。

富永先生に希望をあたえる？　そんなわたしではないのです。復興《ふっこう》まつりの舞台《ぶたい》で、最後の歌をうたってからのわたしは。

先生は、あきらめることのほうが楽だという。忘れずにいるより、忘れることのほうがやさしいのだという。わたしは、その楽な道へゆこうとしたのです。

「ぼくはさっき、先生に声をかけられた時、ユーレイが出てきたのかと思った。ユーレイになってお説教《せっきょう》をいいにきたのかと」

「お説教って、わたしがキミに？」

「そう。わかるでしょう？　ぼくがどんなくらしをしているか……ぼくがどうして飴《あめ》屋《や》横町を歩いていたか。いってあげようか。露店《ろてん》を見まわってたんだ。組に挨拶《あいさつ》をしないで店を出している奴を摘発《てきはつ》するんだよ。組の幹部の命令で……」

「もういいわ」

「きかなきゃダメだ。さくら組ってのがあるんですよ。ぼくはそこの……」

「いいのよ、もう」

「チンピラで……」

「それを知りたいとは思わないわ。大事なのはこれから先なのよ。わたしもそう。そうなるために、こうしてめぐりあったのだと思わなきゃア……そうでしょ？　キミはまだ十八なのよ。いろいろなものを取り返せるはずです。倖《しあわ》せにならなきゃ……むかし、あんなに倖せになりたがっていたんじゃないの」

「なれるはずがないよ。たくさん死んじゃったんですよ。ぼくなんかよりずっといい人たちが……遠山さんも死にました。それなのに、自分ひとりが倖せになろうなんて、そんな虫のいいことは考えられません！」

わたしは、ワンワン声をあげて泣いてしまいました。まるで小さなこどものように。

前を通りかかったアメリカ兵が、ヘイなんとかといって、足をとめました。「お菓子と娘」の文句《もんく》じゃないけれど、人が見ようと笑おうと……です。見物したけりゃ見物しろ。

わたしはフッと、むかし、こんなふうに富永先生の前で大泣きに泣いたことがあったのを思い出していたのです。そして、むかしと同じように、自分の中のどろどろしたものが、涙といっしょに溢《あふ》れ出てゆくような、さわやかな気持を味わっていたのです。

「たくさんの人が殺されていったのに……キミのいうことはよくわかります。それはほんとうだと思うわ。でも、それでわたしたちが無気力になってはいけないのよ。いいえ、だからこそ、わたしたちは一所懸命生きなければ……そういう考え方からして、殺された人たちの前では甘いのかもしれないけれど、でも、いいかげんな生き方をしていたのでは、なおさら申訳《もうしわけ》ないと思うの……」

それはそうなのです。でも、だからといって、どうしたらいいのだろう？　わたしは地下道に生きている人びとのことを思いました。そして、多くの浮浪児《ふろうじ》たちのことを。

まともな考え方では間に合わないのが、いまの現実じゃないのだろうか？

「ぼくは、戦争が終わってすぐの時、闇市《やみいち》で甘いものを見つけたんです。夢じゃないかと思ったんです。……でも、汚《きたな》いんだ。ホコリをかぶりほうだいだし……地下道じゃ餓死《がし》してる人がいるのに、かたっぽでは、その目の玉の飛び出るように高い闇《やみ》菓子を、売ったり買ったりしている人間がいる。浮浪児が大福一個かっぱらえば、大人たちが、よってたかってふくろだたきにする……甘いものが出てきたために、人間はかえって汚《きたな》くなってしまったみたいなんです。ぼくはガッカリしてしまって、その時から、自分の気持がだんだんダメになってきちゃったような気がするんです」

「キミがお菓子になればいいのよ」

富永先生は、きっぱりというのです。

「そう、いまの世の中に美しいお菓子がないのなら、キミがそのお菓子になるの。ひとを励ましたりなぐさめたり、生きてることをおいしがらせたりするお菓子になるのよ、キミ自身が……」

「……」

「わかるでしょ？　さっき、わたしは、キミに再会したことで心が救われたといいました。だから、いまのキミは、わたしにとってはステキなお菓子というわけよ。自信をもってちょうだい」

お菓子がお菓子のほんとうの価値を、人間が人間のほんとうの価値を回復する……そんな日がくるのだろうか？　やはりこの現実の中では、富永先生のことばも甘いような気がするのです。

でもわたしは、フト、浮浪児のキー坊のことを連想《れんそう》したのでした。ロマンのかけらもなく、十二歳の少年の日を生きているキー坊のことを……。

まず、あの子にとって、美しいお菓子になってみようか？　……と思いました。あの子の心に、少年らしい夢やあこがれを、涙や恥じらいや誇りの尊さをわからせてやれたら……。そして、地下道の浮浪児のひとりびとりに、それをひろげてゆくことができたら……。それはほんとうにむずかしいことなのです。自分にそんな力があるとも思えません。

でも、やってみなければ！

それにはなによりも、自分が美しいお菓子という人間にならなければ！

わたしはだまっていました。けれども、富永先生は、わたしの中に芽生えてゆくものを感じとっていたようでした。

先生は手提げ袋から、小さな新聞紙の包みを出して、恥ずかしそうに笑うのです。

「白状しなければならないわ。これ、闇市で買った大福餅《もち》なの。ついフラフラと買ってしまったのよ。キミといっしょに食べましょうと考えていたのだけれど、お菓子と娘の歌を教えてあげたわたしが、こんなものを御披露《ごひろう》してはゲンメツね……」

大福を包んである新聞は去年のものでした。戦争に反対して刑務所に入れられていた三千人以上の人びとが、解放されることを報道している記事が載っていました。この人たちも、お菓子なのかもしれません。

それぞれの形で、戦争を否定していた遠山さん、千吉、秋彦、歌章……これはもう帰ってはきません。でも、その人たちの、怨《うら》みや、哀《かな》しみや、祈りは、生きているわたしの中に、すみついているはずなのでした。

「そうさ、闇大福じゃ困る」

わたしは、内心ツバをのみこむ思いで、イバってみせました。

「せめてエクレールでなきゃア……」

「……よるまもおそし、エクレール、腰もかけずにムシャムシャと、食べて口ふくパリ娘……」

富永先生は口ずさみました。それからフト思いついたように、

「ねえ、いま、この大福を池へほうりこみたい気分なの。どう思う？」

「いいな、ぼくも投げこんでやりたい」

「ほんと？　いいのね？」

「正直いうと、惜《お》しいです。ぼくは食いしん坊だから……でもね、だからこそ、やってみたい。そして……できれば甘いものは当分食べたくない。ほんとうのお菓子があらわれるまで……それも自信ないけど、とにかくいまは、こうしてやろう」

わたしは、大福を力いっぱいポーンと放り投げました。富永先生も放りました。ひとつ投げるたびに、自分の中のなにかが入れ替わってゆくようなのです。

大福は、トボンドボンと水面をわって、あっけなく消えてゆきました。

エピロォグ

顕微鏡の目と心で

これが、おとうさんの話です。

わたし自身が、美しいお菓子になれたかどうかは疑問なのです。それどころか、今川焼にさえなれなかったのかもしれません。

いいえ、もっというなら、ダメ人間にぞくする男なのかもしれない。とにかくこうして一応はおとうさんヅラをしているのだけれども、少年期の欠乏が、どこかいびつにしているような気がするのです。

おとうさんの放浪は、この物語の後にもまだまだつづきます。いつも人に別れ、あきらめてばかりいたせいか、一方でなにかを激しく求めながら、そのうしろで失望のます。

用意をしてしまうクセがあって、そのために人を傷つけたり迷惑《めいわく》をかけたこともあり

戦争で死んだ人びとや、死んだと同じような生き方をしていた人びとのことが、わたしが自分のためになにかをしようとする時、かならず心によみがえってきて、なにごとにも夢中になれないといった時期も、ながくつづきました。

それは、ある時代がわたしに刻みつけた傷《きず》なのだから、大切にしなくてはなりません。しかし、それを大切にしながらも、自分ひとりの傷としてあたためるのではなくて、そこからなにかを育ててゆくのでなくては、わたしの生きてきたことの価値はないのです。

そう考えて、わたしはこの物語を綴《つづ》ってみることにしたのです。こんな、泣き虫少年の物語も、キミたちにとって、なにかの役に立つものならと……。

この物語のつづきを生きてくれるのは、キミたちなのです。キミたちが、キミたちのこどもが、そのまたこどもが、そして世界のあらゆるこどもたちが、甘みのない人生を生きる日がないように、すべてのものごとをよくながめ、よく考えてくれなくてはいけません。

＊

自分自身が美しいお菓子になるというのは、どういうことだったのでしょうか？すばらしい家に住んだり、すばらしい車や洋服を持ったりすることでないのは確かです。それについて、わたしはいま、こう思っています。

わたしはある時期まで、わたしが買ってきたお菓子を、キミたちが食べているのを見て、うっとりとしたものです。そして、わたしが、おかあさんに叱《しか》られながら、お菓子を買いこんでくることは、平和の実感を買いこんでくることなのだと思っていました。

でも、いつからか、キミたちはお菓子を歓迎してくれなくなりました。なぜでしょうか？　飽《あ》きてしまったからです。一個百円もするようなケーキでさえ食べ残すようになり、そして、もっと珍しいケーキはないかと、不平そうな顔をするようになりました。きっと、二百円のケーキを食べたら、そのつぎは三百円のケーキをということになるのだろうと思います。

おとうさんはあいかわらず、デパートの食品売場、いいえ、菓子売場へゆきます。そうして、たくさんの、くふうをこらしたお菓子をながめます。でも、以前のような「お菓子にヨワイおとうさん」からは、どうやら脱皮《だっぴ》しつつあるようなのです。

なぜなら、いつからかわたしは、それらのお菓子に対して、顕微鏡《けんびきょう》の目をもつようになっているからです。顕微鏡の目と心で、ジーッとながめていると、だんだん疑いがわいてくるのです。……ああ、じつに見事な、お菓子です。だけどそのお菓子たちは、なんだかお菓子以上のものになろうとしているような、ゴーマンな感じがします。

人間のくらしに、どうしてこんなにものお菓子が必要なのだろう？　なぜ、こんなにも手を加えた、高価なお菓子が必要なのだろう？　しかも、ほんとうにこどもを倖《しあわ》せにしているかどうかもわからないお菓子が……。

そんな時、わたしは、戦争中の人参《にんじん》ケーキのことを思い出します。わたしは、それをニセモノだといって投げつけました。あれは確かにニセモノでした。

そして……いまわたしは、あまりにも過剰《かじょう》なお菓子のハンランを前にして、ひょっとしたら、これもニセモノではないかしらと思うのです。

わかってくれるでしょうね。わたしはお菓子のことだけをいっているのではありません。

そして、自分自身が美しいお菓子になるということは……美しいお菓子のような人間になるということは、ホンモノとニセモノの見わけのつく、確かな目と心をもった人間になることなのだと思うのです。

『お菓子放浪記』とわたし

初出版（一九七六）の頃は、多くのひとが、お菓子職人の修業の旅の記録と思ったようでした。

お菓子のない時代、つまり戦争の時代に少年期をすごさねばならなかったひとりの孤児が、いろいろの、ひととの出逢いの中で、お菓子へのあこがれを平和へのあこがれに昇華させながら逆境を生きるという自伝的な作品であることは、あまり知られていませんでした。

それより以前、「お菓子と私」のタイトルで一時間物のテレビドラマに書いたことがあり、大木豊さんという劇評家に新聞紙上で大変褒めてもらったことに勇気を得て、なんとかもっときちんとした作品にしたいと、もともと満足していなかったテレビの仕事の足を洗って静岡へひっこみ、ナースとして生活を支えてくれる妻の代わりに二人の子どもの子育てと家事一般をひきうけてコツコツ書いていました。近所のおくさんたちは「あのひとはヒモではないかしら。ヒモにしてはそれほどのお顔でも」などと噂をしていたようですし、泣きやまない子を抱いて外を歩いていると、どこかのラジオから、逃げた女房に未練はないが……と、塩からい唄声が流れてきて背中をまるくしたものだったけれど、どんなマネをしてもいいから、書きたかったのです。ところがやっと書き上げたものの、現実はお菓子のように甘くはなく、どこへ持っていっても本にならないのです。返されてきた原稿の、不備のところを書き直し、また別の出版社へ旅立たせる……そんなことをくりかえしているうちに、時はどんどん流れてゆく。

そろそろあきらめかかっている頃でした。

貧しいのですから、まとめて原稿用紙を買えないことがあり、返された原稿のウラに升目をひいて書いているのを見ていた三歳の娘が、かわいそうに思ったのでしょう。何枚かの銀貨を持ってきて「これでカミ、買ってきな、ネ、買ってきな」——見ればオモチャの銀貨なのです。わたしはそのオモチャの銀貨の上に、だらしなくボロボロ涙をこぼしながら、ああ、子どもってなんというかわいいものだろう、わが子だけじゃない。どこの子どもだって、こんなかわいい心をもっているにちがいないのだとしたら、世の中の子どもたちの上に、お菓子が食べられないような時代が二度とこないように願って、書きつづけなければと思ったのでした。

オモチャの銀貨のおかげだけではないでしょうが、一九七五年に、戦争孤児ばかりでこしらえた劇団の始末記を書いて、ある文学賞をもらい、その翌年に『お菓子放浪記』が出ました。苦節十年とかいうけれども、五年を追加して、最初の一行目のペンをとってから十五年の歳月がかかっていました。理論社の小宮山会長（当時）のおかげで、やっと原稿の放浪は終わったのです。

出版と同時にその年度の全国青少年読書感想文コンクールの課題図書に選定されたり、木下恵介さんが、シゲルが遠山刑事（テレビでは巡査）の家でホンモノのお汁粉をごちそうになるところまで読んで、これはゼッタイにドラマ化したいと出版社へ電話をくださるということがあり、映画「日本の悲劇」「二十四の瞳」その他で木下さんのファンだったわたしはどんなにうれしかったことでしょう。

そして、木下恵介・人間の歌シリーズとして、七六年の秋から七七年年頭にかけての連続放送は高視聴率をあげ、本のほうも多くのひとによんでもらえるという幸せがありました。

若いひとたちからたくさんの手紙をもらいました。

東北の草深い地に住む少女が、ともだちとふたりで怖い思いをして峠をこえて、やっと買ってきたという金平糖を送ってくれました。シゲルが、支給された菓子を、モッタイなくていっぺんに食べられず、金平糖をひとつなめただけで、あとは全部盗まれたことに同情するあまりのプレゼントだったのです。わたしはもうお菓子に夢中になるトシではなかったけれど、オモチャの銀貨の時と同じように、金平糖の上に涙をこぼしたものでした。

「あなたの少年時代がうらやましい」という手紙が多かったのにはびっくりしました。こんなかわいそうな話がなぜうらやましがられるのかとふしぎでしたが、よくきいてみれば、「あなたはお菓子のない時代に生きたので、お菓子へのユメがふくらんだのでしょう。ぼくたちには、そんなユメはないのです」ということなのです。欠乏というゼイタク……そんなおもしろい言葉をよせてくれた若者もいました。これはむろんお菓子だけのことではなく、若いひとたちのユメを、いとおしみ、まもり、たすけてくれる社会ではなくなっていることなのか、物質文明だ文化国家だのといわれながら、みんな心は貧しがっているのだろうかと、これから自分の書いてゆくものに目標を得たような気がしました。

そのあと「続」「完結」を経て、シゲルは真のロマンチシズムとは、決して美しく甘いものだけでなく、きびしいものであることを体験してゆくのですけれども、かつて、現代版『路傍の石』といってくださるひともあって（別の作品で山本有三を記念する文学賞を受けています）、そのように愛していただいた作品のスタート点というか、戦争が終わって、新しい一歩をふみ出そうとするシゲルや、シゲルをかこむなつかしいひとたちの姿が、文庫によってもう一度よみがえることはほんとうに幸せです。

――バス停前の駄菓子屋で二つの菓子パンを買ってくださったあの遠山さんも、天国で喜んでいてくださるでしょうか。

わたしは遠山さんに大切なことを教えられました。少年係だったあの刑事さんは、わたしを逃がさないようにして、警察から少年院へ送り届けてしまえば、刑事としての義務ははたせたのです。なにも、ポケットマネーで菓子パンを買ってくれなくとも、職務怠慢にはならなかったはずです。なんの思いつきだったのか、刑事さんはしなくてもいいことをしたのです。いわば余分のことを。

でも、その余分のことが、わたしというひとりの無力な人間が生きてくるための、どれほどゆたかな心の栄養になっていたことか。わたしはいつも思っています。人間は、どんな位置にあろうと、どんな職業にあろうと、義務をはたすのは当然のことです。その義務の上に付け足すものが大切なのだと。

たとえば、わたしはナースの妻によくいったものです。手落ちなく患者さんの介護をするのはナースの義務としてアタリマエのことだけれど、朝、病室をのぞいて「いいお天気ですよ、さて今日もがんばりましょうね!!」と、患者さんたちにさわやかな笑顔をふりまいたらどうだろう。笑わなくとも給料は支給されるのだし、笑顔に対する特別手当なんてものは出ないのだけれども、明るく元気づけられた患者さんにとってそれはどんな一日のはじまりになることか。入院患者の経験もあるわたしは、「患者様」とサマづけで呼ばれることより、よっぽど愉快であることを知っています。

この『お菓子放浪記』は、あの刑事さんが買ってくれた菓子パンから生まれた作品なのですけれども、刑事さんがくれたものはただ菓子パンの甘みだけではなく、人間のくらしにどうしても必要な心の味だったと思っています。

（講談社文庫版のあとがき）

解題　西村滋さんと『お菓子放浪記』

大竹永介

「お菓子放浪記っていう感動的でいい作品があるから、是非読むといいですよ」

一九八五年三月、私は、会社の近くの鮨屋で一人の若い女性と向かい合っていた。当時、私は週刊少女フレンドというまんが雑誌の編集部に所属していて、少女まんが原作賞なるものの担当者だった。相手はその受賞者である。

随分と昔のことゆえ、どういう流れでそんな話になったのか記憶は定かではないのだが、おおかたもっともらしく少女まんがの特色とか、原作を書く時の注意点などを話していたのだろう。その時、それまで言葉少なにうつむいていたその女性が、いかにもいいにくそうに小さくつぶやいた。

「それ、私の父の作品です」

それが私と西村滋さんとの最初の「出会い」である。「不思議な縁」というものは確かにあるものなのだ。

もっとも、当初は教えていただいた住所にお手紙を出したり年賀状のやり取りをしたり、とそんな程度。実際にお会いして、頻繁に連絡をとるようになったのはもっとずっと後のことである。

西村滋さんは一九二五年、名古屋市の生まれである。六歳で実母を亡くし、再婚した父親も三年ほどして死亡。継母が実子（西村さんの異母弟）だけを連れて家を出てしまったため、施設での生活が始まる。まだ十歳にならない頃の話である。

以来、氏の言葉を借りれば「トンズラ坊や」として施設、いや施設ばかりか各地を転々とする。四二年には上京、結核が判明し療護院送り。四五年三月十日の東京大空襲にも遭遇し、九死に一生を得て敗戦。戦後、その療護院が戦争孤児の収容施設となり、氏自身補導員となったこともあって、「戦争孤児」が一生のテーマとなる。

最初の著書は「青春廃業」（一九五二年渡辺書房）以後「笑わない青春の記」（五五年中央公論社）「やくざ先生」（五七年第二書房）などを発表。「笑わない青春の記」「やくざ先生」は映画化もされた（「やくざ先生」の主演は石原裕次郎である）。「雨にも負けて風にも負けて」（七五年双葉社）で第二回日本ノンフィクション賞、「母恋い放浪記」（八四年主婦の友社）で第七回山本有三記念路傍の石文学賞をそれぞれ受賞している。

西村氏というと「児童作家」と思われがちだが、必ずしもそうとはいえず、おそらくご本人も「児童物」とか「大人物」とかいう区別はあまり意識していなかったのではないかと思われる。「小説現代」にいくつか中間小説を発表してもいる。また、ラジオやテレビの脚本もかなり手掛けていて、妻子を沼津に移し、自らは東京に単身残って脚本の仕事をしていた時期もある。もっとも、最後は納得のいかない打ち合わせがもとで局の制作部長と大喧嘩、テレビ業界を去ることになったというからいかにも「反骨の人」西村さんらしい。

じっくりと自分のテーマと取り組みたいと思っていた時期だったこともあり、また結核の再発などもあってその後氏は妻子のいる沼津に移住。看護師だった奥様に復職を頼み、自分は子育てと家事を引き受けて背水の陣をしくことになる。そこで生まれたのが前述した「雨にも負けて風にも負けて」であり、本書「お菓子放浪記」である。結果はでたのである。

「お菓子放浪記」は先にも述べた通り、一九七六年理論社から「理論社の大長編シリーズ」の一冊として刊行された。いくつもの出版社に持ち込んでは断られ、十社目でようやく「小宮山さん（小宮山量平氏・理論社を創業した伝説的な名編集者）が拾ってくれた」とは西村さんの言葉である。同年度の全国青少年読書感想文課題図書となった同書は、木下恵介氏の企画でテレビ「人間の歌」シリーズで連続ドラマにもなり、大ベストセラーとなる。

九四年には「続・お菓子放浪記」が刊行。それを機に正編も新装版となり、さらに二〇〇三年には完結編が、〇五年には講談社から文庫版が各々刊行された。「エクレール　お菓子放浪記」として映画化（二〇一一年シネマとうほく）され、一四年にはミュージカル（チーム・クレセント）にもなっている。

お菓子にまつわる思いを子どもに語るというスタイルで始まる物語の主人公は「ニシムラシゲル」。いうまでもなく作者その人といってよく、描かれている出来事も、伝記的な事実と照らし合わせれば場所や時期が変えられているなど、小説的な加工はされているもののの、ほぼすべて作者の実体験、「自伝小説」といっていいものである。

昭和一五年の施設からの逃走、感化院送りを皮切りに、老婆との養子縁組、旅芸人一座との生活、上京、空襲、そして敗戦。シゲル少年を襲う運命はまことに過酷で、それだけに遠山刑事や富永先生との交流は感動的であり、どんな状況下でも明るさを失わない少年の「成長物語」として読者の胸を打つ。ここでは、二つのキーワードを通して、この作品の意義について私なりに考えてみたい。

まず、一つ目のキーワードは「コ」である。あえて「コ」と書くのは、それが「子」であり、同時に「孤」また「個」でもあるためだ。どういうことか。

物語の主人公シゲル少年は「孤児」である。「孤」児ゆえに、シゲル少年は「個」として扱われない。例えば28頁のこんな一節――。「わたしは、いつもゴミで扱われてきました（中略）どこへいっても私は何十人の中の一人なのです」

それは、「ものごころついた頃から集団生活ばかりで、アルミニウムの食器や丼」でしか食事をしたことがなく「一度、小さな茶碗で食べてみたかった」（182頁）という痛切な思いにもつながるもの。シゲルの願いは一人の「個」として正当に扱われたいという人間として至極当たり前のことなのだ。しかし、この願いは、孤児であるゆえに踏みにじられる。くわえて時代は戦時体制下。唯一の楽しみのお菓子さえ慰問袋に取り上げられ、菓子職人になりたいという希望すら語ることの許されない文字通り「滅私奉公」の時なのである。

シゲル少年の過酷な運命との闘いの記録といってもいいこの作品、それは「個」が徹底して「公」に抗った記録ともいえるものだ。

もう一つの「コ」（＝子）についても考えてみよう。この作品は一人称（＝わたし）で語られている。「子ども」の視点にたつものである。しかも、それは単に「描写」の視点以上の意味をもっている。これまでの話につなげていえば、「子」が「孤」であったために、作者は徹底して「個」の地点から世界と向かい合わざるをえなかった。つまり、世界の意味や価値、いわばあらゆるものを〝個〟としての子どもの目」からとらえなおすという「徹底性」を身につけたとはいえないだろうか。

作中には「いい人だって死ぬんだ。それが戦争なんだよ」「遠山さんのような人をも殺さなければならないのが戦争なら、戦争は悪いことだ」という印象的な一節があるが（341・342頁）これなども戦争の可否を「理屈」でとらえるのではなく、いわば子どもの視点（＝地点）まで下りていってみた時の鋭く本質的な言葉といえよう。

もう一つのキーワードは「母性」である。

富永先生の存在がシゲル少年にとって「母」の代わ

りとなっていることについては異論はないだろう。その境遇からして、作者のなかに強い「母性渇望」があることも明らかだ。問題はその先である。その「母性」とどう向き合うか。普遍的ともいっていい「母性」というテーマをどうとらえるか。「お菓子放浪記」の特徴はその「母性」の全肯定にあると私は思う。

いま、ここに詳述している余裕はないが、おそらくこれまでの小説が多かれ少なかれ「母性」との葛藤や克服を主調音としてきたのに対し、西村氏はそれをまるごと認めるのだ。「母性」とは何か。それは子どもを全肯定してあげることだ。一人の人間として、そのすべてを認め、包み込んであげること。第一のキーワードに関連していえば、「子」を「個」として、その全存在を許容することなのである。

どんな逆境にあっても「いつも明るい」シゲル少年も富永先生の前ではよく涙を流す。それは、「遠慮なく泣いていいのよ」(88頁)という言葉が端的に示しているように「一人の子ども」として何憚ることなく自分をさらけ出せるという「母子」の関係性の故であろう。敗戦の混乱とアナーキーな状況の中で、シゲル少年はこれまでの夢も感傷も捨て、組の手先のチンピラとして「別の人間」になろうと決意する。そして、これが最後と思いを込めて「お菓子と娘」を歌うが、その後、富永先生と再会して思いなおす。作者はこう書いている。

「わたしは、ワンワン声をあげて泣いてしまいました。まるで小さなこどものように」(中略)「むかしこんなふうに富永先生の前で大泣きに泣いたことがあったのを思いだしていたのです。そして、昔と同じように、自分の中のどろどろしたものが、涙といっしょに溢れ出てゆくような、さわやかな気持ちを味わっていたのです」(399頁)

この部分は象徴的だ。ここでは「母性」は葛藤の対象でも克服されるべきものでもなく、文字通りすっぽりと包まれて甘える対象となっている。「全肯定」なのである。

「母性」は「女々しい」ものである。「弱い」ものである。「女々しく」「弱い」ものであるからこそ、「男性原理」の足を引っ張ってしまうものとして、克服されるべきだと考えられてきたはずだ。

しかし、男性原理が作り上げてきたものとは何だろう？　その行き着く果ての「悪夢」を私たちはすでに知っているのではないか。あえて「戦争」をもちだすまでもない。「個」を抑圧し、犠牲を強いるすべてのもの。現代社会でいえば、（ブラック）「企業」も（理不尽な校則を強いる）「学校」も、すべてに通じていく問題なのではないか。

考えてみれば、作品のテーマソングともいえる「お菓子と娘」とは、なんと「女々しい」歌だろう。作中には食べたいものを問われて「お菓子」と答えるシゲルに「さすがはこども」「いいずうたいをして菓子とは」と冷笑される場面（286頁）があるが、それこそ一般的な「男社会」の価値観からいえば当然の反応ともいえよう。いわゆる「オンナコドモ」の感覚である。しかし、それのどこがいけないのだ、と作者は問う。「女々しくて」「弱い」ことのどこがいけないのだ――。もし、それが世の中になくなってしまうのなら、自分がなればいい、自分がその「お菓子」になればいいのだ、と。

氏には本書と対をなすような「母恋い放浪記」という作品があるが、その中にこんな一節がある。

「（私は）むしろ強くなく生きていたことをよかったと思っているのです」（主婦の友社版150頁）

「お菓子放浪記」には何人かの「女性的な」男性が出てくる。秋彦、オイラン、女形の歌章、皆「生まれつき弱虫で、あらっぽいことが大きらい」（312頁）な人たちである。彼らはいわば社会の「弱者」かもしれないが、しかし作者の注ぐ目はあくまでやさしい。「女々しくて」「弱い」この人たちが自由に生きられてこそ本当に平和でいい世の中といえるのではないかと…。

男女同権といい、女性解放といいながら（もちろんそれは正しい理念だが）ともすればただ女性が「男社会」に同化するだけ（＝「男性」同様抑圧する側に）になってしまいがちな現代社会。その中で先に述べた「子どもの視点」に加え、もう一度「母性」や「女性原理」という視点から価値を問い直していくことの重要性を西村さんは問いかけているように私には思えてならない。

西村滋さんは「母性の人」である。氏が一時期、家事と子育てを一手に引き受けていたということは、あながちゆえないことではないのである。

西村さんは二〇一六年五月二一日に亡くなられた。享年九一。遺体は生前からの強い希望によって浜松医大に献体され、今年（二〇一九年）の七月に火葬された。十月には古くからのファンが集まり、遺骨を囲んで最後のお別れ会を開く。そこに本書を捧げられることは一愛読者としてこれ以上の喜びはない。

全国47万人が笑い、涙した！
未来に残したい、子どもに伝えたい、
お菓子が紡ぐ希望の物語。
エクレール
お菓子放浪記
あの感動を再び！
DVD
絶賛発売中!!
本体価格
4,500円（税抜）
エクレール
éclair
お菓子放浪記
撮影地は震災直前の石巻市・・・
3.11 被災地復興支援の願いが
全国に大きくひろがりました。
お問合せ：TEL.022-225-0986　FAX.022-268-5264
Mail ： sendai@cinema-tohoku.co.jp
株式会社 シネマとうほく

西村 滋（にしむら・しげる）

1925年名古屋市生まれ。6歳で母と、9歳で父と死別し、以後放浪生活をする。1952年、処女作『青春廃業』を発表。『雨にも負けて風にも負けて』で第2回日本ノンフィクション賞、『母恋い放浪記』で第7回路傍の石文学賞を受賞。『お菓子放浪記』（1976年理論社刊）は全国青少年読書感想文コンクールの課題図書となり、同年木下恵介によってTBS連続ドラマ（人間の歌シリーズ）として放映される。2011年近藤明男監督によって「エクレール　お菓子放浪記」として映画化された（シネマとうほく）。2016年5月21日逝去。

お菓子放浪記

戦争期を生きたシゲル少年

2019年10月21日初版第1刷発行
著／西村　滋
装丁／右澤康之
発行者／松田健二
発行所／株式会社　社会評論社
〒113-0033　東京都文京区本郷2-3-10　お茶の水ビル
電話　03（3814）3861　FAX　03（3818）2808
印刷製本／倉敷印刷株式会社

本書は2005年に刊行された講談社文庫本『お菓子放浪記』を底本として復刻。
日本音楽著作権協会（出）許諾番号　1910538 - 901